大英图书馆

·侦探小说黄金时代经典作品集·

海峡谜案

MYSTERY IN THE CHANNEL

［爱尔兰］弗里曼·威尔斯·克罗夫茨　著

刘星妤　译

中国青年出版社

序 言

————

　　《海峡谜案》是一部经典侦探小说，具有很强的现实意义。故事始于一个惊人的发现：一艘轮船正从纽黑文开往迪耶普，船长看到有一艘小型游艇一动不动地浮在水面，远远望见甲板上还躺着一具尸体。船员们登上那艘游艇后，却发现尸体不止一具，而有两具。两名男性死者都是被枪杀的，但却没有凶手和作案凶器的踪迹。

　　死者的身份很快被查明，他们分别是英国金融机构巨头——莫克森综合证券公司的董事长莫克森和副董事长迪平。苏格兰场的约瑟夫·法兰奇督察即刻接到局长助理莫蒂默·埃里森爵士下达的调查任务。法兰奇很快发现莫克森综合证券公司正濒临倒闭，150万英镑不翼而飞，一位生意合伙人也去向不明，莫克森和迪平似乎打算卷款逃往国外。不过，是谁杀了他们？凶手又是如何作案的呢？这起案件是法兰奇职业生涯中最严峻的挑战之一，在惊心动魄的故事高潮中，法兰奇冒着生命危险、不顾一切地伸张正义。

《海峡谜案》初版于1931年，当时世界经济正处于灾难般的萧条时期。莫克森公司是一家信誉卓著的老牌公司，但"由于普遍萧条的大环境……他们还没来得及调整，美国华尔街就崩盘了，英国伦敦股市也因哈特里事件大跌"。局长助理埃里森爵士愤愤地说："公司的许多合伙人其实都是有名无实……至少我们现在知道这都是借口了。他们对发生的事情一无所知，这套系统真是'太好了'！他们只是因为出名才被拉进了公司，以建立起公众的信心，呵，公众的信心！"埃里森十分同情那些"将遭受折磨的无辜民众"。

相比各个时期的侦探小说作家，弗里曼·威尔斯·克罗夫茨对商业有着更深刻的理解，这本以公司为背景的小说很好地体现了这一点。克罗夫茨生性保守，但读者能明显从小说中看出，他和埃里森一样蔑视资本主义的黑暗面。他一再地表示了对"数千名不幸之人"的同情："他们把钱托付给公司，很多人都已破产，事情再也无可挽回"。克罗夫茨也没有忽视莫克森公司员工所面临的严重后果："公司的破产对他们来说是沉重的打击。这场灾难不仅粗暴地粉碎了他们所珍视的信仰，还夺走了他们的生计来源。"若将克罗夫茨的洞见与45年后全球金融危机做分析对比，结果十分发人深省，他对莫克森公司那些名义领袖的评论也适用于21世纪初金融机构的一些"非执行"董事。

在克罗夫茨的许多书中常常出现火车、船只和飞机等，《海峡谜案》也包含了大量的航海信息（涉及专业知识），它们对情节发展起到了重要作用。论职业，克罗夫茨曾是一名工程师，职业经验和专业思维对于他设计出巧妙的犯罪迷局并耐心地描述破案经过起到了至关重要的作用。克罗夫茨在本书中阐述了自己的信条："破案和工程十分相似，每个解决的难题都会成为下一个问题的已知条件。这类工作就是要克服一系列永无止境的困难，克服每一个困难都来自先前的成功。"

弗里曼·威尔斯·克罗夫茨（1879～1957）是爱尔兰人，他50岁时从铁路行业退休，搬到萨里郡成了全职作家，当时已成为备受瞩目的侦探小说家之一。克罗夫茨退休后继续设计复杂的棘手案件，来考验这名和蔼友善却极其执着的法兰奇督察。

克罗夫茨性格内敛，十分和蔼，似乎没人能挑出他的毛病，就连多萝西·L.塞耶斯——这位对文学有着极高追求的尖刻批评家——都称他为"至今为止最诚实的匠人之一，没有留下任何推理的缺漏"。克罗夫茨是一个低调谦逊的人，无疑会把该评论视为高度的赞扬。在描述法兰奇督察时，克罗夫茨曾经承认："他不是很聪明，很多人都说他笨。"不过，如果罪犯低估了法兰奇，就会吃不了兜着走。弗里曼·威尔斯·克罗夫茨是一名出色的侦探小说作家，他让自己埋没的时间太久了。

马丁·爱德华兹

英国警衔说明

由于"侦探小说黄金时代"系列小说的故事发生地主要在英国，书中机警睿智的侦探也以英国警察为主，所以在读者阅读本书之前我们先对英国的旧时警衔和称呼做一些简略介绍，以便读者更好地理解小说背景。

英国的旧时警衔主要分为5等（从高到低）：

警察总监（Chief Constable）；

警司（Superintendent）／总警司（Chief Superintendent）；

督察（Inspector）／总督察（Chief Inspector）；

警长（Sergeant）；

警员（Constable）。

伦敦以外地区的警署还有以下几种职级（从高到低）：警察局长（Chief Constable）、警察局副局长（Deputy Chief Constable）、助理警察局长（Assistant Chief Constable）。

另外，对于担任刑事调查部门或其他某些特别部门职务的警务人员，一般会在他们的职级之前加有"侦探（Detectives）"前缀，本书中译为"警探"。此类警务人员由于职责性质特殊，所以一般不穿制服，而着便衣执行任务。

在警务人员的升迁或训练等临时过程中，他们的职级还会加有"实习（Trainee）""临时（Temporary）""代理（Acting）"的前缀。

目 录

第一章

公海上的尸体

船长放下直径6厘米的双筒望远镜，"汉兹先生，它没有动，对吧？"

"好像是没有动，先生。"操舵室值班的二副答道。

这是南方铁路公司的"奇切斯特"号轮船，和平时一样，它正从纽黑文驶向迪耶普，此时正好经过法国。这艘船制作精良，公司最近才在这条航线上将其投入使用。甲板下的底舱深处释放出巨大的能量，轮船以23节的速度平稳地航行，没有丝毫颠簸。

6月底的一个美好午后，大海就像一块被擦拭得锃亮的玻璃，在阳光的照射下，海面出现了一条波光粼粼的轨迹。空气中弥漫着一层水汽，虽然不足以称之为雾，但足以遮盖地平线和四五公里之外的事物。天气很热，要不是轮船在航行，能让人们感觉到徐徐微风，早就闷热难耐了。这种天气正适合躺在椅子上，闭目凝神，尽情地享受一整天，甲板上的每一寸空间都排满了躺卧着休息的人，看来乘客们都发现了这种消遣方式。

船上的人相当多。已经到了度假的旺季，除了普通的散客外，还有不少导游带着旅行团。从行李上的标签来看，旅行团游客被分为"绵羊团"和"山羊团"。有人参加了卢塞恩七日游，有人要去参观卢瓦尔河旁的城堡，还有人要在巴黎尽情享受悠长的周末。

轮船正前方的一艘小型游艇引起了船员们的注意。它处在轮船的航线上，船员们最初以为等他们过去时，游艇肯定会离开航道。不过观察了好几秒钟，游艇似乎还是一动不动，所以必须调整方向，从它的船尾绕过去。二副来到操舵室，大声对舵手下令："右舷2度！"等他回去后，船长又放下了望远镜。

"我觉得这艘游艇有15米长，汽油驱动，英国制造。"他观察道，"我看不见旗帜，你能看见吗？"

"我也看不见，先生。"二副回答道，也凝视了一番，"甲板上也没看到任何人。"

"如果船前面凸出的那部分不仅仅是采光的窗户、还设有操舵室的话，"船长回答，"应该有人在那里操控。"

"先生，我觉得那就是操舵室，但看不见里面有没有人。"

"我们离得还不够近。"

二副点头附和。他们沉默了一会儿，然后汉兹先生又说，"船绝对是出了故障，先生，不然它怎么会停在那里？"

"但没有发出求助信号。"休伊特船长回答，然后停顿了一下，透过镜片审视着游艇，"就是操舵室。"他继续说道，"我看见船舵了，那里没人。"

"我猜是船上的人太自以为是了，根本不屑于观察四周的情况，"二副厌恶地说，"他们肯定觉得不会出任何问题吧。当然，如果真出了问题，也是别人的责任。"

船长没有回答。他仍然紧盯着那艘小船，两者的距离正在迅速缩短。这艘游艇保养良好，黄铜部件闪闪发光，船身被涂上了白色的油漆，令人眼前一亮。随着距离的缩短，游艇也不断变大，呈现出形状和轮廓的各种细节。现在凭肉眼能看到空无一人的甲板了，他们很快就能来到游艇的旁边。

突然，船长集中起注意力。

"你觉得船上那团黑乎乎的东西是什么？"他敏锐地问道。

汉兹先生也屏息凝视。

"很像是一个人，先生。天哪，没错，就是一个人！倒在甲板上，天哪，先生！他是病了或者死了吧！"

"那人的情况看起来不妙。"休伊特船长又低头看了一眼乘客，"我们恐怕要吵醒这些'睡美人'了，"他接着说，"但这也是没办法的事儿。汉兹先生，你去呼叫一下那艘船。"

紧接着，响起了一声震耳欲聋的雾号。奇切斯特号的甲板上出现一阵骚动，仿佛是一片被微风吹皱的"玉米地"，躺椅上的人们睁开眼，坐起来，环顾四周，喃喃咒骂了一会儿，又昏睡了过去。

不过那艘游艇上的人似乎没被这声巨响吵醒。

"船上似乎没有其他的人，"船长继续说道，"好像出了什么大事儿，那个人蜷成一团，你看他旁边黑色的痕迹是什么呢？我觉得像是血。再拉几下雾号，汉兹先生。"

又响起了两声刺耳的"呴哮"，躺椅上的乘客被吵醒了，有几个人甚至跑到护栏旁边想找出引起这番不满的罪魁祸首。

游艇仍然没有回应，甲板上的人一动不动，也没有其他人出现。现在能清楚地看到操舵室里闪亮的黄铜船舵，里面空无一人。

"我敢打包票那就是血迹，"汉兹说，"那么多血，伤势肯定很严重。"

现在奇切斯特号来到了游艇附近，再加上高倍望远镜，距离被缩小到几米。

"没错，肯定是血。"船长又看了一眼，同意道，"该死，我们得把船停下来。那个小伙子可能还没死，我们也不能就这么让那艘船漂在海上，把其他的船撞个窟窿。鸣笛，汉兹先生。"

二副先熄灭了发动机，几秒后又下令"全速后退"，同时，船长转向一旁待命的水手。

"立刻把麦金托什先生找来，叫乘务总管去看看船上有没有医生，有的话把医生也叫过来。"

船上陷入一阵混乱，汽笛回荡，钟声响起，人影匆匆穿梭。一股轻微且持续的震动传遍了整艘船，仿佛船底发生了什么不得了的事儿。轮船烟囱排出一股蒸汽，同时发出隆隆声。船员们很快来到右舷救生船的所在地，礼貌地让乘客后退，然后解开绳索，敲出楔子，飞快地揭下帆布套。定盘①落下，吊艇柱也随之前移。几秒钟后，救生艇就被吊了起来，悬于海面。

此时，乘客们也许被甲板上的人群吵醒了，他们都注意到了游艇上的那个男人，于是挤到护栏旁边凑热闹、开玩笑，叽叽喳喳地闹开了，后面的人往前挤，大嚷着让前面的人说说发生了什么事。人们纷纷掏出望远镜和照相机，期待发生了什么大事件。接着，那艘载着"罪恶包裹"的游艇进入了人们的视野。人群陷入一片死寂，他们

---

① 定盘：大轮船上用来安置救生艇的装置。

默默地站着，被这起悲剧吓得说不出话来。

目前的情况确实有些戏剧性，就算你想象力极其匮乏，也不禁会产生各种联想。这艘小游艇线条优美，表面光洁，甲板呈白色，黄铜部件闪闪发光，油漆鲜亮，插着鲜艳的俱乐部旗，明显能看出它是富人的玩物，是一件给人带来愉悦的工艺品，根本不适合作为悲剧发生的舞台。这里本应回响着美女和绅士的欢笑声，此时却空荡荡的，只有那个俯首前倾的身影和那摊暗示着邪恶与恐怖的血迹。

船员们倒顾不上这些，他们加快手脚穿梭在人群中，小心翼翼地打听船上有没有医生，终于在吸烟室里找到了一位，然后急忙把他带到了船桥。三副麦金托什先生比他先到一步。

"奥兹医生吗？"船长说，"非常感谢你的帮助。麦金托什先生，请你去那艘游艇上看看出了什么事。如果那个人还活着，就让医生带他过来；如果已经死了，就别动他。要是游艇上没有其他人，你就留下几个人手，让他们把游艇开到纽黑文。你把扩音器拿上，方便到时把情况告诉我。如果有必要，我就让迪耶普再派些帮手来。你们赶紧吧，我们预计的行程已经被耽误了。"

很快，救生船就被放到了海上，绳子被解开，麦金托什先生一行人坐在救生船上，在奇切斯特号旁边缓慢地随波浪上下起伏。"让一让，伙计们。"麦金托什说道，然后奇切斯特号和船上一排排圆睁的双眼开始慢慢后退。

"横渡英吉利海峡的船在正常航行时很少会像这样半途停下来。"奥兹医生过了一会儿后说道。

"这种情况我只见过一次，"麦金托什承认道，"就是我们发现'约瑟芬'号那次，你没在报纸上读过这艘船的报道吗？那是一艘800吨重的货轮，本应从英格兰东部的格里姆斯比市开往法国的勒阿弗，当时它就漫无目的地漂在海上。老天爷，那场景可太壮观了！我们在25公里外就看到船上冒着烟，跟火山爆发一样。"

"船都烧光了吗？"

"烧光？没错，我觉得是烧光了。那样的熊熊大火至今为止我只见过一次，船上当时载着油漆，火焰有近2公里高。"

"有死伤吗？"

"没有。人们当时在救生船上，我们把他们救了起来。医生，你觉得那艘游艇怎么样？它叫'仙女'号，来自福克斯顿市，船身很美。"他说道，"反正我觉得那艘船不错，长约15米，不过设计比较过时，应该用了20年了。人们把它的船头改造得更高、船尾则更低，船速大概有8～10节，很可能换了新发动机，这艘船是蒸汽动力驱动的。"

"我觉得它的动力很足，但并不好看。"

麦金托什点点头，"你说的也没错。不过，提醒你一下，这艘船的制作很精美。医生，我们就亲眼看看吧。"游艇就在他们的旁边，"慢一点，小心行事。"

一个人用钩篙分别把两艘船的船头和船尾连在一起，没过多久，它们就靠在了一起，随着波涛而上下起伏。麦金托什站起来，放下游艇护栏上的舷梯，然后跳上了船。奥兹医生跟在他身后，动作更加小心。

他们一眼就能看出，除了升降梯附近的那个可怕人影外，甲板上真的空无一人。他们更仔细地观察后，愈加证实了先前对这艘船的印象：这是有品位和有财力的人的玩物。甲板上只有一间操舵室、两扇天窗、两根桅杆和升降梯，剩下的是几乎和船一般大的散步区域。操舵室的位置很靠前，离船头大约2.4米；然后是其中一扇天窗，从大小来看里面应该是社交厅；接着是升降梯；最后是另一扇更小的天窗，那显然是一间船舱。甲板四周有一圈抛光柚木护栏，上面挂着四个救生圈，用整洁的黑色字母印着"福克斯顿，M.Y.仙女号"的字样。甲板被沙石打磨成了浅沙色，所有可以抛光的物件都像金子一样闪闪发光。

不过两人的目光并没有停留在这些事物上，他们发现还有更多悲剧的痕迹，超出了他们的预料。他们脚下的台阶上有一小摊血，还延伸出一串血滴，穿过甲板，直指那个趴在地上的人。他似乎在游艇的一侧受了重伤，停留了一会儿，然后摇摇晃晃地走向他最终倒下的地方。后面来的人很快也注意到了这些痕迹，赶紧向那边走去，因为直觉告诉他们已经太晚了。

那是一名瘦瘦高高的男性。据他们所知，他穿的不是游艇工作人员的服装，而是一套深灰色的休闲西装，坎皮莱布料昂贵，剪裁考究；他穿着深灰色的丝袜，黑色的鞋子也很整洁。他伸出鸟爪一般瘦瘦的左手，呈钩状，想要抓住甲板。他脸朝下，弓背躺着，右臂放在身下。他的帽子不见了，头是秃的，有一圈薄薄的灰发，耳后是金色的眼镜腿。他穿着一件翻领上衣，但是看不见脸，只能看到胡子被刮得很干净。深红色的不祥污点从他的头上蔓延开来。

医生在他身边蹲下。

"你要是不帮我的话，我就不碰他。"麦金托什建议道。

"我想把他的头抬起来看看。"奥兹医生屏着一口气，把他的头抬了起来，"枪伤，"他一边轻轻放下那人的头，一边说道，"他已经死了，我也无能为力。"

"他中枪了，对吗？老天爷！枪击发生在很久之前吗，医生？"

"不，刚刚发生不久。尸体还没明显变冷，大概是一个小时左右前。"

"真的吗？你能看见他的右手吗？他手里有枪吗？"

医生摇摇头，"我看不见他右手的情况，我也不会再去动他，这是警察的工作。你要带他回纽黑文吗？"

"我必须这么做。好吧，我们再去下面看看，然后你就可以回'奇切斯特'号了。"

麦金托什从升降梯上跳了下去，立即发出一声大叫，"上帝啊，医生，这里真是一团糟！"奥兹紧随其后。他们两人都呆住了。

升降梯下面是一间大船舱，长约3米，宽则占据了游艇的整个宽度。船舱右边放有一张折叠桌，上面洒了一些饭菜，后面还有一个座凳储物柜。船舱左边还有一个储物柜，正面是另一扇门和一个电壁炉。墙上设有书架，有一个时钟和一个无液气压计，置物架上有几张被卷起来的图表。由于海面和天花板反射了阳光，这间船舱十分明亮。

然而接下来两人无暇顾及这些细节，因为就在地板中央卧着另一个人，似乎正在就餐的状态。这次，此人的形态一览无余：他横卧在地板上，面部遮挡，但是可以清楚地看到前额上有一个致命的弹孔。他看上去比另一个人更年轻，中等身材，相当结实。头发茂密，虽然本是黑色，但现在已经开始变灰了。他也是一副城里人的打扮，没有穿游艇工作人员的服装，而是身着深棕色粗花呢西装，棕色的鞋子，翼领衬衣，都很整洁，也很昂贵。他的双臂向外伸出，似乎是为了躲避某种攻击，但是血迹很少。

麦金托什不禁咒骂了一声，然后打起了精神。

"他已经没救了吗，医生？"

奥兹快速地检查了尸体。

"没救了，他是瞬间毙命的。而且也是不久之前才死去，和另一个一样。"

三副催促奥兹抓点紧，显然他的脑中浮现出了"奇切斯特"号船桥上休伊特船长不耐烦的样子。

"我们把游艇的其他部分都检查一遍后你就可以走了。"

在向着船尾的一端有一扇门，通向一个小船舱，里面设有上下铺。社交厅的前面依次是一个小房间——食物储藏室兼厨房，然后是厕所和浴室、操舵室下面的机炉舱，以及位于船头、有两个铺位的商店。奥兹和麦金托什没有东张西望，他们一心只想确认船上还有没有别人——不论是死人还是活人。船上的配置不仅奢华高贵，而且一尘不染，运转高效，虽然调查的时间十分有限，两人还是对其留下了深刻的印象。

奥兹和麦金托什没有浪费一分一秒，不过在"奇切斯特"号的船长看来，他们的手脚还是不够麻利。这边的调查刚结束，海的另一头就响起了几声洪亮的汽笛声。麦金托什忍住了骂人的冲动。

"老天爷啊，医生，"麦金托什大喊道，"动作快点，可不能让老船长久等了。"他又跳到甲板上，"史密斯，威尔科克斯，你们马上过来。"他喊道，"由斯内尔格罗夫负责组织大家回到船上。等一下，医生也和你们一起走。对吧，医生？你去告诉老船长这里的情况，好吗？那你就走吧！伙计们，都动起来！"

船员们立刻行动了起来，船尾泛起阵阵泡沫。麦金托什转向他的两名助手说：

"你们两个，都下去，"他果断地下令道，无视两人对死者投出的好奇目光。"启动发动机，看看里面有多少汽油。在他们回到船上前完成，动作麻利点。"

麦金托什靠在发动机室的舱门上，看着手下们在下面干活儿。麦金托什知道史密斯在成为水手前是一名汽修工，幸好这次带他来了，麦金托什也充分利用了这个优势。史密斯用手轻抚机器，拧开阀门，稍做调整，挪了挪手柄。然后他大力一拽，随着一声轻响，发动机先是猛转了一下，接着平稳地运作了起来。一分钟后，史密斯报告说油箱里的汽油很充足。

"能让我们航行100公里吗？"

"两倍的距离都可以，先生。"

麦金托什站起身来，举起了扩音器。此时，乘小船返回的人们也抓住摇晃的舷梯，准备登船。

"我要留下来，把船开到纽黑文，"麦金托什吼道，"不用其他人帮忙。"

船长挥了挥手臂。当滴着水的救生船从海面被拉起时，奇切斯特号开始移动，很快便提升到了之前的速度，留下的一道白色浪痕，成了一个黑点，迅速淹没在浓重的空气中。

应急措施已经完成，麦金托什接下来把船员们召集了起来。

"史密斯，等我们安置好尸体后再启动发动机。柜子里有旗子吗？"

他们把这艘小船翻了个遍，最后在船舱的座位下找到了旗子。他们从一堆旗子里找出一面蓝旗——也是唯一一面大旗——同时压低了声音，向船舱里的死者致哀。麦金托什一回到甲板，就关上了升降梯门。

"我们不需要再过去了，"他说道，"威尔科克斯，你去拿些重物压住旗子。来，史密斯，帮我把旗子展开。"

他们小心翼翼地用旗子盖住了俯卧着的死者，并从发动机室找来备用零件放在旗子的边缘——这是他们悼念死者的唯一方式。麦金托什记下了时间：下午1:50，然后转过身去，审视起当下的情况。

这应是警察负责的工作，但他已经卷入其中，到时警察会找他收集证据。他是第一个到达现场的人，警察会想知道他都发现了什么。麦金托什想，在前往纽黑文前自己有什么该做的事或该注意的地方吗？

显然，这起事件不是谋杀就是自杀。麦金托什更倾向于谋杀的判断，因为他在匆匆扫视社交厅时并未看到任何凶器。虽然这件事在某种程度上和他无关，但他还是想弄清这一点。麦金托什打破了自己定下的"规定"，又下了升降梯，进入了社交厅。没错，确实没有凶器，它也不可能掉落到什么隐秘的地方。所以这是一起谋杀事件。

随后麦金托什意识到自己错了，这个结论并不能成立。他们也可能约定好了一起自杀，甲板上那个人如果有凶器，他就可以先打死同伴，再开枪自杀。

"这是警察的工作，让他们操心去吧。"麦金托什一边想，一边仔细地环顾四周。

然后他立刻注意到了第一次检查时遗漏的东西。死者戴着手表，表面的玻璃裂开了，显然是撞到了地板上。手表的指针停在12:33。

如果这是悲剧发生的时间，那么这就和医生说的"不久之前才死去"相吻合。麦金托什好奇自己是否能找到其他的佐证。

他走到发动机室，摸了摸气缸套。

"你觉得这艘船熄火了多久？"他向"专家"史密斯

问道。

史密斯说，他在重新启动发动机前先摸过气缸套，估计船已经停了约一个小时。麦金托什点点头。

"你把所有的数据都记下来，"麦金托什说，"这是汽油—煤油混合机对吧？标记一下汽油和柴油的余量，润滑油也标上。我们都过来看着，警方今后可能要我们为这些数据的真实性作证。"

他们仔细地做好了记录。在麦金托什看来，目前没有其他重要的事了，于是他转向大家。

"现在是下午2:00，"他说，"我们最好动身前往纽黑文了。史密斯，把船发动起来，看看它有什么能耐。"

威尔科克斯被任命为舵手，掌控着小小的黄铜舵轮。麦金托什则站在一旁，看着海水慢慢流过。正如他所想的那样，船速很慢，估计不到10节，他们应该会在傍晚6:00左右到达纽黑文。

此时天气已经有所好转，视野稍变清晰，但能见度仍然较低，需要船员时常观察。刚开始航行时海上只有他们一艘船，不过立刻就有一艘小船从东北方向悄悄驶来，朝仙女号的右舷航行。麦金托什用他在操舵室里找到的一副望远镜看了看，小船还是离得太远，看不清细节，但麦金托什觉得那是一艘小汽艇，而且正径直朝"仙女"号驶来，从船尾的小白点看，船速似乎相当之快。麦金托什慢慢地填充烟斗，并不害怕与它发生冲撞——这可是他平时上班时少有的奢望。

麦金托什不是胆小鬼，他在战时服过役，但是身边发生的这场恐怖悲剧却让他有些不知所措。之前他并没有细想的时间，但是现在他只有望风的机械性工作，于是脑海中自然充满了各种想法。这些人是谁？他们怎么会落得如此下场？甲板上那名死者看不见的右手里有左轮手枪吗？他是否杀了另一个人、然后自杀了呢？如果是的话，两名死者显然是乘客，船员又在哪里呢？或者两人都是被第三方所杀害，而凶手已经以某种方式离开了游艇？

麦金托什并不热衷于侦探工作，但是天生的好奇心诱使他对死者进行更细致的检查，希望至少能找到一些答案。但是他没有这样做。

他对警方的调查方法略知一二，所以很确定自己的职责就是什么都不要碰，甚至要远离尸体所在的位置，以免自己无意间抹去了凶手留下的痕迹。

"不要多管闲事，"麦金托什理智又务实地做出判断，自言自语道，"我的工作是把这艘游艇开到纽黑文，不是找出这个悲剧的真相。"

这个结论虽然值得称赞，不过在到达纽黑文港口之前，麦金托什除了领航之外还有更多的事情要思考。

第二章

麦金托什的访客

　　麦金托什有案件调查方面的常识，但他还是不禁猜测起造成这场悲剧的原因来，就像他无法抑制自己的心跳一样。

　　他在未沾染血迹的甲板上缓缓地来回踱步，抽着烟斗，苦思冥想，每次转身时都习惯性地瞥一眼海平线。

　　在这起事件中，相较其他方面，麦金托什对失踪的船员更感兴趣——如果有船员的话。这类游艇很可能配有两名船员，一人来掌舵并监控发动机——操舵室有一整套控制发动机的装置；另一人是厨师兼服务员，负责打扫卫生和处理杂事。不过，如果船主和他的朋友们乐意，他们也能自己经营这艘小游艇。麦金托什其实根本找不到线索来证明管理游艇的人是谁。一方面，仓库里的两个床铺似乎都没人用过，可以推测没有随行的船员。另一方面，至少从服装上看，两名死者都不像是水手。

死者的衣着很让人捉摸不透。麦金托什从未在游艇上见过这种打扮的乘客，至少在穿越英吉利海峡的游艇上他没见过。这趟旅程肯定从一开始就有什么特殊之处。两名死者的穿着既不像开游艇的、也不像来旅游的，而是像刚在伦敦结束了正式会议的商业人士。因此，他们肯定是乘客。他们是偶然登上这艘游艇的吗？

麦金托什正要顺着这个思路想下去，却突然意识到这起事件可能会让自己名声大噪。不论死者是谁，这起案件都会受到世人的关注：一艘游艇独自漂浮在茫茫的英吉利海峡，搭载着如此骇人的"货物"，光是这样的情境就很有戏剧性了。游艇上发生的故事将立刻引起轰动，新闻编辑者们会进行淋漓尽致的描写。麦金托什仿佛看到各大日报的头条上用铅字大大地印着他的名字，也许他未来的意中人也会看到这一切。

麦金托什细细咀嚼着这个令人陶醉的想法，同时注意到向"仙女"号径直驶来的汽艇已经转向西边，仿佛正朝着"仙女"号的船头航行。他突然意识到，两艘船的航线将交会，它们会在几公里后"亲密接触"。他又漫不经心地拿起高倍双筒望远镜，聚焦到那艘小型汽艇上：甲板舱从船头向船尾延伸了全长约三分之二的长度，航行速度和"仙女"号差不多，也许还快一点。麦金托什只能看见楼梯井的小舵轮前站着一个人。

在麦金托什观察的同时，那个人拿起了什么东西——显然是望远镜——也凝视起"仙女"号来。接着他立马松开了握住舵轮的手——很可能是发现自己正处于他人的观察之下——打起手势来，还挥舞着一面小旗。

显然他想和"仙女"号取得联系，麦金托什这次竟没有赶时间，下令停船。花15分钟就能知道对方想干什么，反正再迟15分钟到纽黑文也没什么影响。

麦金托什用信号告诉对方自己会停船，"仙女"号在减速时，汽艇又改变了方向，径直驶了过来。史密斯得知接下来的几分钟不需要发动机运作，于是来到甲板，去操舵室里和威尔科克斯低声讨论了一下当前的情况。麦金托什缓慢地来回踱步，仍旧扫视着雾蒙蒙的海平线，不过除了迅速驶来的汽艇之外，海上别无其他。

汽艇慢慢转向"仙女"号的船尾，靠近后却船头一转，最后与"仙女"号齐平，停在9米开外的地方。麦金托什现在能清楚地看到这是一艘小型的海军汽艇，约7米长，当然还设有船舱。这类海军汽艇的设计不错，双对角线的船板，方形船尾，吃水深，螺旋桨轴位于船的一侧，这样艉柱就不会被切断。这艘汽艇和"仙女"号一样也没有乘客，不管去哪片海域，它们都算得上是宽敞、稳定又安全的船只。同样的，这艘船肯定也花了重金来打造，船只的状态看起来不错，船身一尘不染，铜制器具闪闪发光，受到了精心呵护。

目前为止只出现了一个人，麦金托什见那人的身高和体态都是中等水平，脸又瘦又黑，看起来像个聪明人。他的鼻子比较大，下巴很结实，显示主人性格果毅，意志坚定。麦金托什对自己看人的眼光很有信心，一眼就觉得这个人既能干、效率又高。

"'仙女'号，"那人喊道，"莫克森先生在船上吗？"麦金托什从他的声音和举止中察觉到困惑和不解。

这是一个简单的问题，麦金托什却无法回答。

"船上发生了一起事件，"他回答道，"我是南方铁路公司旗下'奇切斯特'号的三副，这里现由我负责。你能告诉我你叫什么名字、有什么事情吗？"

"我叫诺兰，不过我的名字对你也没什么用，"陌生人喊道，"如果莫克森先生在的话，我想见见他，他是我的生意伙伴。"

"诺兰先生，你最好还是过来。把船开到旁边来，动作快。"

"好的。"诺兰先驾船后退，又上前来，技术娴熟地驶到"仙女"号旁边。麦金托什伸出护舷，同时史密斯和威尔科克斯拉紧诺兰从船头和船尾扔过来的绳索，于是两艘小汽艇并排行驶在平静的海面上，诺兰也动作利落地爬上了船。

"老天爷!"他的目光落到血迹上,不禁大叫起来,然后顺着血迹跑到蓝旗边。"这里发生了什么?"

"我觉得这像是谋杀,诺兰先生,你最好过来看看。"

诺兰盯着麦金托什,眼中充满了困惑。

"你说什么?谋杀?你在开玩笑吧?"

"你自己去看吧。"

在麦金托什的示意下,两名水手揭开了旗子。诺兰不禁爆了粗口,凝视着那个一动不动的身影。

"我的天啊!"诺兰又是一声大喊,"迪平!"他的目光中充满了无助,转身对麦金托什说,"迪平死了!你说他是被人谋杀的?天哪!这不可能!"

"这看起来恐怕不像是意外。"

"太糟糕了,可怜的老迪平!"

"这么说来,你认识他吗?"

"认识?我当然认识了,他可是我生意上的合作伙伴!我昨晚才和他聊过,没什么不正常的。"他停顿了一下,摇了摇头,以越发惊讶的口吻说道,"而且他根本没提过要坐游艇!一个字都没提过!昨晚都到半夜了,他都没提到这个话题,我完全搞不清现在的状况。"

麦金托什示意把旗子盖回去,然后指了指升降梯。

"这还不是全部,诺兰先生,下面还有别的麻烦,过来看看吧。"

诺兰在看到第二具尸体时情绪差点失控了，露出的恐惧与惊讶和刚才完全无法相提并论。除此之外，他还明显十分悲痛。诺兰立刻认出了那个人，也就是他最初打听的莫克森，他说莫克森是他的朋友，也是商业伙伴。昨晚他们也交谈过，当时莫克森和迪平都还好好地活着，但现在他们的生命都已终结。他们都死了！诺兰根本不想承认这一现实。

在恐惧和震惊之余，诺兰似乎对这场悲剧感到愈加的诧异。"这是怎么回事呢？"他说，"我根本想不通！就在昨晚，确切地说是今天凌晨，莫克森还告诉我他不能去旅行了！让我安排这次旅行的人就是他，这也是我来这里的原因。"

麦金托什一言不发。诺兰说的一切似乎让这件事变得越来越神秘。他本想问诺兰一些问题，但考虑到自己的身份和责任，他又放弃了这个想法。麦金托什意识到他们只是在浪费时间。

"你会发现这一切都是原因的，"他笨拙地安慰道，"但是，诺兰先生，我们不能在这里耗一个下午。我要把船开到纽黑文，现在必须动身了。我们去甲板谈吧。"

诺兰点点头，又怯怯地看了一眼悲惨地伏倒在地板上的人，然后跟着三副走了。

"这艘游艇会继续前进，你的汽艇保持现状就行了。"

诺兰又心不在焉地点了点头，显然这起悲剧已经占据了他的大脑，使他根本无心顾及其他。史密斯和威尔科克斯回到了自己的岗位，再次启动了"仙女"号。麦金托什和诺兰则在甲板上走来走去，麦金托什讲述了自己发现"仙女"号和船上悲剧的始末。

"他们都是我很好的朋友，是理想的好伙伴。"诺言讲到最后时说，"莫克森是我的老朋友了，从这方面来说，虽然我认识迪平不久，但他也是我的好朋友。现在他们不在了，以这种骇人的方式死去了。上帝啊，简直无法想象！"

"你能想到可能发生了什么吗？"麦金托什插话道。

"我吗？"诺兰无助地耸耸肩，"我一点头绪都没有！这件事太蹊跷了。我已经说了，昨天深夜、准确来说是今天凌晨，我才见过他们两人，但他们都没提过要搭乘'仙女'号的事。莫克森明确表示过自己不会去，他本是这么打算的，但他应该得到了什么坏消息才改变了主意。除此之外，我和你一样，再也想不出能让他们来这里的理由。"

"你是说莫克森先生之前让你去，而不是自己搭乘'仙女'号吗？是要去哪儿呢？你愿意详细给我说说吗？"

"我当然愿意告诉你，这又不是什么秘密的事。他们两人是我在莫克森综合证券公司的合伙人。你肯定听说过这家公司，它是全国的金融巨头之一。莫克森任董事长，迪平任副董事长，我是监督主管之一。"

"你负责什么呢？"麦金托什敏锐地问道。

"钱，"诺兰答道，"投资，贷款等。"

"公司在伦敦吗？"

"没错，在针线街①。莫克森之前想见一位叫巴斯德的法国金融家，他们已经谈判了一段时间，最近莫克森想和他单独见面。巴斯德和他的朋友住在法国港口城市费康，喜欢开着游艇出海玩。莫克森打算把'仙女'号开过来，和巴斯德一起出海。这是他的算盘，想和他愉快地旅行一次，以便和他达成协议。"

"实用心理学。"麦金托什点评道。

诺兰咕哝道，"这只是做生意。不管怎样，他就是这么做的。今晚他本来要和巴斯德共进晚餐，然后明天启航。这些都没什么问题，不过他遇到了一件麻烦事儿。昨晚在伦敦有一场晚宴，是一个大型金融活动，所有重要人士必须到场。莫克森、迪平和我都去了，还有我们的几个搭档。你也可以猜到，这样一来莫克森就来不及在今晚8:00之前把'仙女'号开到费康，和巴斯德一起吃饭了。"

麦金托什也承认这个行程会相当紧张。

"莫克森是这样打算的：他把车开到举行晚宴的哈勒姆餐厅，晚宴结束后立刻开车到福克斯顿，'仙女'号就

---

① 针线街：伦敦的一条街道，以金融中心著称。

停在那里，在船上睡一晚，第二天一早就出发。但他后来告诉我他不会去，所以这整件事才这么奇怪。"

"他没有告诉你原因吗？"

"他告诉我了。晚宴刚结束，我们都准备回家，这时候他神情严肃地说住在巴克斯顿的姐姐刚才打来电话，他的姐夫在从剧院回家的途中发生车祸去世了，自己必须去巴克斯顿帮助处理后事。所以他去不了法国，让我代替他去。莫克森说我了解这笔生意，而且是唯一一个有汽艇、能够带巴斯德出海的人。莫克森还说，'雷蒙德会和你一起去。'"

"雷蒙德也是合伙人之一。我知道他一直和莫克森一起出海，所以他应该跟着我来。雷蒙德很年轻，是我们之中年纪最小的。让雷蒙德来是因为他是个好小伙儿，善于处世，能招待好巴斯德，而且他会速记和打字，如果谈判有所进展，他也能担任机要秘书。莫克森不想找专门的速记员就是怕给巴斯德压力。我当时问莫克森，雷蒙德好像回家了，要怎么才能联系到他。莫克森说雷蒙德没有回家，而是去取他的车了，他会和雷蒙德商量。莫克森说他会在我方便的时间让雷蒙德到我的住处，然后我开车和他一起去多佛，我的汽艇就泊在那里。我们最后决定在凌晨4:30出发，这样的话早上7:30就能登上汽艇。我觉得如果要赶到费康和那位法国人共进晚餐，早上7:30就必须出发。"

"你的汽艇性能如何？"麦金托什问道。

"速度能达到10节。"

"嗯，那你早上五六点钟就该上汽艇。"

"不过我想在上船前留点时间。昨晚我刚到家，迪平——就是那个可怜的家伙——打来了电话，"诺兰指了指地上那面蓝旗，"那是我最后一次听到他的声音！他刚刚和雷蒙德见过面，说想让我们从海上回到多佛后开他的车，所以他会在早上和我碰头，这样就行了。"

"还有，莫克森已经把这笔生意的资料给了我。他似乎很感激我能代他去，但我也只有同意的份儿，不是吗？"

"还有呢？"麦金托什简短地表示了同意，然后想到了一个可行性的问题，于是补充道，"你是怎么及时准备好游艇的？"

"我回到位于圣詹姆斯的公寓后，给多佛的洛德·沃登旅馆——我一直在那里泊船——打去电话，请值夜班的服务员立刻转告管理人，说我打算明天早上7:30出海，让他准备好游艇。你也知道，我怕游艇被潮水困住，所以一直把它泊在格兰维尔船坞，如果船不能在退潮前开出去，闸门就会关闭，就只有等到下一次涨潮时才能出海。"

"确实如此，我对那片水域也很了解。"

"我把需要的物品告诉了用人，他设了早上4:00的闹钟。我醒来后，穿好衣服，开出汽车，他也给我做了点儿早餐。凌晨4:30刚过我就出门了，直接前往多佛，早上7:15抵达。旅馆门厅服务员已经帮我传达了消息，管理员也及时收到了。汽艇就停在十字墙码头的闸门外，一切准备都已就绪。"

"我还挺幸运的，及时把汽艇开了出去。"

诺兰僵硬地笑了笑。

"也许是幸运，也许是不幸，"他又说。"如果管理员没把汽艇开出去，我现在也不会在这里。"

麦金托什马上表示同意。

"之后我就遇到了第一个问题，"诺兰继续说道，"雷蒙德没出现，到早上7:30了他还是没来。我等了又等，连他的影子也没见着。如果我再等下去，就无法及时抵达费康，所以早上8:00时我就独自出发了。真是麻烦死了，但我也没办法。"

麦金托什冷淡地说："事实证明，就算你继续等下去也改变不了什么。"

"所以你就来这里了吗？"

"没错，所以你能想象，当我看到'仙女'号时有多么惊讶了。我先是看见一艘船朝着我的航线驶来，觉得它和'仙女'号有点相似，但根本没想过那就是'仙女'号。距离缩短一些后，我注意到操舵室的曲线，就知道它肯定是'仙女'号，因为莫克森对它进行过改装，不会出现第二艘有相同特征的船。我不知道'仙女'号为什么会在那里。"诺兰悲伤地摇摇头，"我做梦也想不到船上竟然发生了这种事。"

两人一言不发地踱了一会儿，然后诺兰继续说。

"莫克森夫人太可怜了，她的身体本来就不好，要是得知了这件事，肯定会备受打击。迪平的夫人和家人也是一样，一定会很想念他，迪平还有一个快要大学毕业的儿子。不幸中的万幸是他们两人都很富裕，家人不会为了生计而发愁。"

麦金托什也觉得这点稍微减轻了他们的不幸，但他的精力仍放在这起事件的抽象面上，而不是它对相关者的影响。"给我说说，"他又谈起了先前遇到的难题，"'仙女'号上肯定不止他们两个人吧？"

"我也不知道，我了解的其实和你差不多。不过应该没有别的船员，因为莫克森是航海老手了，他虽然是一副城市人的打扮，但能比得上英国最优秀的水手。莫克森从来不需要别人的帮助，只有一个帮他在港口照看和打扫游艇的人，不过出海时他从来不带帮手。"

麦金托什觉得这起事件超出了他的能力范围。在一开始情况就很糟糕，这个诺兰的到来让事情变得更加扑朔迷离。然后，麦金托什发现谜团的一部分即将被解开。

"我来告诉你发生了什么吧，"麦金托什主动道，"莫克森在派你去法国后就回了家，到家后他又接到了姐姐的电话，发现姐夫根本没受伤。于是莫克森会想，'那我就不必派诺兰先生去法国了'，接着他以某种方式通知你，说还是由他自己过去。要是出于某种原因你没有收到信息，就可能发生了这件事。你不这么认为吗？"

诺兰显然吃了一惊，他确实认为事实很可能就是这样。不过，这仍然无法解释这场悲剧发生的原因。

"没错，这也说明不了什么。"麦金托什承认道，诺兰是个很难被说服的人，麦金托什的声音中透着些无奈。麦金托什的分析确实不错，但他也知道这并不能解释两人的死亡。然而，谢天谢地的是，这件事和他无关。他只是个水手，不是该死的警察。麦金托什转而环顾大海。

"我不知道这到底是怎么一回事儿，"他总结道，似乎要放下这个悲剧话题，"但我知道，'仙女'号并不是这样开的，它不是拖船。所以，诺兰先生，你最好回自己的汽艇，然后解开缆绳，开着船在旁边跟着我们。我猜你会去纽黑文吧？"

"没错，要不然我还能做什么呢？我相信你是对的，麦金托什先生。断开两艘船的连接会让行驶速度翻倍。"

这项决定得到了执行。当晚6:30，这两艘船缓慢地驶入了纽黑文的防波堤。

第三章

警方介入

麦金托什一行人按照港务当局的指示驾船朝舷梯驶去，有一小群人正等着他们的到来，包括希斯警长、苏塞克斯郡警察局的两名警察、港务长和他的几个手下。而在这些人身后，更有众多充满好奇心的人群，就像发现了腐肉而兴奋不已的秃鹫。他们一边驻足观望着麦金托什将"仙女"号缓缓靠岸，一边开始聚焦于白色甲板上的血渍和蓝旗下面呈现出的恐怖形状。与此同时，诺兰把他的汽艇也停在一旁，放下护舷，用绳子将船头和船尾与"仙女"号绑在一起，就像在英吉利海峡上一样。虽然麦金托什在纽黑文是一名公众人物，被所有人认可，但是一同到来的诺兰却承受着谴责与质疑的目光。

"我们收到了休伊特船长的消息，"船只靠泊好后，港务长喊道，"我们一直在等你，麦金托什先生。不过，和你一起来的人是谁？"

"诺兰先生，"麦金托什大声道，"这位先生和死者认识。'奇切斯特'号离开后不久，我们就发现他开着汽艇出现了。"

"知道了。"港务长回答，随后和希斯警长讨论了一下。

"请两位暂时待在原地，谢谢。"希斯警长喊道，又和港务长深入讨论了一会儿，然后港务长点点头离开了。警长有些笨拙地爬下了舷梯，两名警员跟随其后。

希斯警长善于人际交流，工作时低调但高效，广受附近居民的喜爱。他像见了老朋友一般和麦金托什打了招呼，又礼貌地向诺兰问了好，然后开始调查这起悲剧。

"这个情况看起来不妙啊，"希斯警长道，盯着甲板进行了一番打量。"我已经和休伊特船长和那名医生通过电话，了解了一些情况。麦金托什先生，你有其他的发现吗？"

"没有，"麦金托什说，"不过诺兰先生倒是告诉了我一些信息。我之前也说过，他认识死者。"

"嗯，这点稍后再讨论，现在先让我们来看看吧。麦金托什先生，把旗子揭开。"

那个身着灰衣的男人又展现在了众人面前，他一动不动，头边有一摊不祥的血迹。人们站在四周，低头注视着他。

"他没有被移动过吧？"

"只有医生抬过他的头，除此之外，没人动过他。"

"医生说他中枪了，你没找到枪吗？"

"没有，但我们还不知道他的右手里有什么。"

警长点了点头。

"现在先不动他。我们再去看看另一具尸体。"

一行人又下到船舱。希斯走到楼梯底部时停了下来，麦金托什越过他肩膀看了过去。两名警员伸长脖子瞧了好一会儿，最后还是放弃了，随后回到了甲板上。

"原来如此，"警长说道，"现在我们要保护现场。麦金托什先生，我想让你和诺兰先生提供一份陈述，大致说说就行，细节可以稍后再补充。"

他们回到甲板上，麦金托什简要讲述了他如何发现并控制了"仙女"号和诺兰是怎么出现的。

话还没说完，他们的注意力就被吸引到了别处。一名穿着灯笼裤的中年男子出现在舷梯边，他身材匀称，军人一般的举止，他敏捷地顺着梯子爬下来，登上了甲板。警长转过身，敬了一个礼。

"晚上好，警长。晚上好，各位。"他愉快地说道，"那艘游艇已经抵达了吗？我想在回家前顺便来看看。"

"几分钟前才抵达的，长官。我已经开始调查了。"

"很好，很好。这些先生们都是谁呢？"

"这位是麦金托什先生。"警长稍微欠身道，"他是'奇切斯特'号的三副，就是他登上了'仙女'号，又把它开到这儿来。据我所知，另一位是诺兰先生，当时他开着汽艇跟着'仙女'号来的，我还没有记下他的陈述。"警长又转向麦金托什和诺兰。"先生们，这位是警局局长特恩布尔少校。"

少校礼貌地对这段介绍表示了认同。

"我不想打扰你工作，警长，"特恩布尔接着道，"不过我来都来了，还是要了解一下目前的情况。这里简直糟透了，太可怕了！这些是最初发现的痕迹吗？"他指了指血迹，一边说着一边沿着它向升降梯走去，然后迅速查看了这场悲剧的其他证据。

"天哪，天哪！太可怕了！真是两个可怜虫，"特恩布尔如现场讲解一般低声说道，"太可怕了！目前为止，没有人碰过现场吧？"

"长官，除了医生之外，没有其他人碰过。"随后警长又把麦金托什告诉他的话重复了一遍。

"天哪，天哪！太可悲了，太让人难过了。你已经得到麦金托什先生的陈述了吗？"

"是的，长官。"

"记录在纸上了吗？"

"没有，长官。只是一份简短的口头陈述，以便我了解这起案件。"

"做得不错，很好。我也想了解一下，能让麦金托什先生再说一遍吗？而且这次我们最好做好笔录。他们之中有人会速记吗？"

"他们两人都会，长官。"

"很好，很好。那我们坐下来吧，这样的话警员就能把纸放在膝盖上写字了。麦金托什先生，恐怕你得再陈述一遍，我想你肯定乐意配合的。顺便问一下，诺兰先生，你能上船来吗？我们也想听你说说。"

护栏旁边设有座位，他们都移动到了那里。麦金托什注意到仓库里有几把躺椅，于是派人取来。正如警察局长指出的那样，这里和警长的办公室一样舒适，几乎没人来打扰。潮水已经退去，他们现在远低于岸边通道的高度，在那里看热闹的人无法听到他们的谈话内容。另一个好处在于他们就位于案发现场，可以在必要时进行调查。

"顺便一提，警长，"特恩布尔接着说，"我想让你派人去找一名摄影师，再把纳尔逊医生叫来。我们必须看看那个倒霉鬼的右手里有没有东西。好了，麦金托什先生，请开始吧。"

麦金托什又讲了一次，这次提供了更全面的细节。

"目前为止你都解释得很清楚。"特恩布尔少校同意道。"我们也收到了船长和医生通过电报发来的报告，能比较清晰地想象出发生了什么事，对吧，警长？你把刚刚说的那些记下来了吗，警员？"

"是的，长官。"

"很好，很好。我们会誊写一遍，然后请你签字。大家做得都不错，很棒！不过大部分案子的调查最初都是这样。诺兰先生，接下来能请你讲讲你知道的信息吗？能告诉我你的全名和住址吗？"

"约翰·帕特里克·诺兰，住在圣詹姆斯路玛丽公寓506号。"

"你的职业呢？"

"我是莫克森综合证券公司的合伙人。"

警察局长敏锐地抬起头，似乎要说些什么，但他显然改变了主意，继续提问道，"麦金托什先生说你认识死者，对吗？"

"是的。两人都是我的合伙人，莫克森先生是董事长，迪平先生是副董事长。"

警察局长轻吹了一声口哨，没有任何评论。一时之间，他似乎陷入了沉思，而后继续道，"诺兰先生，请你先按自己喜欢的方式进行陈述，我要的不是细节详尽的陈述——这个之后再说都可以。你就大致给我讲讲，我才能确定调查的方向。这起事件可能不光要靠苏塞克斯警方来处理。"

诺兰犹豫不决，紧张地点燃一支烟，似乎在思考着什么。在旁观者看来，这个场面似乎有点不协调，至少是不寻常的。这是一个宁静的夏日傍晚，空气温暖，有薄薄的雾气，小港里的船舶已经昏昏欲睡，河对岸的码头一片宁静，舷梯上覆有一堆堆蜘蛛腿般的海草，微小的涟漪温柔地低语，还有那游艇，显然是有钱人的玩具，这些都与警方面临的既悲惨又严峻的现实相去甚远。凑热闹的人群已经散去，远处有一辆起重机发出低沉的�哐啷声，把货物装上开往法国的夜船，除此之外，再也没有其他人的影踪。

"如果你想了解个大概，我用几句话就能告诉你。"诺兰最后说道，接着重复他告诉麦金托什的内容。诺兰介绍了法国金融家巴斯德，他和莫克森正在洽谈生意，他们计划在今明两天敲定生意。他还说到昨晚在伦敦举办的晚宴，莫克森让他代替自己去法国，以及他为了及时开船从多佛出发的方法。

"你讲述得很清楚，诺兰先生，"警察局长评论道，"条理清晰，我们应该都明白了。或许你现在已经累了，想走了，但我想请你再待一会儿，等我们走完程序。我们还要等医生和摄影师来，再去看看尸体。我很想看看到底有没有枪。警长，去看看医生和摄影师来没来，好吗？"

话音未落，舷梯尽头出现了一个小个子，拿着一台大大的照相机，开始小心翼翼地往下走。他迟疑地向警长投去目光，而此时特恩布尔少校已经站起来迎接他了。

"都为你准备好了，"特恩布尔兴高采烈地说道，"你过来吧，我来告诉你该怎么做。"

首先，特恩布尔少校在甲板的血迹旁放了一把60厘米长的尺子，然后摄影师从不同角度拍下了这些血迹。接着，他们又揭开了蓝旗，摄影师给这名身着灰色西装的可怜死者拍了多张照片。随后，摄影师下到船舱里，希斯警长则用粉笔在甲板上勾出了尸体的轮廓。他们在船舱里采取了同样的处理方式。

完成这些操作后，又出现了一件小插曲。从舷梯传来一阵沉重的脚步声，一个又矮又胖的男人吭哧吭哧地爬了下来，来到游艇上。

"各位晚上好，"他一边忙着上船一边笑道，"晚上好，警长。你还好吗，少校？这可是一起严重的事件。你就是麦金托什先生吗？在这场不幸中出现的英雄，对吗？上帝保佑，少校，纽黑文可不经常发生悲剧。两个人被杀了，是吗？"

"没错，是两个人，医生。报告称两人都是被枪杀，不过我们还没进行详细的调查。"

"嗯，我们很快就会知道了。子弹痕迹是无法消除的，最聪明的杀人犯对此也无可奈何，对吧，少校？"

"我们还不知道这是不是谋杀。"

"这应该不难确定，对吧？凶器呢？"

"这就是问题所在，医生。现阶段我们想知道的就是船上是否有凶器。"一行人已经走到甲板上的尸体旁，"你瞧，右手被身体挡住了。我们想知道这个人有没有开枪。"

"上帝保佑。"纳尔逊医生又大喊道，盯着这具一动不动的尸体，"另一个人在哪儿呢？"

他们又来到船舱里。

"这很清楚吧，少校？子弹穿头而过！瞬间毙命吗？没错，就是这样的。那把枪的口径应该还挺大的，可能是左轮手枪，不过现在下定论还为时过早。他的两只手都是空的。少校，你想让我找找这里有没有枪吗？这是你们警方的工作，对吗？"

"当然，当然，纳尔逊医生。我们觉得有问题的是甲板上的那具尸体。"

"嗯，我很快就过去检查。伙计们，都过来！"纳尔逊向警员们招了招手。

在医生的指示下，人们小心翼翼地把尸体翻了过来，正面朝上。死者头部的伤口立刻变得清晰可见，毫无疑问他也是当即毙命的。不过警方更感兴趣的是，死者右手握紧，手里却是空的，也没有手枪的踪迹。

"那这就是谋杀了！"警察局长感叹道，这群人沉默了一会儿。纳尔逊医生逐渐露出困惑的表情，特恩布尔注意到了这一点，立刻询问了原因。

"问题是，"小个子医生答道，"他头上的伤会立刻导致死亡。少校，你自己也知道，尸体是不会流血的，流的话量也不多。不过，这里有相当多的血，比能从那个伤口流出来的还多。一定还有别的伤口，只是我没有发现。"

特恩布尔缓缓地点了点头。

"不错，医生，你说得很对，我刚才没想到这点。所以你认为那个人先受了伤，但没有死，他躺着流了一会儿血，然后头部又中了一枪，这才送了命吗？"

"情况看来是这样的。我必须先进行尸检，才能确定。"

"我们现在不必担心这个问题。先把尸体转移到停尸房，有需要的话可以在那里进行检查。警长，你能去安排一下吗？医生，非常感谢你能过来。"

直到离开时，纳尔逊医生还在滔滔不绝地说着什么。摄影师跟随其后，他得到的指示是，就算通宵工作，也要在明早9:00之前完成指纹的采集。然后特恩布尔对三副说：

"麦金托什先生，我想你肯定累了，你现在随时都能离开。我们都很感谢你。当然了，你还需要接受讯问调查。"

麦金托什立刻离开了，然后少校微笑着转向诺兰。

"诺兰先生，你有什么打算呢？"他客气地问道。

"去伦敦，"对方答道，"我必须尽快回去。现在他们两人都死了，我又是公司的高级合伙人，明早我得去公司。老实说，要代替他们处理事务并不是一件容易事儿。"

少校又向诺兰投去好奇的目光，却只说道："要乘火车的话已经来不及了，你错过了今晚 8:05 的那班车，只剩下今晚发出的慢车，一般要第二天凌晨 1:00 左右才能到城里。不过，正巧我马上要回伦敦，很乐意载你一程。"

"太棒了，少校。谢谢，那我就不客气了。"

"恐怕我们没有时间吃一顿正经的晚饭了，就先去旅馆随便吃点东西。我们应该能在晚上 11:30 或 12:00 左右到伦敦，你觉得行吗？"

"我完全没问题，谢谢。不过在我们离开之前，我还有几件事必须处理。第一，我得发电报通知在费康的巴斯德先生，我们公司不会有人过去了。第二，公司的保险库有三把钥匙，任何两把都能打开它。一把在莫克森手上，一把在迪平手上，还有一把在我手上。明天我们要把保险库打开，需要那些钥匙。"

"好，好。等会儿我们吃晚饭时，我会派警长去把钥匙取来。还有，你要是能写好发往费康的信件，警长能帮你寄出去。"

"那就谢谢了。还有一件事，我的汽艇要怎么办？你的人能帮忙看管一下吗？还是需要我和港务长商量？"

"目前我们能帮你看管。"特恩布尔答道，"反正你也得来这边接受调查，你可以在那时再作安排。"

"好，那我去把文件拿来。"

诺兰钻进汽艇的船舱，又立刻出来，手上拿着一个公文包。"这是和巴斯德洽谈生意的文件，"他解释道，"我最好把它们带走，应该没人反对吧？"

"当然了，诺兰先生。"

诺兰又拿出一小串钥匙。

"这些是汽艇的钥匙，能请警长在离开前把汽艇锁好吗？"

特恩布尔说他会确保警长给汽艇上锁，然后道声失陪，把警长拉到旁边。

"警长，我一直在考虑，如果我们接手这起案件的话就太傻了。它不是本地的案件，没有发生在我们方圆48公里之内，涉案人员都是伦敦人。这是苏格兰场的工作，我这就去那边和他们谈谈。抱歉，警长，我似乎剥夺了你破案的机会。"特恩布尔少校得意于自己的机智，"不过你想想就会明白，所有的讯问都得在伦敦进行。你是知道的，对吧？"

警长高兴地敬了一个礼，肩上沉沉的担子落了下来。

"那么，今晚，"特恩布尔接着说，"你就把这两具尸体搬到停尸房，锁上船舱的门，再派几个人把守，不得让任何人接近'仙女'号和汽艇。早上派几个摄影师来，苏格兰场的警官可能需要他们的帮助。还有一件事，警长，你现在就把这两份陈述打出来，再带上死者兜里的钥匙来旅馆。今晚我会和苏格兰场派来的人见面，到时想带上这些材料。"

随后，少校领着他的客人走向等在一旁的车，警长敬礼送别。

第四章

苏格兰场

特恩布尔和诺兰来到"伦敦与巴黎"旅馆。"我刚才告诉警长,"少校对诺兰道,"我决定把这起案子交给苏格兰场,我来伦敦其实也是要去苏格兰场。好了,诺兰先生,他们肯定想亲自见见你,获得第一手的证据。你今天经历了这么多事,再接受讯问肯定会觉得累,不过你要是能跟我过去一趟,肯定有助于案件的调查。"

诺兰欣然同意,"我很乐意效劳,少校,"他说道,"反正我也没有选择的余地。"

"噢,你有的,"特恩布尔答道,"我没有权力强迫你做不想做的事。那我现在去给那边打个电话,在这段时间里,你能点一下晚餐吗?"

如果诺兰无意中听到了特恩布尔和警长最后的谈话,也许就不会如此配合警方的调查了。特恩布尔立刻邀约莫蒂默爵士见面，他们私下是朋友。莫蒂默·埃里森爵士正在家中吃晚饭，不过很快就来了。警察局长在这么晚的时间找他谈工作，埃里森并不想听他的道歉，而是饶有兴趣地听他介绍了案情。"埃里森，"特恩布尔继续道，"今天下午，我听到了一些传闻，说这家公司目前的情况很糟。一个线人告诉我，在证券交易所工作的朋友打电话告诉他，如果买了这家公司的股票，就趁早赶紧脱手，说股价马上会暴跌。埃里森，更重要的是情况似乎很糟，你听说过公司破产的传闻吗？"

莫蒂默爵士不善言辞，但也承认听过这些传言。他会亲自回苏格兰场，等待少校的到来，然后立刻开会讨论。

"谢谢你，埃里森，你真是帮大忙了。我还想说一点，你们要和这个叫诺兰的人保持联系。考虑到这些传言，这件事就有点可疑了，具体等我们见面后再解释。诺兰已经答应和我一起去苏格兰场，但在那里待不了几分钟，我建议立刻派人跟踪他。其实，我让他和我一道就是出于这个目的。"

在晚餐时，特恩布尔一副东道主的样子，平易近人，幽默风趣。他似乎十分热衷于高尔夫运动，诺兰也是同道中人，于是他们很快就展开了行家的对话。共同爱好是让距离拉近的最直接方式，晚饭还没结束，在特恩布尔眼中，诺兰已不再是一家摇摇欲坠公司的潜在违约合伙人，而是一名运动员，是既古老又无上光荣的王室游戏的业余爱好者。

晚餐后，他们很快就启程了。特恩布尔少校开车时车速较快，车速表的指针不断在30和50之间摆动。当他们沿着乌斯山谷行驶，通过刘易斯镇陡直狭窄的出口时，天还是亮的。不过天黑得很快，当他们来到亚士顿森林时，夜幕已经降临。他们在经过东格林斯特德时稍事休息，然后精力满满地前往珀利，离开珀利后又放慢了车速。在还有5分钟到零点时，他们抵达了苏格兰场。一名警员看到了他们，敬了一个礼，然后带他们来到莫蒂默爵士的办公室。

办公室不大，陈设简单，不过装饰得挺有品位。屋子中央是一张办公桌，上面放着吸墨垫、两侧设有大尺寸的备忘本、一个放着各式便签的架子、一本日历、一部电话、一盏灯、一小块刻有花纹的乌木上有7个写有标记的白色电铃按钮，还有三个空信纸盘。莫蒂默·埃里森爵士在办公桌后心不在焉地抽着烟，他身材瘦长，看上去很优雅，但是眼神很疲惫。

办公桌前放有几把安乐椅，但并没有给人放松的感觉。房间一角置有一个钢制立式文件柜，两扇高高的窗户中间是一个保险箱，和它对着的那面墙摆满了书柜。一个男人背对空空的壁炉而立，他身材健壮，身高中等偏低，一双深蓝色的眼睛炯炯有神，全身散发出悠闲自得之意。

客人们出现后，莫蒂默爵士站了起来。

"啊，特恩布尔，很高兴见到你。"他亲切地说道，一边伸手一边走上前来，"距我们上次见面已经过了很久了。你还记得我们那次在波特拉什喝酒吗？那是什么时候，九年前？这位是诺兰先生吗？你好吗，诺兰先生？在这种令人不安的情景下和你相识真是太遗憾了。"他将手一挥，"先生们，这位是法兰奇督察，他将负责调查此案。各位请坐。"他掏出一包烟，依次递给大家。

他们都坐了下来。特恩布尔和诺兰各自坐在扶手椅上，法兰奇坐在上司办公桌的一头，手里拿着一本笔记本。

"诺兰先生，遇到这种事你肯定很难过吧。"莫蒂默爵士继续道，"特恩布尔少校在电话里提到，你认出了两位去世的先生，他们是你在莫克森综合证券公司的合伙人，对吗？"

"是的，莫蒂默爵士。"诺兰点头道。

"我猜你肯定想尽快离开吧，那我就开门见山了。"莫蒂默转向少校道，"特恩布尔，你能告诉我们目前收集了哪些信息吗？"

少校从口袋里拿出几份文件递给了他们。

"这些陈述，"他说道，"分别来自'奇切斯特'号的休伊特船长、奥兹医生——他和麦金托什三副登上了'仙女'号。麦金托什和在座的诺兰先生，我觉得你们该先读读这些文件，我们目前得到的所有信息都在里面。"

莫蒂默爵士扫视了一下文件，然后递了回去。

"给我们好好读读，"他请求道，"法兰奇督察也能一起听。"

特恩布尔少校把文件读了一遍，又说道：

"我对陈述进行一些补充，两具尸体已经拍照取证，在我们的法医快速检查后，尸体被送到纽黑文的停尸房。法医初步报告称，两名死者似乎被左轮手枪击中，但这点有待验证；他们身上都没有武器，经过简单的搜查，船上也没有发现武器。我觉得这毫无疑问是一起谋杀。"

"没错，这一点看上去确实很明确。"

"而且我觉得，"特恩布尔接着道，"这其实是你的案子。我不清楚你的管辖区域是否包括公海，反正我们的没有包括。我对诺兰先生也说过，这起悲剧和纽黑文的唯一联系就是麦金托什把船开到了这里。所以我建议由你来负责此案。"

"我也觉得应该如此，"莫蒂默爵士赞同道，"不过你必须像往常一样正式提出协助申请。"

特恩布尔果断地摇了摇头。

"不，埃里森，事情不是这样的。"特恩布尔说道，

"我们想要的不是你的帮助，而是想把案子交给你，然后退出。这就是我来伦敦的原因。"

莫蒂默爵士笑了笑。

"我明白了，"他承认道，"不过，我们不需要在外人面前暴露这些家丑。我们先解决诺兰先生的事，这样他就可以走了。诺兰先生，在你走之前我想问你一两个问题。"

莫蒂默爵士最初只是在兜圈子，问了些事件的细节——不可否认的是，在场的其他人都不觉得这些信息重要。他一边问，一边时不时地打量诺兰，正如特恩布尔今晚早些时候所做的那样。显然，莫蒂默爵士的脑中也出现了和特恩布尔局长相同的想法，最后，他转到了正题上。

"诺兰先生，我的下一个问题恐怕会让你感到不快，我想先跟你说清楚，你不愿意回答的话也没关系。你肯定知道现在流传着贵公司的负面传言，我的问题是：这些传言有依据吗？如果有的话，它们和两名死者之间有什么联系吗？"

莫蒂默爵士刚开始说时，诺兰显得有些沮丧，现在则是一脸困惑。

"传言？"诺兰重复道，"我没有听到任何传言。能请你再解释一下吗，莫蒂默爵士？"

莫蒂默爵士仔细观察着诺兰。

"诺兰先生，你是在说你作为一名合伙人，不知道人们现在是怎么评价莫克森综合证券公司吗？"

"闻所未闻！"诺兰强调道，"我根本不知道你在说什么。"

莫蒂默爵士点了点头。

"你可能才知道这件事，这点我能理解，"莫蒂默肯定道，"要是那样的话，恐怕就得由我来告诉你这个消息了。"他迟疑了一下，似乎在斟酌用语，随后继续道，"这一整天到处都是贵公司情况不太好的传言，我就直说了，传言是贵公司肯定马上会破产。"

诺兰目瞪口呆，似乎很是吃惊，然后他猛地摇了摇头。

"我这一辈子，"诺兰激动地说，"从来都没听到过这种话！老天爷！马上破产？"他坚定地发誓道，"我要抓住那个最初造谣的人！"

"所以传言不是真的？"

"真的？我反而觉得这是假的。这是彻头彻尾的谎话，事情就是这样，这完全是谎话！全国没有比莫克森综合证券公司更好的企业了。"

"诺兰先生，你确定吗？我可有可靠的依据。"

"我十分确定。"诺兰近乎愤怒地说道。然后他顿了一下，似乎突然想到了什么，他虽然重复说自己"非常肯定"，却没有之前那么坚定。

莫蒂默爵士静静地坐着观察诺兰。他显然想到了些什么，才逐渐失去了自信。现在他的脸上显现出焦虑，并且愈加明显，最终成了沮丧。他在椅子里不安地扭动着。

"准确来说，你听到了什么传言？"诺兰最后转变了语气，如此问道。

"就是我告诉你的那些内容。"莫蒂默爵士回答，"再具体我就不知道了。有三个人——他们是我在伦敦商业区的朋友——今天打电话问我有没有买莫克森综合证券公司的股票，有的话就建议我赶紧脱手。他们说人们很担心，觉得公司会在一两天内破产。我在俱乐部吃午饭时也从不同的人口中听到了这件事。我怎么会知道？因为少校告诉我他在纽黑文听到这个传闻了。"

"我的一个股票经纪人朋友也给了我同样的提醒，"特恩布尔道，"我无法决定要不要把这个信息告诉你，诺兰先生。我不想问你这个尴尬的问题。"

诺兰似乎没听到特恩布尔的话，他好像被恐惧所笼罩，只是呆呆地坐在那里，凝视着虚空，脸色逐渐泛白。

"我的天哪！"诺兰最后声音颤抖地说道，随后又重复了一遍，"我的天哪！"

莫蒂默爵士低调地坐在一旁，观察了一会儿诺兰的表情变化。在一片沉默中，房间里的气氛变得愈加紧张。最后，莫蒂默爵士打破了沉寂。

"你刚才想起了什么事吧，让你开始害怕这起事件的真相。你能把它告诉我们吗？"

"我什么都不知道。"诺兰答道，不过他看起来非常不快。

"你什么都不知道，这点毫无疑问，不过你在害怕着什么。我最好告诉你我是怎么想的，诺兰先生，因为我想得到你的帮助。一方面，出现了公司破产的传言，这和我们没有直接的关系；另一方面，公司的两名主要合伙人——呃——他们出人意料地出海了，然后就发生了这场悲剧。我猜测这两件事之间存在某种联系，如果真是如此，公司可能破产这件事就马上和我们有关了。你听明白了吗，诺兰先生？"

诺兰看上去有点蒙，但还是点了点头。

"很好，"莫蒂默爵士继续道，"如果你觉得能把你现在的想法告诉我，就说吧，这些信息可能对我们有所帮助。当然，你不是必须要这样做。"

不过，经过了好一番劝说，诺兰才答应坦言自己的想法。

"莫蒂默爵士，我对此感到忧虑的原因，"诺兰说道，"不是我有理由相信这些传言是真的，而是出于自己没有好好尽责的内疚。我会具体解释的。"

"正如我告诉你的那样，莫克森是这家公司的董事长，迪平是副董事长，他们负责政策事务。当然了，理论上决策是由所有合伙人共同决定的，不过其他合伙人对公司的了解都不如他们两人，所以一般是他们说了算。我这么说不是为了推卸责任，我很清楚，如果公司遇到了麻烦，我肯定不会逃，而会毫无怨言地负起责任。我只是想告诉你们，这两个人掌控着公司的运转，我也不知道他们在做什么——但我承认自己应该参与其中的。"

"你说的有道理，诺兰先生，"莫蒂默爵士评价道，"我想我们都理解。"他看向其他人，他们都点了点头。

"公司员工由另一名合伙人雷蒙德和我进行监督，担任主管。我们的工作就是确保员工实施了莫克森和迪平的决定。这也是我开始担心的原因：如果出了问题，我也许并不知情。"

"是的，我明白你的处境。"莫蒂默爵士重复道，"不过，是否有什么让你怀疑可能出了问题吗？"

诺兰再次犹豫了，而且显然又是因为他不愿意道出原因。

最重要的一点似乎在于第二天——或者说今天，因为现在已经过了午夜12:00——公司有一笔150万英镑的大额款项到期，需要支付。诺兰现在是高级合伙人，要对这笔款项负责。不过变现的资金都在两名死者手中，诺兰并不知道这笔钱的去向。由于诺兰忽视了这些细节，因此变得极度焦虑，不知道该如何处理这件事。

这些并没有回答莫蒂默爵士的问题，不过能从中窥见答案。显然，诺兰担心自己可能没有资金支付到期的款项。而且，他将要担起应对此情况的责任，但他还没做好准备。

再加上两名身居要职的职员都不在，这种不安和怀疑之感就更强烈了。会计主任艾斯代尔因公去了巴黎，主管诺尔斯请了病假，其他就再没有熟知公司情况的人了。当然，还有雷蒙德无法去多佛所造成的损失。虽然这件事也许并没有什么影响，但它还是让诺兰变得更忧愁。至于其余的合伙人，他们都是有名无实。

经过进一步的讯问，诺兰承认有段时间莫克森和迪平看起来都十分焦虑。而且有几次他突然进入其中一人的房间时，发现两人正在交流，还立刻停止了对话。诺兰当时没有多想，但他现在觉得两人可能在秘密策划着什么。当然诺兰从未想过把他们的举动和公司的情况联系起来，但受到莫蒂默爵士一番话的启发后，他更加担忧了。

尽管这些怀疑基本上都毫无根据，但也足以给听众留下深刻的印象了。诺兰说完后，在场的四人都认为莫克森综合证券公司陷入了危机，而且该情况和公司最重要的两名代表人之死有着某种关系。

现在时间接近凌晨1:00，莫蒂默爵士让客人待到这么晚，觉得有些抱歉。"我们没有别的事情要耽误诺兰先生的时间了吧，对吗？"他说道，"你怎么看，法兰奇？"

"就目前看来，为了方便以后的调查，我想请诺兰先生告诉我在哪儿能找到他，长官。"

诺兰一副绝望的样子。

"老天爷啊，督察。"诺兰答道，"可能不到24个小时后我硬着头皮也得上了。我在陈述中提供了住址，你也肯定知道证券公司在针线街的地址。我应该会一直待在其中一个地方。如果要去别的地方，我会给你打电话说一声，这样可以吗？"

"行，先生，谢谢你。你的公文包要怎么办呢？"

诺兰疲惫地笑了笑。

"公文包？你想检查里面的东西吗？"

"如果你不反对的话，是的，先生。"

"你可以把包拿着，有空时检查。"

"谢谢，长官。那么，我们就没有别的问题了。我来领诺兰先生出去？"

"去吧，法兰奇，然后再回这儿来。晚安，诺兰先生，我衷心地希望你的担忧都会被证明是无中生有。"

"按照你的建议，我们已经开始跟踪诺兰，"莫蒂默爵士等门关上后继续道，"你到底在害怕什么？"

特恩布尔摸了摸口袋。

"再给我一支烟，好吗？我忘记带了。我认为——谢谢，我有打火机——我认为，我们的诺兰朋友和两名死者想的一样，三人都察觉到了即将到来的危机，都想一走了之，但还是没逃脱命运之神的掌控。"

"是分头行动吗？"

"我不知道，但我觉得不是。诺兰也许是开着汽艇跟在两人后面，然后三人一起消失在法国的荒野里。"

"你不怀疑诺兰是凶手吗？"

特恩布尔似乎没想到这点。

"凶手？不，我觉得不是他作的案。不过，如果他有同伙，今晚就可能以其他方式离开。"

"我同意，特恩布尔。这种可能性肯定存在。请进！听着，法兰奇，"见法兰奇督察也回来了，莫蒂默接着道，"特恩布尔少校提出了一个有趣的可能，这三名合伙人可能都嗅到了破产的信号，于是想趁情况还对他们有利时离开。诺兰跟在另外两人后面，打算与其会合。不过他们没机会实施后面的计划了——很可能是弄沉'仙女'号，登上诺兰的汽艇，趁着天黑在法国某个空寂无人的海滩上岸。当诺兰驾船过来时，发现'仙女'号上竟是麦金托什和水手，所以无法继续执行计划，而且他也只能做他实际做了的那些事。这也是少校想派人跟踪他的原因，以防他今晚会尝试用其他方法离开。"

"就算他想也不会成功。"法兰奇神色严肃地答道。

"不过,你觉得这个理论怎么样?"莫蒂默爵士坚持问道。

法兰奇犹豫了,"我想先思考一下再回答你,长官。"

"少校不怀疑他是凶手吗?"

莫蒂默爵士看似得意地笑了笑。

"我也是这么问他的,督察!英雄所见略同啊!也许我们都错了。少校,你不怀疑他,对吗?"

"莫蒂默爵士当时提出这个想法时,我觉得诺兰作不了案。不过,这要由你们两人来判断。"

"要找到答案应该不难,"法兰奇思考道,"有证据表明两人在被发现的约1小时前就死了,假设案发时间是中午12:30左右,那么诺兰是什么时候离开多佛的呢?这点应该很容易查明。在此基础上,他是否有时间及时登上游艇呢?如果是,问题就清楚了;如果不是,他就是清白的。"

"没错,督察,你说的很对。"特恩布尔表示同意,"结果应该是决定性的。此外,我们还有一件事不能忽略,当我看到从舷梯入口滴落到升降梯的那串血迹时,我觉得迪平是在舷梯附近受了伤,然后跌跌撞撞地向前走了一段距离,最后倒在升降梯旁,流血过多而死。据我所知,其他人也得出了同样的假设。不过,纽黑文的医生指出了该理论的问题，迪平头部的伤肯定会让他当场毙命，因此，他不但无法爬着穿过甲板，而且在倒下时也不会流那么多血。"

两名听众都十分专注：法兰奇毫不掩饰自己的兴趣；莫蒂默爵士则半闭着眼睛靠在椅子上，以显示自己的注意力高度集中在讲话者身上。

"为了解答这个问题，医生提出该男子至少受过两次伤，第一次是非致命性伤害，流了很多血，第二次是头部的致命伤。但是医生只找到了一个伤口。不可否认的是，医生当时没有进行全面检查的条件，不过导致大量流血的伤口似乎不可能会被人忽略。"

"没错，我也这么觉得。"

"很好。如果是这样，血迹肯定是由第三方造成的。"

"太精彩了，'夏洛克'！"莫蒂默爵士低声道。

特恩布尔咧嘴笑了笑。"我就知道你想不到这点，'华生'，"他幽默地答道，"所以让我来告诉你吧。在你刚才打断我之前，我想说的是，那个第三者会是谁呢？我认为案发时在场的只能是凶手和死者。因此，这个第三者肯定是凶手。也就是说，凶手一定受了伤。你知道我想说什么了吧？诺兰身上有伤吗？"

"确实很精彩，'夏洛克'！"莫蒂默爵士又念了一遍。

"我觉得你刚才分析得很好。法兰奇，我们要找个理由让诺兰接受医生的检查，你记下来。"

法兰奇把这项工作加进了不断变长的待办清单里。这次谈话对他很有帮助，通常他都是自己一个人对案件进行初步的分析。这类分析一般没有多少有用的信息，这个初步的思考总是意味着大量的、集中的工作。法兰奇要在脑中捋清各个事件，注意事件之间的关联，把重要事件和偶然事件区分开，把可能的线索列制成表，决定如何展开调查，比如这点——凶手可能受了伤——就可能很有价值。难怪法兰奇能及时想到这种可能，做到了这点也意味着他进行了深入的思考。

"还有一件事，"莫蒂默爵士慢慢地抬起头，双眼稍微眯了起来。"我想知道在这场骚乱中，有没有钱财的丢失？"

法兰奇表示赞同地点点头。

"长官，我也在想这个问题。这些失踪的合伙人和要员都预见了即将到来的麻烦，知道自己会因此受人责难，所以溜走了——要像这样溜走没钱可不行。"

"我就是这样想的，法兰奇。要是有人说莫克森综合证券公司近期变现了大量资产，或者公司库存的现金很少，我根本不会觉得吃惊。"

"不仅逃跑需要钱，"法兰奇接着道，引出他要讲的主题，"如果三人确实逃走了，他们还要开始新的生活，对他们这个年龄段的人来说并不容易！最好能让收入有所保证。"

"这点也记下来，法兰奇。首先查清这几个人出发时是否携带了大量现金，如果是的话……"

"如果是的话，"法兰奇苦笑着重复道，"就找出那些现金，对吗？"

"把钱全部找出来，"莫蒂默爵士赞许道，"看来你这一两天有的忙了。"

法兰奇耸耸肩，"反正我每天的工作就是这样。"然后他顿了顿，"莫蒂默爵士，你还有别的吩咐吗？有没有其他想让我做的事？少校呢？"他转向特恩布尔。

"没有了，法兰奇，你就自己看着办吧。负责本案的警官很优秀，你也认可他们。其他就没什么事儿了，对吧，特恩布尔？法兰奇，真的没别的事儿了。你就顺着我们讨论出的方向进行调查，特恩布尔少校的手下肯定会尽力提供帮助。你就开始吧。"

"太好了，长官。我早上就去纽黑文看看，最好找来莫克森和迪平两家的代表，我们必须进行独立的鉴定。"法兰奇看了看表，"我现在就给他们打电话。"

"法兰奇，我也觉得你该去见见他们，地址就在诺兰的陈述里。"

法兰奇站起身来，"好的，长官。我现在就出发。"他向门口走去，但被特恩布尔拦住了。

"等一下，督察。如果你需要的话，我可以一早开车送你过去。我的车就停在这里，能轻松装下五个人。我等会儿就随便找个旅馆待几个小时。你觉得怎么样？"

法兰奇十分感激，这样的话肯定更方便。他们经过一番讨论后决定，如果法兰奇能找到两家的代表，他们就于早上6:30在苏格兰场碰面。

法兰奇首先给卡特警长下达了指示，要他在早上6:30时就位。然后，他给两个死者的家属分别打了电话，都等了很久才有人接听，他只说会立刻过去告诉他们一个很严肃的消息。紧接着，法兰奇打电话叫来一辆警车，便出发了。

法兰奇先来到莫克森位于汉普斯特德的家中。莫克森夫人早已上床休息了，不过她很快就出来了，显得十分震惊，忧心如焚。

"是关于我丈夫的坏消息吗？"她草草问候后说道，"告诉我吧，拜托了，现在就告诉我。"

法兰奇讨厌这种任务。和人类苦痛的亲密接触并没有让他感到麻木，他好不容易才告诉这名可怜的女士，她的丈夫去世了，没有提到其他可能引人悲痛的内容——不过她很快就会知道。

莫克森夫人似乎深受打击。法兰奇之前打电话时，从管家口中得知家里没有其他人在，于是叫来了女仆。法兰奇把去纽黑文的事告诉了莫克森夫人，她立刻表示要一同前往。

"要我说的话，夫人，"法兰奇出于善意有礼貌地提醒道，"我强烈建议你留下来。等会儿我和你的管家一起去，他去就足够了。我向你保证，我们会毕恭毕敬地完成所有事项。"

莫克森夫人似乎很感激法兰奇的建议，同意让管家代替自己过去。

法兰奇承诺会告知她进行的一切事宜，随后便离开了。

法兰奇在造访迪平家时并没有刚刚那么痛苦。和他见面的是大儿子，一个大约20岁的年轻人。得知消息后，大儿子悲痛万分，眼中透露出恐惧。似乎比起丧亲之痛，他更害怕其他的大麻烦。不过他表现出相当的自制力，把这个消息告诉了自己的母亲，并准备早上和法兰奇一起离开。

法兰奇到家时已经接近凌晨3:00了。他设置了一个早上5:30的闹铃，然后轻手轻脚地爬上床，精疲力竭地睡着了。

第五章

纽黑文

第二天的清晨对法兰奇来说格外的明媚和清新。他抵达苏格兰场时，同行者已经到了，他们于早上6:30准时出发。当车在西敏桥转而向南行驶时，法兰奇感受到了生活的美好。太阳已经在天空中高高挂起，阳光擦亮了建筑的向南面，为其增添了缥缈之感。鼻子吸进的空气又稀又冷，让人觉得像喝了葡萄酒一样，而且更加兴奋。这是一个舒爽宜人的清晨，而他们则要追寻遁入黑暗的恶魔踪迹，在将被遗忘的梦境里艰难探索真相。

在这个时间几乎没有出城的车辆，少校开着车，一路都很顺利。法兰奇和他一起坐在前排，小迪平、卡特和管家坐在后排，小迪平在两人的中间。大家都不想说话。少校叼着烟斗，专心开着车，对谈话毫无兴趣；卡特和管家沉浸在清晨宁静祥和的氛围中；对小迪平来说，这趟旅程似乎是一场噩梦，只有不断增加的里程数才能给他带来些许安慰。

"警方的医生也会跟来，"法兰奇在启程后说道，"我今早给他打了电话，他会开自己的车来。"这似乎是一句不求回复的评论，所以也没人发表意见。法兰奇也没有再说话。

特恩布尔少校在刘易斯镇停下车来。

"我想在这里吃点早饭，"特恩布尔解释道，"你们随意，但我觉得最好也吃点，法兰奇，这样等我们到了后，你就能直接开工了。"

大家举手表决，多数人决定吃早饭，只有小迪平急着想赶路。他显然想快点完成这份讨厌的工作，然后尽快离开这个地方，离开这群人。法兰奇看出了他的想法，于是把他拉到一旁。"我知道你现在是什么感受，"他友善地说道，"但是相信我，喝点咖啡是没有害处的。一起去吧，我们不会待很久。"

吃完早饭，他们沿着山谷一面的蜿蜒道路前行，很快就到了纽黑文。希斯警长手中拿着照片，正在等待他们的特恩布尔上前寒暄。

"警长，"他表现得很亲切，"我悄悄告诉你，这事儿基本搞定了。我想办法把整个案子转给了苏格兰场，不需要我们再做什么了，你肯定会和我一样感到庆幸的。这位法兰奇督察是来处理这个棘手案子的，我们把工作交给他，他就可以继续调查了。"特恩布尔转向法兰奇，"当然了，督察，我们会尽力为你提供帮助。你要是需要什么，就告诉这位警长，他会帮你的。"

这正是法兰奇想要的，也给出了恰当的回应。

"警长，我们在帮忙时是不会妨碍你的。"特恩布尔总结道，"好了，请带我们去停尸房吧，我想让这两位先生辨认尸体，然后他们就能走了。"

一行人跟在警长后面。"我得提醒你一下，迪平先生，"法兰奇说，"你的父亲受了重伤，我怕你看到他后会受到打击。不过这也比让你母亲来要好。"

停尸房是一栋小型白色建筑，装修朴素，一尘不染。尸体被布盖着，躺在大理石板上。法兰奇的确有必要事先提醒小迪平。当这层布被揭起时，在场各位的情绪也明显受到了感染。小迪平不禁全身颤抖，管家在胸前画了一个十字，然后迅速别过头去。

对法兰奇而言，他们看一眼就足够了。两人都立刻给出了证词，毋庸置疑，死者正是莫克森综合证券公司的两名高级合伙人。

一行人离开了停尸房。"你们肯定很庆幸辨认结束了吧，"法兰奇一边走一边说道，"目前你们要做的就是这些，可以着手安排葬礼了。在调查结束之前，不能移动尸体，这不一定会耽搁很长的时间，我相信你们肯定能理解。到时你们必须到场证明死者的身份，两个人都是。诉讼流程将很正式，肯定有休庭环节。"

"什么时候才能知道具体的时间呢？"小迪平问道，"如果就在这两天，我就不必再回伦敦了。"

法兰奇派卡特去询问时间，接着说道，"我刚才说了你们只需要辨认死者，不过，既然有了这个机会，我想问你们一两个问题，好吗？反正这些问题我迟早都会问，还不如现在就问。"

小迪平表示同意，于是他们来到警长的办公室里，这里现在由法兰奇使用。小迪平似乎沉浸在突如其来的家庭悲剧中，显得麻木迟钝。法兰奇再次从他的言行中察觉出被隐藏起来的悲痛和忧虑，这不仅仅是丧亲之痛。法兰奇忍不住猜测：小迪平在怀疑这起悲剧背后存在财务问题。

"迪平先生，"法兰奇一边问，一边拿出烟盒，"你父亲生前最后一次见到你是什么时候？"

这个年轻人有些精神恍惚。

"周三早上，"他答道，"我们一起吃了早餐，就像平时那样。"

"你和父亲没有从事同样的工作吗？"

"没有，我正在学习美术。"

"当天你父亲的表现很正常吗？他有没有表现出兴奋、

焦虑、沮丧或其他不寻常的情绪呢？"

小迪平犹豫了，目光下移。然后他下定决心般地答道："他看起来有点沮丧和焦虑，过去两三个星期内都是如此。我以为他可能有一些生意上的困扰，也就没有多作评价。"

"那天，他看起来比之前更加焦虑吗？"

"我觉得总的来说是的。我能看出他心里有事，但从没想过会是什么严重的事情。"

"那天晚上你等他回家了吗？"

"没有，我们家的管家马维尔告诉我，早上父亲说了他晚上要去伦敦吃饭，要很晚才回家。"

"很晚？"

"是的，但他后来打来了电话。就在那天晚上，他打电话说要临时去乡下一趟，可能一两天后才回来。"

"他没有说具体是哪儿吗？"

"没有。"

"他有没有带行李呢？"

"这点我也问过，马维尔说没有。父亲那天早上带了晚餐用的服饰。他去伦敦吃饭时，有时会在他所在的俱乐部里换衣服，还说这次也会这么做。他没带任何过夜用品。"

"我明白了。迪平先生，最后一个问题，你知道可能和这场悲剧有关的信息吗？任何小事都可以。"

小迪平摇了摇头。

"我什么都不知道。"他强调道。

法兰奇接下来询问了管家，他的讲述和小迪平的十分相似。莫克森也是在周三早上最后一次离开了家，但他说自己要去出差，好几天都不会回来。他带了一个小手提箱，里面装有过夜用品和几套衣服。对他来说，这样的行为确实有点不寻常，但他也不是第一次这么做了。

莫克森似乎也在之前表现出了心理压力，而且在那个周三的早上尤为明显。在通常情况下，他是一个性格极为平和的人，最近却变得烦躁不安。在去世前一周，他没有参加社交活动，而是整晚待在书房里研究什么数字。他还比往常喝了更多的烈酒，有时甚至超出了自己的酒量。在管家看来，他似乎快崩溃了。

管家说到这里的时候，希斯警长打断了谈话，说调查将在今天下午3:00进行。他见了验尸官，决定只采集和身份相关的证据，诉讼会另定时间。

法兰奇从两名证人口中获得了所有可能的信息，在提醒他们下午需要到场后，愉快地让他们离开了。接下来法兰奇本想检查尸体，不过法医还没到，他只好将任务推迟。他给卡特打了一个电话，去往"仙女"号的所在地。

"仙女"号仍旧停在来时的地方，在河的西岸，距公路桥约550米。河东岸对面是常见的直立式码头，沿着码头稍微向下游走，就是港口车站和迪耶普的船泊位。河西岸设有那种常见的码头，就是一般的石坡。在西岸，船只通过一排独立的舷梯与岸上连接，它们就像从堤岸伸出的一系列微型突堤，还插着蜘蛛腿一般的木桩，其中一根就系泊着"仙女"号和汽艇。

两人沿着滑滑的梯子下到"仙女"号的甲板上。法兰奇先大致打量了这艘小船一番，然后开始了严谨的检查。首先，他在摄影师的帮助下拍摄了死者倒下的位置，并思考他们如何才能倒到该位置。然后，他一边思索，一边在脑中形成了暂时的判断。

法兰奇认为，当谋杀发生时，船舱里的莫克森肯定在吃午饭。桌子上有剩下的饭菜，所以他的用餐被人打断了。莫克森吃完了一盘冷肉，也吃了一些面包和芝士，盘子旁边是装着半杯啤酒的玻璃杯，他用过的刀在地上。桌子上还有一份同样的午餐，是为另一名死者准备的，但是还没被动过。

在法兰奇看来，莫克森在从座位上站起来时，被船舱入口的凶手射中，枪伤的位置与该想法吻合，法兰奇认为他的身体也会向前倾，最后倒在被人发现的地方。

法兰奇四处查看，被一个亮亮的物体吸引了注意力。那是一颗口径相当大的弹壳，还能闻到火药味，他觉得落地点符合子弹的轨迹：它落在升降梯旁的左侧角落里，位于尸体的斜对角线上。这个位置似乎与法兰奇的理论一致，凶手很可能手持自动手枪、从升降梯处瞄准了死者。

在进一步仔细搜索船舱后，又找到了一枚相似的弹壳。它滚到了桌子腿的后面，靠近升降梯，不过在船舱的右侧。法兰奇起初想不通弹壳为什么会在这里，当他回到甲板上开始思考迪平的情况时，发现了其中的重要性。

对迪平尸体所在的位置进行重构后，法兰奇发现，在子弹射出的瞬间，这个不幸的男人肯定正在朝升降梯前进。他并不是站着倒下的，而是朝前栽了过去，法兰奇很肯定迪平在死亡的瞬间还在移动，甚至是在奔跑。他也是额头中枪，因此袭击者是从升降梯的方向开的枪。实际上，法兰奇认为凶手肯定就是在升降梯那里开的枪。

现在法兰奇意识到，第二枚弹壳的位置证实了这个猜测。如果凶手站在升降梯上一个能看到甲板的地方，那么从手枪中弹出的弹壳很可能落回船舱中，并向桌子腿的方向滚去。

因此，凶手可能来到船舱的门口，当莫克森见到他站起身来时，他便枪杀了这个不幸的男人。至于迪平，他当时可能在掌舵，并在听到枪响后向船尾跑来。凶手转过身，匆忙爬上升楼梯，在迪平抵达升降梯时开了第二枪。

如果这个理论是正确的，那就产生了新的问题。凶手肯定认识受害者，而且是熟人，受到其信任。这显然是一场出人意料的袭击。

法兰奇坐下来重新思考这个想法。如果他是对的，这无疑是调查向前迈出的重要一步。在可搭载的人数范围内，可能出现在这艘船上的人员肯定十分有限，应该能轻松地找出他们的名单。一旦获得这份名单，剩下的就只是排查了。

因此，法兰奇很想确定这点。他继续在脑中反复思量，觉得自己已经有了十足的把握。除了他已经想到的这些因素外，还有一个，这也似乎是决定性的一点：船上的这些人并非普通的旅客，法兰奇认为他们都是试图逃脱法律制裁的违约人。所以，他们可不可能允许陌生人或不信任的人在游艇上随意走动呢？法兰奇觉得一点可能性都没有。

在调查一开始就能取得如此的进展，法兰奇觉得棒极了。他回忆起之前经手的案件，有时经过数周的辛苦调查都无法达到目前的进度，这回简直是难以置信的顺利。

不过，还不到报告进展的时候。法兰奇重新开始构想案发时的场景。

接下来要考虑的是甲板上的血迹。血迹始于上船时需通过的护栏，一直延伸到迪平尸体的所在处。这是如何形成的呢？

迪平身上没有第二个伤口，这条令人毛骨悚然的痕迹显然不可能是他造成的。在这种情况下，留下血迹的是谁呢？

法兰奇坚信，只能是凶手。这是特恩布尔的理论，法兰奇也觉得真相肯定是这样。凶手在离开游艇时会通过那片区域，如果他受了伤，就可能留下这样的痕迹。

法兰奇轻轻吹着口哨，蹲了下来，开始仔细检查各种血滴的痕迹。他认为，如果一滴液体垂直地滴在水平面上，应该或多或少会呈圆形。不过，如果液体的来源正在水平运动，那么液体会倾斜着滴落，留下的痕迹更接近椭圆形，而且，前面的部分通常会溅起"小水花"。法兰奇想看看能否找出这类形状的血迹。

结果非常有说服力。一部分血滴呈椭圆形或梨形，它们只有些许变形，没错，但肯定不是圆形。此外，血滴周围的"小水花"出现在远离升降梯的那端，毫无疑问，受伤者当时正从升降梯向游艇的另一侧移动。因此，不论迪平有没有第二个伤口，留下这道血迹的人都不是他，而可能是凶手。

破案和其他建设性的工作非常相似。每个难题的解决将成为另一个问题的前提，推进这类工作要靠克服一系列的难题，而这些难题是无穷无尽的。每当解开一个难题后，都将产生另一个难题。在本案中，在得出凶手受了伤这个结论后，又出现了更难的问题：他是如何受的伤？

在很长一段时间里，法兰奇都毫无头绪，最后他终于有了一点眉目。

迪平当时位于甲板上的操舵室或其他地方，他听到了船舱里的枪声，立刻意识到那个人——不论他/她是谁——是他们的敌人。迪平抓起一把刀，那也是他能找到的唯一武器，然后冲向船舱。这把法兰奇假想的刀很可能来自操舵室，或许是游艇配备的用具，还可能是迪平自己的大折刀。不管怎样，他从某处抓来一把刀，来到升降梯，撞见了凶手，迪平于是向他扑去，凶手立刻开了枪，还试图避开这一击，结果没能完全成功。

他被刀刺伤了，很可能是左手受的伤。不过，迪平受到致命一击后，他浑身的肌肉开始放松，凶手与此同时或在稍后进行躲避，把迪平手中的刀打掉，落入海中不见了。凶手情急之下可能会沿船的内侧向迪平冲去，把他的右手甩到身体的另一侧，所以最后迪平的右手被压在了身体下面。那摊血泊可能是凶手停下来确认受害者死没死时留下的。

法兰奇知道这些只是猜测，不过它们也符合事实，很可能就是真相。法兰奇把这个想法放到一边，其对错要由今后的发现来判断。

此时，岸上的卡特警长传来报告，海明威医生已经抵达，并对尸体进行了检查。虽然他目前只检查了尸体表面，但也足以确认迪平只受过一次伤。

"好，"法兰奇说道，"来帮我完成对游艇的搜查。"

又经过一个小时的努力搜查，法兰奇终于能肯定船上没有武器，目前也没有发现与这场悲剧相关的其他线索。

在那个悲惨的周四下午，似乎在"奇切斯特"号出现不久前，凶手就已负伤离开了游艇。法兰奇想，能从中进一步获得信息吗？

当然，这个猜想可能引出一条极为重要的线索：还有一艘船。那会是一艘什么船呢？有人见过它吗？要是有的话，警方肯定能追踪到它。

法兰奇一边思考这些问题，一边无声地吹起了口哨。凶手是死者的熟人，受到他们的信任；凶手知道他们踏上了这趟旅程；凶手有一艘船；当"奇切斯特"号经过"仙女"号时，凶手就在附近……

法兰奇又想起了他自己和莫蒂默爵士对特恩布尔少校说的话。诺兰是死者的熟人，很可能也受其信任；他知道这趟旅程；他有一艘汽艇；案发时他就在那附近……

法兰奇不知道指纹识别会不会有用。甲板上应该没有的。

就算有的表面足够光滑，能沾上指纹，但是它们暴露在海上环境中太久了，应该都被破坏了。不过，升降梯的两侧有扶手，锃亮的扶手。也许值得去试试。

粉末装置很快便装好，并且进行了一些检测。让人尴尬的是，结果十分"丰富"，整个扶手都被指纹覆盖了。法兰奇不耐烦地哼了一声，沉下气来挨个儿给它们拍照。

"真多啊，"他对在一旁帮忙拍照的卡特说道，"指纹部的朋友看到这些后肯定讨厌死我们了。不过这是值得的，要是能有所发现，这起案子可能很快就能了结。"

"长官，发现线索了吗？"卡特问道。他把相机聚焦，按下快门，将镜头对准另一处，再次聚焦。

"我不知道，"法兰奇答道，"给你说说我目前为止的想法吧。"然后他介绍了自己的一系列推测。

卡特听完后十分钦佩。在他看来，案子的真相已经很清楚了。

"长官，你这么快就想出来了，太厉害了。"卡特说道，然后陷入了沉默，他出神的表情和皱起的眉头说明他的大脑在飞速运转。

"如果你是对的，长官，"他开口道，"应该不难找到证据。"

"你是这么想的吗？那你就去找找看吧。"

"这边走，长官。如果诺兰在离开'仙女'号时流下了这么多血，那么他回到自己的汽艇上时应该还在流血。那艘汽艇就在旁边，我们过去看看应该没什么问题。"

法兰奇笑道，"好伙计，你以为我不是这么想的吗？我们肯定要过去看看，这是下一步的计划。"

他们拍完照片后，便移动到了汽艇上。正如人们描述的那样，甲板的长度占了船总长的三分之二左右，甲板下面的空间被分成三部分：社交厅、上下铺的小船舱和小发动机室。船舱里有一个大得惊人的柜子，还上着锁，钥匙在诺兰的钥匙串上，法兰奇在里面只发现了男式衣物，大部分是汽艇用衣。

就船上的配件而言，这艘汽艇和"仙女"号不相上下，还远高于同类游艇的平均水平。

但是，搜索结果是让人失望的。没有找到任何有助于调查的信息，汽艇上不仅没有血迹，也没有武器和弹壳，只有少量的储备物资，淡水和食物，显示出诺兰并没有长途旅行的打算。实际上，他们的所有发现似乎都能证实诺兰的陈述。

"这个推论还是太简单了。"法兰奇在搜查结束后评论道，"我们一起去见见医生，然后休息，去吃午饭。"

他们来到停尸房，海明威医生已经完成了对两具遗体的检查。

"你们来了，"海明威说道，伸手递上几枚子弹，"它们看起来没什么威胁，对吗？但如果被射进错误的地方就糟了。你怎么看，法兰奇？"

法兰奇从口袋里掏出弹壳。

"我觉得它们应该能对上,"法兰奇一边答道,一边把弹壳和子弹对应起来,"这是在'仙女'号上找到的。柯尔特自动手枪,38毫米口径。可惜这种枪到处都是,恐怕追踪枪支交易不会有什么收获。"

"总之,就是这些子弹造成了伤害。"医生继续道,"你想知道的就是这些吗?"

"你能判断出凶手开枪的距离吗?"

"不能。这种采用无烟火药的子弹基本算不出来,但是开枪的距离一般都大于76毫米。"

"医生,我最后还想知道子弹大致是从哪个方向射出的。"

这个问题一般都会出现在这类案件中,医生已经把该信息纳入例行公事了。医生的陈述和法兰奇对现场的还原完全一致。如果凶手和两名受害者确实位于法兰奇所假设的位置上,子弹就会像现实中的那样穿过两名不幸男子的头骨。

他们还搜查了死者的衣物,口袋里的物品证实了死者的身份,除此之外,法兰奇没有获得任何信息。

"就这样吧,"法兰奇结束调查后嘟囔道,"来吧,卡特,我们去吃午饭。"

第六章

公司倒闭

在法兰奇漫长的职业生涯中，大部分案件的最大困难都是找出能获得有用线索的调查方向。他常常接连几周都毫无收获，觉得自己面对着一面看似空白的墙壁，绞尽脑汁也想不出任何办法，找不出能揭开真相的线索。在本案中，至少目前为止，情况非常不同。调查的方向太多了，以至于法兰奇最大的困难成了决定哪个方向最有希望取得进展。午餐期间，他又仔细思考了一下这些问题。

"我觉得，"法兰奇最后对卡特说道，"我们在这儿已经把需要做的事都做了。接下来，首先要搞清楚莫克森综合证券公司的情况。公司有没有破产？资金有没有不翼而飞？其他的合伙人和职员有没有消失？我们最好马上搭乘火车回伦敦，着手调查这个谜团。"

在午餐和调查开始的短暂间隙中，法兰奇又去了一趟停尸房，提取了两名死者的指纹，同时意识到也要采集"仙女"号管理员的指纹，这样才能把三人的指纹从升降梯扶手上提取的指纹中排除。扶手上剩余的指纹将成为一个调查方向的基础，接着就是采集诺兰的指纹进行比对。

他们离开停尸房时已经接近下午3:00，随后他们又来到将进行验尸的大厅。当地人对这场悲剧有着浓厚的兴趣，大量好奇心旺盛的群众聚集起来，想瞧瞧这个大事件。法兰奇知道，验尸官在进行调查时，自己最好在场。不过，他确实没什么兴趣，于是和卡特来到了后排不引人注意的地方。

结果，整个程序十分正式。和最近的做法相反，陪审团选择了查看尸体。然后，莫克森家的管家和小迪平确认了死者的身份。接着，验尸官提议休庭，好让警方进一步地调查。

法兰奇抵达伦敦后发现城里一片混乱，金融界发生了巨震。晚报不断推出特别版，一送到街上就被疯抢一空。

到处都是神情焦虑的人群，他们相互重复着可怕的新闻头条，细细研读报纸，要么是为了获知这场"灾难"到底有多严重，要么是希望找到能安慰自己的信息。

法兰奇买了好几份报纸，回房间坐下，弥补自己落下的信息。报道写得最好的要数《午后邮报》，于是法兰奇仔细地阅读了这份报纸。这名编辑显然做足了功课，页面顶端的中央印着一号字的大标题：

"伦敦陷入财务灾难"

下面的加粗导语占了三栏宽度：

莫克森综合证券公司破产

负债近800万英镑

恐再生变故

祸不单行

两名合伙人逃跑时被杀

一名合伙人和会计主任失踪

疑似盗用巨额公款

波及数千人

这些精心编排的内容下面是一段加粗的文字，很符合这类小报的风格，它的导语和刚才的稍有不同：

莫克森综合证券公司今早宣布无法承担负债，据信总赤字近800万英镑。证券交易所一片忙乱，恐会波及其他几所公司。人们怀疑该事件涉及巨额公款的盗用。三名合伙人和会计主任于周三偷偷离开伦敦，其中两名合伙人——公司董事长保罗·A.莫克森和副董事长西德尼·L.迪平——昨日在英吉利海峡上的一艘游艇中遭到谋杀，另一名合伙人布赖斯·雷蒙德和会计主任乔舒亚·艾斯代尔仍处于失踪状态。数千人的生活被毁，人们还担心这场灾难仍未结束。

这段总结之后，叙述文字缩减为普通字号，内容宽度仅为一栏。

（文章写道）今早发生了本国有史以来最严重的财务危机，意味着华尔街处于极为糟糕的状态。莫克森综合证券公司在过去50年中都象征着蒸蒸日上与持久稳定，但今天公司突然宣布无法偿还负债，引发了空前恐慌。在前一段时间中，传言四起，称公司的整体情况并不乐观。昨天，这类传言却神秘地变得明朗起来，金融圈坦言，该公司正处于破产边缘。昨天下午和晚上发出的报道更加肯定了这一点。正如之前提到的那样，今天公司宣布破产，证实了该传言。最不幸的是将金钱托付给公司的数千名可怜虫，他们之中很多人的生活都毁于一旦。截至新闻刊登时，公布的总负债约为800万英镑。

公司称，几周以来他们一直处于困境之中。这段时间很难熬，他们接到了预料之外的大量来电。同时，由于财务失败和其他公司的红利降低，他们还要处理一连串严重的损失。不过，人们相信公司只要审慎且明智地应对，就能渡过这场风暴，不会出现其他问题，继而东山再起。不幸的是，这样的灾难即将到来。

莫克森公司还大力投资了最近倒闭的孟买米尔沃特和胡佛扎克先生公司，现在这件事也被人所知。这家公司的倒闭就是压死骆驼的最后一根稻草。购买股票的50万英镑打了水漂，莫克森综合证券公司损失的这笔资产本可能扭转当前的困境。

此外，按照正常的商业流程，公司今早要支付一大笔钱，预计总额为100多万英镑。合伙人们之前已经变现了证券，把这笔巨款放在地下室里。这笔钱的具体数额还不清楚，不过应该不少于150万英镑。这起事件中最具灾难性的、也是让事态陷入危机的是：这笔钱不翼而飞了。

巧合的是，有消息称三名合伙人——保罗·A.莫克森、西德尼·L.迪平和布赖斯·雷蒙德——于周四凌晨离开了伦敦。三位先生均出席了周三欢迎南美特许会计师协会的晚宴，该组织的代表目前正在国内参观。晚宴后，三名代表就这么不见了。莫克森先生和雷蒙德先生在当日早上告诉各自的家人他们会外出几天；迪平先生是在晚宴进行中给家里打的电话，也传达了相似的信息。不仅如此，会计主任乔舒亚·艾斯代尔先生周三下午去了巴黎，称想要取得某种证券，不过至今没有任何消息。从这些事实中得出的推论应该十分明显了。

J.帕特里克·诺兰先生也是一名合伙人，事发以来他就一直努力让影响最小化。他也出席了周三的晚宴，在他准备离开时，莫克森先生叫住了他，并让他第二天去费康——位于迪耶普和勒阿弗之间——见一名法国金融家，洽谈公司的生意。莫克森先生和雷蒙德先生似乎计划开前者的"仙女"号游艇过去，谈完生意后带那位金融家出海游玩。不过莫克森先生住在巴克斯顿的姐夫在从剧院回家的途中遭车祸身亡，他必须回去帮姐姐处理后事。诺兰先生答应了去费康，打算开自己的游艇，并在第二天早上在多佛和雷蒙德先生碰面。但是那天早上雷蒙德先生并未出现，所以诺兰先生只身出发了。今早在巴克斯顿进行的调查清晰地显示，莫克森先生的姐夫没有发生意外，他们也没有打过电话。

"海峡谜案"

我们昨天晚些时候也报道过，周四，南方铁路公司的"奇切斯特"号轮船按计划从纽黑文驶向迪耶普，途中遇到一艘一动不动的游艇，乍看之下像一艘废弃船只。随后，"奇切斯特"号上的人发现那艘游艇的甲板上似乎有一具男尸，于是把船停了下来，派出一艘救生船去查看，结果发现甲板上的那名男性已经死亡，另一名男性躺在社交厅里，也已死亡，两人的头部都中了枪。

"奇切斯特"号留下了一名船员，让他把游艇开到纽黑文，抵达后，苏塞克斯郡警察局的人员也来了。

"仙女"号在前往纽黑文时，其航线恰好和诺兰先生去费康的行进方向相交，诺兰先生认出了莫克森先生的这艘游艇，然后两船并排航行，他也得知了船上的悲剧。随后，诺兰先生认出死者是他的合伙人，莫克森先生和迪平先生。目前为止，我们还不清楚这两名不幸的死者当时在船上做什么，也没发现失踪的雷蒙德先生和艾斯代尔先生的踪迹。

这个编辑十分聪明，接下来又用不同的文字和叙述顺序把这个故事重复了几次，内容翔实，文笔流畅，占了九栏半的篇幅，还提供了死者和失踪者的简介、以往发生的大型财务失败的日期和金额、产生的影响，还预测了这次财务失败对金融、贸易、外国证券和英国人声望的影响。报道描写了个人可能遭受的损失，很让人揪心，还有人情味十足的故事作为事件的补充。法兰奇想，其实这个编辑获取了很多信息，并将其充分利用。

法兰奇认真地读了每一个字，唯一让他感兴趣的是：去世的保罗·A.莫克森是创始人休·H.莫克森的侄子。

法兰奇来到苏格兰场，按规矩去见他的直属上司——米切尔总督察。不过，法兰奇得知莫蒂默爵士想亲自处理本案，让他直接向莫蒂默爵士报告。

法兰奇来到莫蒂默爵士的办公室时，发现里面正在开会。至少莫蒂默爵士正在讲话，法兰奇的两名同事——坦纳督察和威利斯督察——正在听。

"进来吧，法兰奇，你来得正好，"莫蒂默爵士愉快地说道，"总督察要去见纽约警方派来的代表，你就直接向我报告吧。"

法兰奇尽可能简洁地做了报告，其他人全神贯注地听着。

"你遇到的情况算很好了，"莫蒂默爵士在法兰奇说完后评价道，"今天这里就像捅了马蜂窝一样。你已经知道另一个合伙人和会计师失踪的消息了吧，还有150万英镑也不翼而飞了？"

"我刚刚看报纸知道了，长官。"

"这起案子变得越来越严重了，我们已经很久没遇到过这种案子了。"莫蒂默爵士摇了摇头，"我应该告诉你，法兰奇，我们已经做了相当仔细的调查，发现除开两名失踪者，与案件相关的其他人今天都在上班。你进来之前，我正说到了这点。"

"长官，也就是说他们两人或其中之一应该是嫌疑人吗？"

"你也得出了相同的推论。没错，我就是这个意思。他们太可疑了，必须马上找到他们，这也是我找来坦纳和威利斯的原因。我不是说你做得不好，法兰奇，只是这个工作量对一个人来说太大了。我的安排是，坦纳负责追踪雷蒙德，也就是那个合伙人；由威利斯来找会计师艾斯代尔；法兰奇，你就继续调查诺兰。"

法兰奇错过了好差事，很是失望。

"长官，你还是认为诺兰有作案的可能性吗？"法兰奇迟疑地问了一句。

"当然了。在我看来，不利于他们三人的证据都很相似。他们都担任了高度机要的职位，应该很难忽略公司中发生的事情。如果他们确实知道这个骗局，我们可以认为他们也知道逃跑的事，其实雷蒙德和艾斯代尔的消失也证明了这一点。诺兰在现身后回到伦敦也许只是障眼法。"

莫蒂默爵士顿了顿，用疑问的目光环视他的听众。

"长官，你说得当然不错。"法兰奇机敏地答道，"而且，诺兰说是莫克森让他去的费康，他肯定会编这种理由来解释自己为什么会在那里，反正莫克森已经死了，没人会提出反驳。"

"没错，因此这三个人必须得到同等的调查，这就是我希望你们做的。法兰奇，这个案子从整体上说是你负责的，等你确定了诺兰的情况，就接手坦纳的调查，然后等你确定了雷蒙德的情况，再接手威利斯的调查。"

"我该告诉你，我从总部的内政部找来了一名财政专家，叫霍尼福德先生，由他来调查到底什么不见了。法兰奇，你应该见过他吧？你很有可能要让他在这里待一段时间，但是，要是你能尽快让另外两个人走的话就再好不过了。"

法兰奇说他会尽力而为。

"那就这么办。"莫蒂默爵士淡淡地说，然后顿了顿，继续道，"你们还有别的问题吗？"

大家沉默了一会儿，然后法兰奇问消失的钱是不是现金。

"对，是纸币。"

"那应该知道它们的冠字号码①。"

莫蒂默爵士用奇怪的手势表示了赞赏。

"我也想到了这点，你知道吗？所以，霍尼福德首先要做的就是尽量找出这些冠字号码，把清单发给我们。你最好督促他一下，法兰奇，并且尽快把必要的信息告知银行。"

"我会立刻着手处理，长官。"

莫蒂默爵士点了点头。"我没有掺杂私人情感，你也

① 冠字号码：纸币上用以标记印刷批次和排列顺序的编码。

知道的，法兰奇，"莫蒂默继续道，"但是，一想到无辜的百姓要为这些无耻之徒的所作所为受苦时，我很愿意不惜一切代价把他们送进达特穆尔监狱。我有一个很好的例子，是两位老太太，她们就住在我家附近，是我夫人的朋友。她们的全部家产都被投进了莫克森综合证券公司。她们现在还剩什么呢？那栋破房子？她们只是数千人中的两人。而且，就算他们有的还能勉强混口饭吃，所面对的情况也足够糟糕了。想想有多少家庭没法把孩子送进好学校，有多少人失去了期盼多年的假期和人生乐事。我告诉你，法兰奇，即使这些老百姓觉得活在世上再无快乐可言，那家公司也不会为此负责。"

法兰奇表示完全同意。

"但是，不是还有别的合伙人吗，长官？除了他们三个以外。他们又在想什么呢？"

"傀儡而已，他们都是傀儡。至少，目前给出了这样的借口。他们完全不知道发生了什么，真是个'不错'的运作体系啊！他们是凭名气进来的，为了建立公众的信心，公众的信心！你记得卡莱尔①笔下的'大多数傻子'②吗？有时他说的还是有点道理。"

---

① 托马斯·卡莱尔：英国历史学家和散文作家。

② 大多数傻子（mostly fools）：出自卡莱尔的《现代短论》，称英国的大部分人都是傻子。

"不过诺兰不是这样？"

"没错。诺兰是眼下的黑马，他应该注意到了一些事。不过，把这点调查清楚是你的工作。"

"是，长官。"

莫蒂默爵士坐在椅子上转了一圈，三名督察读懂了这个提示，站起身来。"我现在就去总公司，长官。"法兰奇补充道，"去见见霍尼福德先生，开始进行调查。"

法兰奇开车前往针线街，心想已经很久没见莫蒂默爵士如此感性了。这位莫蒂默爵士一直都对犯罪严加打击，但有时也会同情犯人。例如无业或低收入人群，他们为了解家里的燃眉之急，不得不去偷窃，莫蒂默总是反对惩处这类犯人。还有一次，他甚至为杀人犯的境遇感到惋惜，让法兰奇大吃一惊。莫蒂默认为，杀人犯不一定都穷凶极恶，其中不乏体面、随和之人。不过，对于操纵股票和证券，或用卑鄙手段利用高级金融的富裕"小偷"，不论他们是否触犯了法律，莫蒂默都对他们恨之入骨、不屑一顾。

一名警员驻扎在莫克森综合证券公司的侧门，让法兰奇进了公司。虽然时间已经快到晚上8:00，但是大部分办公室里还有人们忙碌的身影。多数职员和所有管理人员都回家了，不过部门负责人仍在沮丧地估算着损失。对其中大部分人而言，公司倒闭的消息简直就是晴天霹雳。少数职员觉得要是真由自己来管理，也无法做得比实际掌权的负责人更好。事实就是这样，他们一点儿都不觉得公司能重振起来。公司的倒闭给了他们压倒性的一击，他们珍视的信念不仅突然被粉碎，自己的生计还被这次巨变夺走。到处都是苍白焦虑的面庞，到处都是一片沉默。

法兰奇在莫克森的办公室里找到了诺兰，他正在研读分类账。房间的面积很大，装修华丽，房间的主人显然打算以此树立外行人对公司的信心，就像那些名声显赫的合伙人所起到的作用一样。办公室里还有几名主任和一名女速记员，每当得出数字和结论时，速记员便将它们记录下来。诺兰看到法兰奇来了，放下了笔，坐回椅子里。他脸色发灰，面容憔悴，还有黑眼圈。

"已经晚上8:00了，"诺兰低声道，"我到极限了，撑不下去了。我已经连续两天没睡了，今天几乎没有吃饭，我要走了。你们可以留下继续，或者，最好是回家，明天再来处理这麻烦事儿。"

霍尼福德也往后坐了坐。

"我也同意诺兰先生的意见，"霍尼福德说，"我们已经做了很多了，今天就到这儿吧，明天再继续。资料就这样放着别动，再找几个警察来把守。"他慢慢站起身来，看着法兰奇，"你就是苏格兰场派来的法兰奇督察吧？你还记得几年前我们在明辛街诈骗案时见过吗？今晚你能找几个人手来帮我们看守这些资料吗？要把它们收起来可要费点功夫。”

"晚上好，先生们，"法兰奇一边说着，一边走进办公室。"很高兴再次见到你，霍尼福德先生。我会安排好警员，你不必担心。能在这里找到你和诺兰先生真是太幸运了，我有话想和你们说说。"

"恐怕你得长话短说了，督察，"诺兰说道，"否则我就快睡着了，这样对你也没好处。"他站起来，疲惫地伸了伸懒腰。其他职员迟疑了一下，也做了相同的举动。只有霍尼福德还坐着。

"好，这也比一句话都说不上要好，诺兰先生。"法兰奇微笑道，他在霍尼福德身边坐下，声音低沉地继续道，"我刚刚见过了莫蒂默爵士，他让我找你了解一下这起事件。霍尼福德先生，莫蒂默爵士尤其关心丢失现金的冠字号码，把这些编码找出来容易吗？"

"一点都不容易。我还没来得及仔细调查这件事，但是据我目前所知，这里没有那些冠字号码的记录。只有当某银行接收了这些纸币、拿到出纳员的备忘录时，才有机会追踪到它们。"

法兰奇耸了耸肩，"如果这些纸币不出现，"他承认道，"也没多大希望找到它们。"

"没错，显然整起事件都是暗中进行的。"

"那就只有心存希望了。总之，霍尼福德先生，我得着手调查了。如果我明天再来，你能抽空和我讨论讨论吗？"

"督察，这正是我的职责所在。"

"好，那我大概在上午9:30过来。晚安，霍尼福德先生，我这就去给你找警员过来。诺兰先生，如果你准备好了，我们就一起动身吧，边走边聊。"

他们一言不发地走到了街上，法兰奇停下来给警员下达看守资料的指示，然后他转向诺兰。

"诺兰先生，今晚你肯定很累了吧，"法兰奇道，"我还来打扰你，真是抱歉。但是我的调查陷入了僵局，需要更多的信息，所以有几个问题必须问问你。听着，你能和我一起吃晚饭吗？我觉得奥尔良餐厅不错，环境安静，我们能畅所欲言，不会受打扰，你应该能把我想要的信息都给我。"

诺兰犹豫了，显然他更想回家。不过，在这种情况下，他也别无选择，于是不太情愿地接受了这份邀请。

第七章

诺兰的话

奥尔良餐厅是国王街上的一家法式小餐厅，以简单优质的菜品为特色。法兰奇和他的"受害者"被带进了一个包间。

"老板，快给我来一杯酒！""受害者"诺兰一边说一边向沙发上倒去，沙发是沿着墙面放置的，而非餐具柜。

这真是一次意想不到的机会，千万不能错过。

"我去点餐。"法兰奇迅速说道，然后抢在诺兰摇铃之前离开了房间。在外面的走廊里，几枚先令从一人手中转入另一人手里，然后酒被倒入一只格外干净的玻璃杯里。后来，当餐具被收走时，服务员捏着这只杯子的边缘，小心地把它装好并送往苏格兰场。

接下来的5分钟内，诺兰消灭了奥尔良餐厅的三道特色菜，喝的基本是纯白兰地，酒劲儿很快就上来了。

诺兰的脸逐渐恢复了血色，疲惫似乎消散了，他麻利地坐了起来。

"老天爷，我就是想要这个！"他大声道，"我在办公室里干的是什么鬼工作！简直累死我了！"

"你说的不错，"法兰奇答道，"不过，人们在饥饿的时候会觉得事情比实际情况更糟糕。过去这三天让你受苦了，诺兰先生。"

诺兰无法用语言形容这三天到底有多糟，只是说了句不堪入耳的咒骂，把这件事放下了。

法兰奇转变了话题。"你肯定是爱尔兰人吧，诺兰先生？"他试着问道，"这是爱尔兰名字，对吧？"

"利默里克①人，"对方闷闷不乐地答道，"我要是没离开那里就好了。"

"我有一个朋友在那附近工作了几年，位于阿德纳克拉沙的发电站，属于香农河水力发电工程。你去过那里吗？"

诺兰从未去过那里，就算他去看了电站的运作方式，也毫无兴趣。其实他现在的心情十分糟糕。当开胃菜被端上来时，法兰奇松了一口气。

在美味食物的影响下，诺兰的脸色有所改善。当黑咖啡减轻了上等雪茄带来的催眠感时，诺兰几乎恢复了常

① 利默里克：爱尔兰第三大城市。

态。法兰奇一直在等待合适的时机，随后在交谈的空隙间，他又回到了正题上。

"诺兰先生，其实我想问问贵公司的大致运营情况和过去三天内你的详细活动轨迹。你给特恩布尔少校的陈述很详细，但是我得把细节记录在纸上，也想要更多的信息。你今晚方便告诉我吗？"

诺兰叹了口气，"最好还是把事情解释清楚吧。"他无奈地说，"反正这顿晚饭让我'活'过来了，来吧，说说你想知道些什么。"

"首先，请你简要介绍一下贵公司的合伙人。"

本来诺兰似乎不想再说了，但他靠在沙发上，全身舒展开，滔滔不绝地说了起来，还不时地抽一口雪茄。

"正如你知道的那样，莫克森综合证券公司是一家金融巨头。进行着数百万的交易，影响力遍及欧洲大陆和美国。莫克森的叔叔在50多年前创建了这家公司，他白手起家，随着公司的发展壮大，他也取得了控股权，当上了董事长。我的合伙人，也就是已故的莫克森，接替了他的职位。迪平曾经是出纳员，他把自己的积蓄投入了公司，于是成了合伙人，后来又成了副董事长。我也告诉过你，他们两人扮演着类似于联合总经理的角色。"

"一共有12名合伙人。剩下的10人中只有我和雷蒙德是真正的主管，我们是全职职员，实际上负责了所有的监督工作。加尼特·奇斯尔赫斯特爵士、洛德·梅尔比和亚瑟·格兰瑟姆先生这三名合伙人偶尔会对公司的事情感兴趣，但他们没插手过业务的开展，只是不时地会出席董事会议。剩下的五个人纯粹是隐名合伙人，包括会计师艾斯代尔、主任诺尔斯和几名职员，他们都只是高级职员，每天去各自的部门上班，按要求办事，对公司政策等毫无发言权。你就是想知道公司的这些情况吗？"

"是的，你介绍得很清楚。我还想知道那次巨额资产变现的情况。"

"当时我们都参与了，整个过程持续了好几个星期。你也知道，今天公司必须支付一大笔钱，积累现金就是为了这个目的。"

法兰奇点了点头。他对金融知之甚少，觉得这种变证券为现金的说法听起来并不可靠。不过，让霍尼福德来就是为了弄清这点。

"我们一直都是用相同的变现方式，"诺兰继续道，似乎认为需要澄清一下，"并且终于积攒了足够的现金。在通常情况下，证券在变现后资金会被存放在银行，并通过支票清偿债务。"

"但是这次并没有这样做。"

"没错，"诺兰沮丧地承认道，"恐怕这就是必须这样操作的原因。"

"你当时没有怀疑过不把变现资金存入银行的做法吗？"

"我根本不知道钱没有被存进银行。钱一直是莫克森和迪平在看管，我完全没有操心。"

"好，诺兰先生。你还知道其他有助于调查的信息吗？"

"没了，其他的你肯定都知道了。我告诉过你，周三我参加了晚宴，莫克森让我去费康见巴斯德，之后我便出发了，然后遇到了'仙女'号。就是这些。"

"好，这些内容都很清楚。根据你的讲述，接下来就到了昨天，也就是周四中午。你说的不错，我知道后来的情况。你回到了纽黑文，向警方报告，和特恩布尔少校一起去了伦敦，我昨晚在苏格兰场和你见了面。现在你给我说说今天的情况。"

诺兰摁熄了烟头，又仔细地挑了另一支雪茄。

"我今天就像到了地狱一样。"他说道，"我是早上8:00左右去的办公室。诺尔斯比我先过去，他面色有些苍白——我之前打电话让他早点去——几分钟后梅尔比和格兰瑟姆也来了，两人看上去都很害怕，战战兢兢的。要做的第一件事是打开保险库，这需要两名董事在场，你知道的。我有一把钥匙，莫克森和迪平拿着剩下的钥匙，也就是在你们警方手里。所以我们给苏格兰场打了电话，钥匙被立刻送了过来。随后我们打开了保险库，情况也变得更糟了。"

"你知道有多少现金不见了吗？"

"都不见了，法兰奇先生。刚开始的时候，我们都不知道里面原来有多少钱，只知道肯定有数十万。然后我和诺尔斯回到我的办公室详细谈了谈，他是唯一一个了解当前状况的人。我们现在基本没有现金，给一两家大银行打电话后得知，我们得不到任何资金上的帮助，所以我决定关闭公司。法兰奇先生，那是多么恐怖的瞬间啊！但是除此之外我也别无他法了。"

"然后你们开始预估最坏的情况？"

"正是如此，我们很快就发现保险库里至少有100万英镑，下午这个数字又上升到150万英镑。"

"这太让人绝望了。"

"这还不是全部。"诺兰绝望地说，"又有其他的债务出现，而且我们所指望的资产，也就是投资等的收益，最多就剩了一半。总的来说，公司横竖都会倒闭，债务大概有800万英镑。"

"太可怕了。"法兰奇出神地评论了一句。诺兰的这部分陈述给他留下了深刻的印象。这些内容肯定是真的，诺兰在叙述时很有底气。法兰奇能想象出整个过程，也觉得诺兰今天的行为完全合理。法兰奇在脑中又把故事过了一遍，然后开始提问。

"我记得你说是在晚宴上第一次得知要去法国费康？"

"晚宴之后，就在我们准备回家的时候。"

"好。这个消息是莫克森先生告诉你的，当时有人可能不小心听到你们的谈话了吗？"

"有一个人听到了一些内容。我和莫克森当时在想，我第二天不会去办公室，要怎么才能通知他们。然后我们想到了加尼特·奇斯尔赫斯特，他也出席了晚宴。我之前说过他也是合伙人之一。于是我们让一个小男孩把他找来了，莫克森向加尼特爵士说明了情况，请他第二天去办公室露露面，以防有人找他签字。加尼特爵士答应了，说他会去公司解释这件事。"

"莫克森先生在福克斯顿的船夫叫什么名字呢？"

"约翰·赫尔利。我不知道他的确切住址，但他就住在天使酒馆附近，在前往内港的那个方向。"

"你在多佛雇的那个船夫呢？"

"约翰·斯昆恩斯，住在皮洛特街17B室。"

"很好。接下来，诺兰先生，你虽然没有说过这样的话，但是我可以认为你觉得失踪的三名合伙人都在'仙女'号上吗？"

诺兰不安地挪了挪身体，"我确实有过这样的想法，"他承认道，"但是，我没有依据。我真的什么都不知道。"

"你并没有在船上发现雷蒙德先生的踪迹，不觉得惊讶吗？"

"当然惊讶了，我当时看到船上的景象后，既吃惊又害怕，根本没工夫想别的。"

"在那之后呢？"

"当然，之后我也好奇雷蒙德到底消失去哪儿了。"

"你没有产生过怀疑吗？"

"没有。你到底想说什么呢？"

法兰奇稍稍前倾，神秘地压低了声音。

"我猜你从未想过雷蒙德先生可能是幕后黑手吧？"

诺兰大吃一惊。"你是说雷蒙德杀害了他们俩吗？"他尖锐地问道，"是啊，我从来没想过这点。如果你认识雷蒙德的话，你也不会这么想。这个想法太荒谬了！不，督察，如果你是朝这个方向调查的话，就最好把这份工作交给别人。"

法兰奇很高兴诺兰表现出了激动的情绪。

"我只是问了你一个问题，"他温和地指出，"并不是要指控任何人。"

"那可真是一个愚蠢至极的问题，"诺兰反驳道，随后又说，"督察，如果你就是想知道这些，那我就要回家了，我已经困得不行了。"

"我还想知道两件事。第一，其余合伙人的住址，也就是会计师和主任。"

法兰奇把这些记录下来，继续道，"第二，我接到了命令，与本案有任何关联的人都必须接受医生的检查。出于某些原因，我们认为凶手在'仙女'号上受了伤，因此任何身上有新伤痕的人都会被暂时视为嫌疑人。你愿意接受检查吗？"

诺兰盯着法兰奇。

"督察，你这是在怀疑我是犯人吗？"

"我并不是在怀疑你，我相信你也很清楚，我们必须对每个相关人员采取这样的预防措施。"

诺兰继续盯了一会儿，然后稍微耸了耸肩。

"如果情况相反呢？"

"你是说，如果身上没有伤痕就肯定是无辜的吗？这不一定，不过我们倾向于认为那个人是无辜的。"

"反正，"诺兰坚定地说道，"不管怎样我都会接受检查。如果这能让我不陷入新的麻烦里，就值得了。你想现在就检查吗？"

"如果你愿意的话，当然了，先生。"法兰奇回答，觉得还是趁热打铁的好。

诺兰稍微抱怨了一下，然后同意了。法兰奇立刻给一名法医打了电话，20分钟后，他们到了法医家。检查立刻开始了。最后法医报告称，诺兰身上没有伤疤或受伤迹象，描述中现场留下的血迹不是他的。

　　就算结果显示诺兰不是犯人，案件至少也有了进展。当然，这只证实了在调查诺兰的汽艇时得出的结论。

　　法兰奇向他的"受害者"道晚安时已经快到晚上11:00了。和诺兰相反，法兰奇并不觉得睡眠能对案件的侦破起什么作用。从早上5:30起，他就一直在工作，也很疲惫。不过，这起案件不仅十分重要，还受到时间这个关键因素的影响。他的处理方式也许会对许多事物产生影响。坦纳督察就住在不远的地方，法兰奇想去见见他，抽最后一斗烟，看这名同事今天有什么发现。

　　坦纳是法兰奇所有同事中关系最好的朋友，他们一起破过很多案件，虽然两人的性格都很固执，但他们互相欣赏，互相关心。他们一起冒着生命危险、不止一次地追捕过凶恶的犯人，比如斯塔沃山谷惨案的最后，他们在爱丁堡的魏菲利火车站时，休息室里的米尔斯突然拿出炸弹，法兰奇和坦纳及时互助，才躲过一劫，而这仅仅是众多例子中的一个。随着时间的过去，他们的友谊更牢固了。这份友谊可是经受住了终极考验：在苏格兰高地徒步旅行十天，其中九天都在下雨。

　　当法兰奇出现时，坦纳夫妻正坐在客厅敞开的窗户边，入神地读着小说。他们微笑着搬来一把椅子，三人坐着聊了一会儿。然后，坦纳夫人有点犯困，去休息了，于是客厅里就只剩下两位男士。

"我又帮你完成了一些工作，"坦纳疲惫地说道，"你不能管好自己的案子这个习惯真是太讨厌了。"

坦纳很热衷于"开玩笑"——至少他是这么说的，尤其想激怒法兰奇，他在这上面花了很大的精力，但是一般都会失败。

"你可不能无事可做啊，"法兰奇反驳道，"要不是我让你帮我跑跑腿儿，你连路都不会走了。"

他们就像两个大孩子一样拌了会儿嘴，然后法兰奇转入了正题。

"你那边的情况如何？"他问道。

"我也想知道你那边的情况。"坦纳面无表情地答道。

"我进行了一次不错的短途旅行。"法兰奇告诉对方，"纽黑文，今早特恩布尔开车和我一起去的。登上了游艇和汽艇、进行讯问、检验尸体……还挺有趣的。"

"你有什么发现吗？"

"和平时一样：疑点很多，但没证据。"

坦纳开始在房间里走动，拿出威士忌和苏打水瓶。"比如说时间，"他主动提出问题，又阴沉地说，"雷蒙德是什么时候作的案？"

法兰奇啜了一口威士忌。

"诺兰觉得不是他。"他反驳道。

"诺兰当然觉得不是他。如果是的话，雷蒙德和两名死者怎么会是朋友？但这不会影响他就是凶手这个事实。"

"你为什么这么想呢？"

"为什么？排除法。船上没有别人了。"

"你就瞎扯吧，伙计，"法兰奇笑道，"快把你的调查情况告诉我，好让我回去睡觉。我今早5:30就开始工作了。"

坦纳并没有什么好说的，最后把事实列了出来。

"你也知道，莫蒂默爵士派我调查雷蒙德的底细。我还没完成调查，但已经知道他最初只是一名职员，继承了一笔钱，投进了公司，他在两年前成了合伙人。他今年34岁，为人和善，大家都喜欢他。有关他个人的信息就是这些。"

"没有缺点吗？"

"我反正没听人提过。"

"所以你判断他是凶手，很好，继续说，老伙计。"

"然后我去了他家。他在半月街有一间挺小的公寓，不大，但是'五脏俱全'。有一个男用人和他的妻子负责照顾雷蒙德的起居，他们看上去挺正派的。那个男人说，周二晚些时候，也就是晚宴的前一天，雷蒙德说他会离开伦敦几天，第二天，也就是周三的早上动身，要他准备好夜间用品和一套游艇服。雷蒙德没说去什么地方，也没说什么时候回来。他的各种表现都完全正常，而且心情很好。周三早上，那个男用人给他收拾了行李，叫来了出租车。雷蒙德吃完早饭就走了，出门的时间和往常一样。"

"那辆车来自附近的一个出租车站，我很轻松地把它找出来了。雷蒙德被送到办公室，他是直接过去的，中途没停过车，也没去过什么地方。"

"他似乎觉得自己不会遇到什么麻烦，"法兰奇猜测道，"如果他是犯人，心里肯定有鬼，很难表现得这么正常。"

"你可以这样想，但没办法确认。后来我回到办公室，又问了一些问题。我得知雷蒙德把手提箱搬到了他的办公室里，箱子一整天都被放在那儿。他和莫克森忙工作忙到晚上，然后都在办公室里换了衣服，随后开车赴晚宴。他们坐的是莫克森的车，两人都带上了各自的手提箱，我找到了把手提箱放进车里的杂物工。接着，我去了举行晚宴的哈勒姆餐厅。宴会大约在凌晨结束，莫克森和雷蒙德走时坐的是莫克森的车。"

法兰奇一脸惊讶。

"坐的是莫克森的车吗？"他重复道。

"没错。"

"天哪，坦纳，这些信息足够你好好想想了！如果雷蒙德和莫克森一起离开，莫克森又开着他的游艇出海了，那么，雷蒙德怎么可能没上游艇呢？"

坦纳咧嘴一笑。

"而且，"法兰奇没有理会坦纳，继续说道，"如果雷蒙德确实上了游艇，原因又是什么呢？我敢告诉你，这点很耐人寻味。"

"继续说。"坦纳道。

"如果雷蒙德上了游艇，现在他人不见了，钱也不见了，他的同伴们还死了。你说得对，从这些情况来看，雷蒙德越来越像是我们要找的人了。"

"你不该太早下结论，"坦纳不安地说道，"你知道这些只是猜测。"

"那我们就必须找到雷蒙德进行确认。要是我的话，就会调查下去，早点让整个案件有所进展。"

如果雷蒙德真的乘坐"仙女"号离开了福克斯顿，如果他确实能从茫茫大海中的"仙女"号上消失的话，那就肯定存在对他极为不利的间接证据。两名督察都认为这些可能性对调查来说至关重要，必须立刻弄清楚。

"你没有查到他们是什么时候出海的吗？"

"我打电话问了福克斯顿的警长，他说仙女号是周四早上5:50出的海，但不清楚船上都有谁。我还没来得及亲自调查这点。"

法兰奇也认为有必要去那边一趟。

"我明天去看看，"坦纳总结道，"先去福克斯顿搞清楚'仙女'号出海时的细节。如果能确认雷蒙德和他们在一起，那就是大发现了。"

法兰奇完全赞同坦纳的想法，然后又说时间不早了，他很困，要回去了。

半个小时后，他进入了梦乡。

第八章

游艇出海

第二天早上，法兰奇先去苏格兰场汇报了进展，然后按约定前往针线街和霍尼福德见面。

这座巨型建筑物门窗紧闭，毫无人影，呈现出忧伤的氛围，似乎这里的一砖一瓦都知道灾祸已经降临到楼中的"囚犯"头上。法兰奇按响了侧门的铃声，得到了进门许可，几分钟后，他就和霍尼福德坐在了已故的保罗·莫克森的办公室里。他们先大致谈了谈案件的情况，随后法兰奇转入了正题。

"霍尼福德先生，我想和你讨论如何才能找出那些消失纸币和债券的冠字号码。"

霍尼福德强调说这并不容易。证券办公室不仅没有保管过这批纸币，霍尼福德还很怀疑多次变现的记录也被破坏了。若是如此，他就无法找出收到这笔现金的人是谁。

他不能直接跑去银行，要求其提供这些款项涉及的纸币冠字号码清单，因为他自己也不知道到底是什么款项。

"这就尴尬了，"法兰奇同意道，"不能反过来吗？"

"你这是什么意思？"

"找一些可能性大的银行，问他们在前几周里是否给莫克森公司支付过任何现金或债券，再看能不能凑出已知的总额。"

霍尼福德满怀同情地笑了笑。

"我昨天就试过了，那是我过来后做的第一件事。但是我对结果并不抱希望。"

"为什么呢，霍尼福德先生？我倒是觉得这是个很好的调查方向。"

霍尼福德又点燃了一支烟。

"我来告诉你为什么吧，"他缓慢地答道，"如果他们确实打算卷款逃跑，就像我们怀疑的那样，那他们肯定不会公开地拿走现金。他们应该会用障眼法，而且很可能只会提取小额现金，也许仅从外地和外国首都的银行提过钱。不过，我也说了，我会尽力而为，如果你不满意的话，还可以亲自调查。"

法兰奇暗想，如果是霍尼福德先生负责调查，肯定就没其他人什么事儿了。

"这是一起蓄意谋划的事件，对吗？"法兰奇继续道，接过一支烟。

霍尼福德对这点并未表态。"对，但也不对。"他说，"在我看来，公司看起来是真的要倒闭了。倒闭在劫难逃，这些合伙人也发自内心地拼命挽救，不过，由于普遍低迷的行情、战争的余波、过度的生产、失业和当前其他的问题，我觉得他们当时的处境十分棘手。公司的问题还没来得及解决，又发生了华尔街大崩盘和后来的哈特里金融诈骗案，两起事件都对公司造成了巨大的损失，你也不能因此责备公司。"

"大部分诈骗行为都是从这儿开始的，不是吗？"

"没错，他们肯定竭尽全力地撑了一段时间，但是我觉得他们错就错在：在得知公司即将破产时，他们没有立刻停业清盘，把影响最小化。"

"他们总是朝好的方向想吗？"

"我觉得不是。当时应该已经过了那个阶段，他们知道马上就会破产，搞得身败名裂，但束手无策，所以他们会说'救人先救己，我们先自救吧，摆脱这个麻烦，拿走一点钱也不会产生什么影响'。"

"他们如果要开始新的生活，最好得有点本金。"

"没错，他们一旦产生了这种想法，事态就愈演愈烈。他们拿这笔钱的原因如果是为了继续生活，为什么不多拿一些，更舒适地生活呢？如果是为了能舒适地生活，为什么不再多拿一些，奢华地度过余生呢？为了安全起见，他们更应该这样做。他们拿钱是为了安全。其实，只要走错了第一步，就会一错再错下去。"

两人若有所思地抽着烟，沉默了一会儿。

"那样说来，他们看起来并没有那么坏，"法兰奇最后道，"当然，我并不是想把他们洗白。"

霍尼福德把烟蒂扔进壁炉。

"如果你不了解内幕的话，所有人看起来都没那么坏。"他说道，"当然了，督察，像你这样经验丰富的人肯定是知道的吧？"

"这个嘛，"法兰奇一边回答，一边掐灭了烟头，"人生苦短，我还没时间想这种哲学问题。我得去工作挣钱了。非常感谢，霍尼福德先生，我们很快会再见的。"

法兰奇心想，既然他来了公司，正好可以见见诺尔斯主任。法兰奇并不期望能从他口中得到多少信息，所以讯问的时间不会太久。

不知怎的，法兰奇下意识地在脑海中描绘出了诺尔斯的形象：一位仁慈的白发老人，有些缩手缩脚，像是旧时代的仆人，而非当今警觉的商业专家。因此，当法兰奇发现他的样子竟和自己的设想完全相反时，他十分惊讶。诺尔斯是一名中年男子，身高中等，面孔阴郁，脸色蜡黄，下巴突出，额头高而窄，下面是法兰奇见过的最敏锐的双眼——甚至到了让人发怵的程度。法兰奇觉得他很有个性，而且并不讨人喜欢。

结果诺尔斯却非常想提供帮助。他详细地回答了法兰奇的问题，没有丝毫的回避。

可惜的是，调查得到的信息竟出乎意料地少。

诺尔斯称，莫克森、迪平、诺兰和雷蒙德整天都待在办公室里，工作勤勉高效；其他的合伙人可以忽略不计。不过，在诺兰和雷蒙德是否知道公司出了问题这点上，诺尔斯既没有肯定，也没有否认。诺尔斯坚称，身为合伙人的他们在理论上能得到公司的全部信息，但他不知道他们实际利用了多少职务上的便利。诺尔斯只能透露上述四人都给他下达过指令。

在诺尔斯看来，会计主任艾斯代尔也有机会了解到公司的形势，以及是否有人在秘密谋划着什么。不过，诺尔斯还是不清楚艾斯代尔确切知道些什么。他只知道那些重要资料是由合伙人和会计主任公布的，并被锁了起来。

"好了，诺尔斯先生，"法兰奇继续道，"我想了解一下你的情况，因为必须收集所有相关人员的详细信息。当时你病倒了吗？"

诺尔斯那段时间得了流感。公司倒闭前后，他有近一周的时间没去上班，不过现在病情逐渐好转了。周四那天诺尔斯其实是想回办公室的，他也确实从床上爬了起来，换好了衣服，但是他病得很重，不得不又躺回了床上。第二天，也就是周五，诺尔斯去了伦敦。没错，诺兰先生给他打过电话；是的，他接受了斯韦恩医生的治疗，他就住在附近；不，周四医生没有给诺尔斯打过电话，周三倒是打过，让诺尔斯再静养一两天。由于诺兰发来了消息，尽管妻子强烈反对，诺尔斯还是觉得周五必须去一趟伦敦。到公司后，诺尔斯发现情况十分糟糕，很庆幸自己来了，这点法兰奇也能理解。诺尔斯惊呆了，也被吓坏了，不仅因为他失去了两名职员——也可以说朋友，两名死者都对他十分友善——还因为他怕自己会失去工作。不过，法兰奇想听的并不是这些。不，当时诺尔斯家的仆人不在，她也病了，几天前就请了假。由于诺尔斯又病倒了，可怜的诺尔斯夫人身边没有帮手，什么事都得自己做。

世事总是难以预料，法兰奇适时地表示了同情。

两次讯问的结果让法兰奇相当失望，快到上午11:00时，他离开公司，返回了苏格兰场。结果并没人要求他回去，于是法兰奇决定接下来最紧急的事是查证诺兰的陈述。

首先要见见加尼特·奇斯尔赫斯特爵士，听他说说周三晚宴后莫克森和诺兰谈了些什么。法兰奇四处寻找，终于在加尼特所在的俱乐部里找到了他。

加尼特爵士是一个说话很慢、有些自负的老人，但他在提供信息时十分肯定。他证实了诺兰的说法，每个细节都得到了验证。莫克森确实说过住在巴克斯顿的姐姐给他打来电话，说她的丈夫在从剧院回家的途中被车撞死了。当时莫克森看起来很难过，说姐姐身边没有别人，他明天一早就要过去看看。由诺兰代替莫克森去法国。莫克森也让加尼特爵士第二天去办公室，一是要解释诺兰缺席的原因，二是给一些紧急的文件签字。

这在法兰奇看来是对诺兰有利的，也很重要。他也想过，如果诺兰是犯人，就会编出莫克森让他去法国这种故事。但是，到目前为止，这些都不是假话，是真切的事实。

在该部分调查的最后，法兰奇坐下仔细查阅诺兰公文包里的文件，其中有大量证据证明巴斯德和该公司正在进行大规模的商业谈判，还有莫克森周四去费康的行程安排信。诺兰陈述中的那部分内容因此也得到了证实。同时，为了确认这些文件不是假造的，法兰奇把关键的信件带到证券公司，让诺尔斯验证其真伪。

下一站是多佛。法兰奇乘坐了下一班火车，抵达后，很快他便穿梭在港口附近的街巷里，寻找住在皮洛特街17B号的约翰·斯昆恩斯。法兰奇得知斯昆恩斯出门了，但根据他妻子的描述，法兰奇很轻松就在港口找到了他。

斯昆恩斯上了年纪，法兰奇觉得也许他的陈述值得相信。斯昆恩斯解释说，自己靠出租船为生，而且过去三年间，诺兰都雇佣他为管理员，照管停放在格兰维尔船坞的汽艇，他的职责是保持汽艇的清洁和发动机的维护。斯昆恩斯相信诺兰对他的工作很满意。

那个周三晚上的12:30左右，洛德·沃登旅馆的一个男孩把他叫醒，说诺兰先生打来电话，要让他第二天早上7:30左右准备好汽艇，按照"E卡"的指示在船上备好物资。

斯昆恩斯解释道，船上放有诺兰打印出来的卡片，分别印有不同的物资组合。如果诺兰有特殊的要求，只需说出卡片上的字母。"E卡"指两人两天用的充足食物。

于是斯昆恩斯迅速来到船坞，因为他怕如果开始退潮，就可能来不及在闸门关闭前把汽艇开出去。不过，他及时赶到，把船开出去并系在十字墙码头的阶梯上，就在码头的出入口边。也没什么需要斯昆恩斯做的事：诺兰上周日才开过汽艇，周一早上斯昆恩斯彻底进行了打扫，加满了油罐。因此，他在船上睡了一晚，第二天早上来置办食物。由于一些商店还未营业，他没能买齐要求的物品，但是借到了替代品，足以满足诺兰的需求。

刚过早上7:00，准备结束。汽艇就停泊在阶梯边，干净整洁，设备齐全，发动机低速运转起来。斯昆恩斯在船上等着，过了约15分钟，诺兰出现了。他看起来和平时一样，平静，寡言，一点也不兴奋或着急。

诺兰先告诉斯昆恩斯，车停在码头尽头的船桥边，又让斯昆恩斯在他出发后去霍尔斯沃思车库找人来把车开走，让车库的人在他回来之前保管几天车。然后诺兰问雷蒙德来没来——斯昆恩斯之前见过雷蒙德和诺兰在一起，知道他的长相——斯昆恩斯回答说雷蒙德没来，诺兰说要等一小会儿。

他确实等了一段时间——直到早上8:00。然后他说自己恐怕必须出发了，要穿越英吉利海峡去赴约。

诺兰让斯昆恩斯注意看雷蒙德来没来，如果他来了，就告诉他自己已经走了，让雷蒙德从多佛或福克斯顿坐船过去。斯昆恩斯等了一段时间，但是根本没有雷蒙德的身影。

"所以你才说诺兰先生走时汽艇上只有他一个人？"

"是的，长官。只有他一个人。"

"你还说给汽艇加满了汽油和柴油。能告诉我有多满吗？我想知道当它被找到时消耗了多少燃料。"

"是的，长官，两个油箱上都有指示器，都正好是满格。"

"好，斯昆恩斯，你之前说诺兰先生等雷蒙德先生一直等到早上8:00。他是8点整出发的吗？"

"长官，是8:03 ～ 8:04之间。"

"你为什么这么肯定呢？"

"是这样，长官。诺兰先生在听到早上8:00的钟声后开始做出发的准备，三四分钟后驾船离开了阶梯。"

斯昆恩斯的陈述给法兰奇留下了深刻的印象。他毫无隐瞒，既诚实又理智，似乎对自己提供的信息都很确信。法兰奇觉得能完全相信他说的每一个字。不过，证实一下总是有益无害的。

"当时还有其他人看到汽艇离开吗？"法兰奇最后说道。

好几个人好像都看到了，其中包括一名在码头工作的铺路工、一名叫贺加斯的警察和两名船夫。法兰奇认为出发时间的确定至关重要，于是又不辞辛苦地讯问了前两人。铺路工对那个时间不是十分肯定，但贺加斯警员给了他确切的答复。

这些证词似乎能确凿地证明诺兰的陈述是真的。不过，还得把汽艇的航速查清楚。法兰奇起初想让斯昆恩斯一起去纽黑文，用一些已知的距离来推算汽艇的速度，但他后来决定，这项工作应该由与本案完全无关的陌生人负责。因此，法兰奇给纽黑文的希斯警长打去电话，问镇上有没有一流的船用发动机企业，他想借一名机械师用用。

希斯给出了肯定的答复，于是法兰奇搭乘下一班火车前往纽黑文。

　　时间已经不早了，不适合再进行任何实验，但法兰奇去那家企业老板的家里拜访了一下。

　　"法兰奇先生，我肯定会给你派一个好手，要是你愿意，我给你派两个人。我建议你带两个人，除非你在这方面也很精通。要在移动的船上精确地读取数值并不是件容易事。"

　　法兰奇说他不打算亲自动手，因为法院也许会要求提供这份证据，因此必须由能发誓保证其准确性的专家来做。

　　"那最好找贝特曼和兰开夏，他们都是一流的好手，完全值得信任。"

　　"好，那就明天派他们过来吧，周日早上9:00。"

　　"我会安排好的，他们会准时过去。"

第九章

速度等于距离除以时间

　　每到安息日，就算法兰奇有工作，他都会尽量严格遵守教规，在这一天休息和祈祷。他不赞同一周工作七天，他的上司们也是如此。只要天气允许，他和夫人基本都会在周日去远足，两人都很喜爱乡村，这类出行在他们的生活中占据了相当大的部分。

　　不过，莫克森综合证券公司案显然是一个例外。情况紧急，不能浪费一分一秒。每过去一个小时，就越难追查到失踪者并追回现金，所以法兰奇认为必须尽快测试出船速。对法兰奇而言，这是一个"不幸"的周日。

　　一些人士认为，亵渎安息日的人会受到狂风暴雨的惩罚，但是法兰奇却遇到了完美的天气：天朗气清，太阳高照，令人振奋，微风轻轻卷起海浪，保持了空气的清新和凉爽。法兰奇登上舷梯，和他的新同事见了面。虽然他们严格来说是因"工作"而来，但法兰奇有一种学生时代度假的感觉。

"我之前说的是早上9:00，"法兰奇和他们打了个招呼，"抱歉，让你们久等了。我看到'奇切斯特'号停在那头，但在开始之前，我想和船长说两句话。"

"我们送你过去，督察。来吧。"

他们慢慢地从码头移动到了"奇切斯特"号的泊位附近。法兰奇上了岸，登上了轮船，打听休伊特船长在哪儿。

同一时间，船长自己出现了。"去我的船舱，"他高兴地邀请道，"我能猜到你们的来意，东西都仔细准备好了。发现那艘游艇时，我根本没想到会牵出这么一堆事儿来。你抽烟吗，督察？"

"谢谢，"法兰奇说着接过一支粗粗的棕色卷烟，顺着对方指的方向找了张舒服的椅子坐下。"这个案子有点特别。虽然谋杀是重罪，但在本案中，逮捕凶手却没有寻找丢失的现金重要。尽管公司欠下了巨额债务，这150万英镑还是能为债权人的生活带来相当大的改善。"

"没错，真是些可怜的人。"船长同意道，然后掏出了打火机，"但是，法兰奇先生，你不觉得它们归根结底是同一个问题吗？找到凶手，就能找到钱，不是吗？"

"这不一定，但是可能性很大。船长，我希望你能帮帮我。"

休伊特船长认为自己提供不了什么信息，也很清楚地告诉了法兰奇，尽管如此，他也十分乐意为这位访客效劳。

"是这样的，"法兰奇解释道，"我有一个想法，可能对，也可能错。我猜莫克森和迪平从福克斯顿出发时游艇上还有一个第三者，这点当然还没有被证实，但是我们先这么假设。"

休伊特船长点了点头。

"我再强调一下这只是为了后面的推理，"法兰奇继续道，"假设这个人是雷蒙德。"船长吹了一声口哨。"船长，这仅仅是猜测。我们先这么假设，雷蒙德和另外两人一起出海，来到在游艇被发现的位置后，他作了案、拿了钱、然后逃走了。那么，船长，他是怎么做到的呢？你明白我的意思了吗？你当时注意到周围有任何船只吗？"

休伊特船长再次点头。

"我明白了，"他说，"我本应该想到这点的。其实当时不远处就有一艘法国的渔船，二副汉兹先生和我都看到了。是那种捕鲭鱼的小帆船，配有辅助发动机，船员大概有三人。当时能见度很低，看不见船名。"

"你觉得那艘船有嫌疑吗？"

"有可能。它比我们更接近法国，两船相距五六英里，正朝着西……西南航行，基本是费康的方向。我们离开'仙女'号后，马上就发现了它，在它身后航行了约3公里。"

"如果案发时这艘船就在'仙女'号的所在地，它有足够的时间行驶到你发现它的地方吗？"

休伊特船长似乎有些疑惑。

"它原本可以走得更远，如果船上的人愿意，它还能消失在我的视野里。另外，它并没有朝远离'仙女'号的方向航行。"

"尽管如此还是值得调查一下？"

船长沉默了几秒。

"既然你问我了，"他最后说道，"我觉得这有点牵强。你是在问这艘船出现在'仙女'号附近是纯属偶然还是刻意为之吗？"

"我也不知道。"

船长耸了耸肩。

"在我看来，你可以排除偶然的情况。让船随叫随到的可能性很低，而且还有秘密被三四个陌生人——尤其是船员——得知的风险。在另一个方面，如果你假设船是按计划到那里的，这就意味着他们早就有所谋划，而且这些业余爱好者的驾船技术也十分娴熟。"

"我真希望你的分析没这么有说服力，"法兰奇称，

"当你提到小帆船时,我还觉得有希望。我同意你的说法,船长,这条线索没什么作用。不过,我还是想请你描述一下这艘小帆船。"

休伊特船长按了一下铃,让汉兹先生立刻过来。

"这是我的二副,汉兹先生。"船长介绍道,"汉兹先生,这位是苏格兰场的法兰奇督察。他是来调查那起游艇谋杀案的,想知道我们离开'仙女'号后看到的那艘法国小帆船的样子。"

"能请你描述一下它的外貌吗?"法兰奇恳请道。

二副像艺术家一样进行了描述。"船身是黑色,长至少9米,"他一边做着手头的工作一边咕哝道,"船尾倾斜,有一个舷外舵。船身印着一条白线,上面有登记号。距船两头30厘米左右的位置分别立着桅杆,前桅高一些。船尾的桅杆正好在右舷外侧,留出了舵柄的空间。两根桅杆上都挂着棕色的四角帆,桅杆说是垂直的,但实际上都朝着中间倾斜。船体中部的甲板上放一艘小艇。我觉得这就是全部了。我虽然没能看到,但是甲板上很可能有几个活板门,发动机上方则覆盖着甲板窗。就是这些了,长官,对吧?"

休伊特船长说汉兹先生的描述十分还原,想让他也描述一下自己的船舱。

"你为什么观察得如此仔细呢?"法兰奇好奇地问道,

"你肯定见过很多这类小船吧？"

二副和船长相视一笑。

"这个嘛，你应该能猜到。"船长稍微眨了眨眼，"我们当时想，之后可能有爱管闲事的人来问一些愚蠢的问题，所以做了些准备。"

法兰奇不禁大笑起来。

"你们很明智嘛，不是吗？希望你们能多展示一点，好让我找到那艘该死的小帆船。"

"我觉得，可能性最大的做法就是，"休伊特船长认真地答道，"调查这艘船被人看到的时间。这类小帆船一般是晚上工作，在早上6:00～10:00之间离开——这并不绝对，但一般是这样。它是在白天被人发现的，当时是下午2:00，距它的出发地至少48公里。这些信息应该能帮到你。"

法兰奇有些泄气地回到汽艇上。这次讯问的方向本来看起来很有希望，无奈船长的反驳也很有道理。当然了，船员们没看到的船不一定就没有出现过，只是出现这种可能性的概率更小了。

法兰奇发现发动机在空转。

"我一直在运转发动机，"机械师解释道，"升温很顺利。我马上会把它提到全功率，之后就能进行任何试验了。"

"任务很简单,"法兰奇回答说,"我想知道它的最高速度,然后'仙女'号也是一样,具体由你来操作。要记得你们可能会在法庭上宣誓,证明得出速度的真实性。你们觉得呢?"

两名机械师低声商量了一会儿。法兰奇能听到一些诸如"西福德马尔泰洛塔""比奇角"和"20公里"的语句,然后贝特曼转过身来。

"在防波堤的灯塔和罗廷迪安的码头之间跑个来回怎么样?"他提出建议,"这样我们就有了两趟航行的数据,距离均为12公里左右,实际操作时我们能从仪表上读取准确的距离。"

法兰奇想了想。他想要的是长距离行驶时的速度。

"我想让距离更长一点。"他决定道。

"那我们就去布莱顿,"对方回答,"单程至少14英里。"

"这样更好。还有一件事,我想知道出发前和返回后油箱里的汽油量和煤油量。"

仪表读数被记录了下来,法兰奇下令开始实验。几秒钟后,他们驾船顺流而下,经过"奇切斯特"号和"斯泰宁"号,离开外港,来到防波堤的尽头。他们先向东航行,然后船头向右来了个180度转弯,转而向西行驶。在经过防波堤尽头的灯塔时,法兰奇和贝特曼都仔细地记下了仪表的读数,接着,随着发动机欢快的嗡嗡声,他们向布莱顿驶去。

法兰奇和贝特曼站在楼梯井聊天，他觉得就算自己能选择周日去哪儿远足，也没有比现在更好的选择。阳光灿烂，空气温暖，令人振奋，海水碧蓝，波光粼粼，汽艇平稳地驶过，掀起微微浪花，一派宜人的景象。他们靠近海岸航行，一旁的白垩断崖十分显眼，碎石滩从崖底伸出，与海水相接。有趣的是，在断崖较低的地方，能看到丘陵处柔嫩的绿意又向山顶延伸而去。很快，他们来到皮斯黑文，与无尽的一排排平房并驾齐驱。接着，罗廷迪安映入了眼帘，再移动到船的中部，又被抛在船后。最后出现的是布莱顿长条形的"前端"，一排排维多利亚时代的建筑，以及两座著名的码头①。

当他们抵达第一座建筑物的中心时，法兰奇和贝特曼看了看表，在快速的问答后，他们在航行的时长上意见一致。随后，船又转了半圈，再次经过码头，此时他们又记下了返程开始的时间。

返程并不是那么让人愉快，因为风力有所增强，还向他们迎面吹来。但是，不管怎么说，这是一趟不错的旅行。当他们回到纽黑文防波堤时，法兰奇还有点意犹未尽。在记下读数后，他们沿着河流逆行而上。

两趟旅程的读数惊人地接近，贝特曼解释说这是因为

① 两座著名的码头：指皇宫码头，即今天的布莱顿码头，和只剩残骸的西码头。

风和潮水的流向相反。他们在地图上测算出距离，计算出航速分别是9.62节和9.47节。

"法兰奇先生，你想知道最大速度的话，就当10节计算吧，误差不会太大。"贝特曼总结道，"但我们的平均速度只有约9.5节。"

"很好，"法兰奇答道，"接下来再算出'仙女'号的速度就完事儿了。"

他们锁好汽艇，转移到了"仙女"号上，然后进行了相同的操作。兰开夏坚持说，在开始测试前要把船开到西福德，这样发动机才能很好地预热。接着，他们行驶到布莱顿的码头，又返回了纽黑文。

如诺兰所说的那样，"仙女"号的速度比"奇切斯特"号慢2节左右。考虑到潮水的影响——现在风速有所下降——他们算出"仙女"号的平均速度约为8节或略低。

"那么，"法兰奇在泊船时对贝特曼说，"我们的试验就结束了。接下来该进行推断了，我想让你也过去，看看这些数字对不对。"他在操舵室里找到了英吉利海峡的大比例尺海图，然后拿着它去了船舱。

法兰奇和贝特曼挨着坐在桌前。"这两艘船，"法兰奇接着说，"莫克森的'仙女'号游艇和诺兰的汽艇，在上周四早上它们分别从福克斯顿和多佛出发，来到了悲剧发生的海域。仙女号先抵达，诺兰的汽艇紧随其后。我手上有这两艘船动向的陈述，想确认一下。"

贝特曼兴致满满。他读过侦探小说，也喜欢小说中的名侦探历经千辛万苦终于破案的情节。不过，这次的情况很不同。

这次是见证苏格兰场的警方破案，而且是作为"局内人"。法兰奇想依靠贝特曼充满热情的帮助，他拿出一把比例尺和一张纸，指了指铅笔，近乎崇敬地等待着。

"第一件事，"法兰奇继续道，"要弄清楚谋杀发生的地点。我们就叫它 M 点——'谋'杀地点。我们进行了大量调查，先说说船长的报告。他给出的位置是北纬 50° 15′，西经 0° 41′。你能把它标出来吗？"

贝特曼进行了计算和缩放，最后用铅笔在图纸上画了一个点。

"好，"法兰奇说，"这是'奇切斯特'号的航线。如果你计算正确，它应该在纽黑文和迪耶普之间的直线上。把它画上去吧，好吗？"

新画的直线穿过了那个点。

"目前为止没问题。下一步要找出'奇切斯特'号到达 M 点的时间。你觉得 M 点和纽黑文之间有多少海里？"

"39 海里。"贝特曼回答。

"'奇切斯特'号的速度是多少？我们来看看，在这里。纽黑文，上午 11:45 出发；迪耶普，下午 2:55 抵达。

总共190分钟。两个港口之间的总距离是多少？"

"67海里。"

"那就是简单的数学问题了。如果船行驶67海里花了190分钟，那么行驶39海里要花多长时间？"

"1小时50分。"贝特曼答道。

"没错。因此，'奇切斯特'号抵达M点时应该是下午1:30左右，和船长说的1:33吻合。我们可以认为目前为止的数据都是对的。"

"这没什么问题，法兰奇先生。"

"我们可担当不起犯错，"法兰奇指出，"可能某人的人生就指望着这些数字了。我们最后再检查一遍。根据我的理论，这些人是想去费康，你能在福克斯顿和费康之间画一条线看它是否会经过M点吗？"

法兰奇看着贝特曼进行操作，毫不掩饰自己的急切之情。

"又是正中红心，"贝特曼过了一会儿后说道，"就在附近约1海里的位置。这比你想象的还近。船长的导航能力很出色。"

"这就很让人放心了。我们一般都害怕检查数字，但结果要是吻合，我们也会很开心。好了，我还没有说完。医生在下午1:30之后不久登上了'仙女'号，他估计死者的死亡时间约在一个小时之前，其中一名死者的手表停在了中午12:33。最后，从发动机的温度看来，熄火了约1个小时。我觉得这些信息足以证明悲剧是在中午12:30左右发生的。所以'仙女'号到达M点时约为中午12:30。你跟上我的思路了吗？"

"是的，长官。"

"很好。如果'仙女'号在中午12:30抵达了M点，那么它是什么时候离开福克斯顿的呢？"

要解开这个问题，先要按比例缩放距离——贝特曼算出是54海里，然后用它除以刚才试验得出的8节，结果是6小时45分钟，即莫克森离开福克斯顿时是早上5:45。

"天哪，"法兰奇感叹道，"结果还不错。我已经有证据证明它离开时是早上5:50。"

贝特曼越来越激动。法兰奇就在他的眼前用普通的办法一点点推算出这个信息，将一系列毫无支撑的陈述转变为确凿可信的事实，连贝特曼自己都觉得可靠。他对苏格兰场的敬意飞速攀升。按照这种方式得出的案件推理是坚不可摧的。

不过贝特曼仍然不明白，这些信息都指向一个重要的问题，而且它还未被解开：诺兰会是犯人吗？

"再来看看诺兰的汽艇。"法兰奇接着说道，"这次我们反过来做。我知道汽艇出发时是早上8:00，你说说它什么时候能到达'仙女'号的所在地？"

"这很简单，"贝特曼回答，又测算了一番，"从多佛到M点约为57海里，所以问题就变成了，一艘汽艇以9.5节的速度走完57海里要花多长时间？答案是6个小时。早上8:00经过6个小时，就是下午2:00。"

这个结论对法兰奇来说毫不意外，他从来都不觉得诺兰是犯人。

"下午2:00！那它是否出现都不重要了。等等，"法兰奇在贝特曼再次表达钦佩之情时又说，"反正都是分析，不如分析得彻底一些。假设汽艇抵达'仙女'号的所在地时谋杀正在发生，它必须以什么速度航行呢？"

这又是一个简单的数学问题。早上8:00到中午12:30，一共4小时30分钟，这次的距离也是57海里，因此答案是13节左右。法兰奇提出了一个关键问题。

"不管方式如何，这艘汽艇能以这个速度行驶吗？"

法兰奇用不着另外两人来确认——这是不可能的，就算速度误差在3节之内也不可能。正如法兰奇之前判断的一样，诺兰是清白的。

"接下来，"法兰奇接着道，"只剩一件事了。我想检查一下油量。"

"我得到了这些数字，法兰奇先生。"贝特曼说道，然后两人又投入到计算之中。

每艘船所面临的问题都不一样。对"仙女"号来说，虽然他们不知道船出发时油箱的读数，但知道它在M点的读数。结果发现，如果船从福克斯顿出发时油箱是满的，那么它到达M点时显示的油量和它当时被人发现时的油量正好相同。这份证据很好地支撑了诺兰的说法，"仙女"号只完成了单程航行。

对诺兰的汽艇来说，船离开多佛时的油箱读数已知，它在M点的读数未知，船抵达纽黑文时的读数已知。他们发现消耗的油量正好是从多佛到纽黑文所需的用量。就本案的性质而言，我们不能说这些结果是绝对正确的，但它们是目前有限条件下能得出的准确结果。

这至少也是进展，虽然是否定的进展。但是法兰奇很满意，因为他完成了自己这份迫在眉睫的工作。

诺兰是第一嫌疑人，不过他的嫌疑从一开始就不大，必须确认他的情况。莫蒂默爵士说过，如果法兰奇能够洗清他的嫌疑，就能接手坦纳或威利斯的调查。雷蒙德的嫌疑最大，于是法兰奇决定接下来去调查他。

坦纳还没来得及进行很深入的调查。当晚法兰奇想去见见他，接手他的调查，第二天早上再追踪雷蒙德。

法兰奇又想到了诺兰和刚结束的调查。他突然发现自己很大程度上是在浪费时间，他忽略了一个东西，它能更可信且更简单地证明诺兰的清白。

赃物！

法兰奇之前没有足够重视这笔钱。现在，他又好好想了想，钱是案件的关键所在。

首先，法兰奇现在意识到，这笔钱肯定是以小额纸币的形式获得的，因为犯人不可能处理掉大额纸币，不论数量多少都是如此。就算有的银行会帮陌生人把大额纸币换成零钱，银行职员也会留意那些动作谨慎的人，记下纸币的冠字号码并进行追查，就能知道它们和诈骗事件的关系了。然后，每家银行都会特别注意这类申请人，遇到下一个想用大额纸币换零钱的陌生人时，银行职员会一边和他交谈，一边拖延时间，直到警方得到通知，那人离开银行后就会被跟踪。如果他和诈骗有关，那这就是他最后的几天自由了。

不过，如果钞票面额相对较小，数量肯定相当大。法兰奇想，假设面额是5镑、10镑和20镑，总额150万英镑的钞票会占据多大的空间呢？他不知道，但觉得至少会占据一个大行李箱，甚至好几个行李箱。

法兰奇顺着这个思路继续思考。行李箱在本案中出现过，那个周三早上有两个手提箱被带到了证券公司，一整天都在那里。当晚，箱子的主人们——莫克森和雷蒙德——一直工作到深夜，办公室里只有他们和手提箱，保险库就近在咫尺。两个手提箱后来被放到莫克森的车里。莫克森——很可能还有雷蒙德——在福克斯顿登上了"仙

女"号。手提箱会不会被留了下来？不会。法兰奇很肯定
"仙女"号从福克斯顿出发时手提箱就在船上，里面装了
成千上万张小额纸币。

此时，这些思考都指向一个结论，再加上时间点和船
速的论证，都表明诺兰是清白的。钱不见了，不是诺兰拿
走的。钱不在"仙女"号上；当诺兰的汽艇抵达纽黑文
时，钱也不在上面；诺兰也没有把钱拿上岸——他没有
包和箱子，也不可能在身上藏这么一大笔钱。在另一个方
面，如果有人为了150万英镑而杀人，事后不太可能会放
弃这份"奖励"！

法兰奇转向两人，感谢他们的帮助。

"我想知道的就是这些。"法兰奇总结道，"现在我们
把船锁好，尽情享受剩下的周日时光吧。"法兰奇赶上了
港口联运的晚班火车。吃完晚饭，他又去了坦纳家。坦纳
一个人在家，夫人去拜访已婚的妹妹了。他显然很无聊，
欣喜地和法兰奇打了招呼。

"你好啊，老伙计！你又来了。卡壳了吧，想让我帮
忙吗？"

"不是，"法兰奇说，"我是来告诉你，你还是一头雾
水，我已经等不及了。要想做好这项工作，还是必须由我
亲自出马。"

"哈哈！"坦纳大笑，"所以说，约翰·帕特里克·诺

兰先生是无辜的。早就告诉你了，你为什么不相信我？"

"因为经验。这种事以前也有过，你也知道结局是什么。"

"呵。给我讲讲你的调查吧。"

法兰奇讲述了自己的"冒险"。他带上了图表，一边描述，一边展示每一步行动。

坦纳全神贯注地听着。"说真的，"法兰奇说完后坦纳说道，"如果你知道我掌握的信息，就可能不用这么麻烦了。虽然我之前早就怀疑了，但是直到今天才确信。"

"你今天工作了吗？"

"你觉得呢？手里拿着这么个案子，莫蒂默爵士还像热锅上的蚂蚁一样。我今天当然干活儿了，也有所发现。"

"给我说说。"

坦纳先忙着拿出威士忌和苏打水，然后等法兰奇好好抽上一口烟，才开始讲他的故事。

第十章

拿着手提箱的男人

"也不是什么了不起的发现，"坦纳开口道，"但我觉得还挺有说服力。我会告诉你我都做了些什么，你就能明白了。"

"我知道莫克森和雷蒙德各有一个手提箱，周三晚上去哈勒姆餐厅参加了晚宴；第二天下午莫克森被人发现死在海峡中央的'仙女'号上；福克斯顿的警长告诉我，'仙女'号离开福克斯顿港口时是早上5:50；雷蒙德和手提箱都不见了。我是按照上述顺序得知的这些信息。"

"我给你说过我去了哈勒姆餐厅吧？我从杂物工的口中得到一些有用信息。他看到莫克森和雷蒙德发动汽车，一起离开了，坐的是莫克森的车。此外，他在开车门时还看到后座上放着两个手提箱，当时接近午夜12:30。所以这是一个不错的开端。"

"你确实给我说过。"

"接着，我觉得有必要去一趟福克斯顿。在去之前，我给诺兰打了电话，想看他知不知道莫克森的船夫的住址，他把地址给我了。"

"约翰·赫尔利，住在天使酒馆附近。"

"这你是知道的吧？准确来说，他住在圣米迦勒街3号。我很快就到了那里，找到了赫尔利，他是一个老男人，但身体很健康，看起来挺可靠。他做着帮人看管船只的工作，已经为莫克森工作5年了：维护'仙女'号的清洁，提供物资，按要求把它开出去。他挺能干的。"

"赫尔利告诉我，他上周二收到了莫克森的信，说第二天——也就是周三——要用船，让他准备好'仙女'号和三个人三天所需的物资。赫尔利说，莫克森周三中午过来看了看情况。"

"赫尔利按照要求进行了准备。打扫了游艇，测试了发动机，装满了汽油和柴油，在船上备好了物资。"

"中午12:00左右，莫克森开着他的车来了。他登上'仙女'号，挨个进行了检查，还启动了发动机，确保它能顺利地运转。'仙女'号船头和船尾都系泊在内港，莫克森还测试了一下系泊用具。"

"莫克森说他第二天要去法国，不过，由于晚上在伦敦有应酬，他要到凌晨3:00才能过来。到时他会立刻登上

'仙女'号，睡上三四个小时，在早上6:00左右出海。"

"赫尔利说自己能熬个夜，帮他注意周边的情况，但是莫克森说没有必要，赫尔利只需要帮他把小艇系在码头上，这样他来之后就能登上'仙女'号。赫尔利又问，是否需要帮他照看汽车，莫克森说不用，他会把车停到港口车库里，那里整晚都开着。"

"听起来没什么问题。"法兰奇评论道。

"当然没什么问题了，那个人又不是傻子。我以为就是这些了，打算放赫尔利走，但是事情并非如此。好戏还在后头，而且是我偶然发现的。"

"'你说的那艘小艇，'我问，'是你自己的船吧？'"

"'不是，长官。'赫尔利回答说，'它是*仙女*号上的。'"

"'噢，'我说，'*仙女*号出海后，它放在哪儿了？'"

"'它跟着*仙女*号一起走了。'他说。"

"'你是说周四早上*仙女*号出发时，那艘小艇也一起走了？'我又问。"

"赫尔利说他觉得是这样。他没有亲眼看到，但他肯定小艇也出海了，因为它不在港口里。所以，法兰奇，这似乎是一大发现，还挺重要的，对吧？"

法兰奇对此十分感兴趣，这就是他一直寻找的东西。小艇的存在填补了他理论中缺失的一环，有了它的帮助，雷蒙德在枪杀了合伙人后，就能带着至关重要的行李箱逃之夭夭了。

"天哪，坦纳，这可是一大进展，太棒了！你能证明吗？"

"能，虽然花了一点时间，但我还是找到了证据。我问赫尔利，'仙女'号周四早上出发时是几点，他说是5:50，和警长说的一样。我问他是怎么知道的，是看了时钟吗？他说他没有，但是其他人，也就是他的朋友看到了。"

"他们都是渔民，我花了好长时间才找到他们。他们看到了'仙女'号出海，也都看到船后拉着那艘小艇。就是这样。"

法兰奇很是佩服。当务之急是找到这艘小艇，恐怕这并不会容易。在那个周四晚上，十有八九它都被带到法国的某个荒凉海滩上销毁了。案件不是因为警察而存在，但警察就是为了破案而存在的。

"你做得很好，坦纳。你把他们的名字告诉我吧。"

法兰奇把这些人名写进笔记里，随后坦纳继续说了起来。

"然后要找出'仙女'号上都有谁。我找了各个夜间警卫员和晚上值班的警察，但没什么发现。我一直找到傍晚6:00，然后决定搁置这条线索，转而调查那辆车。"

"车很快就被找到了。在港口车库值夜班的人认识莫克森，记得他来停了车。莫克森于凌晨3:00左右出现，留下了车，只说他从伦敦过来时遇到突发事件，耽误了点时间，没有其他的解释。"

"他一点都没有掩饰，这很奇怪。"

"这都和时间有关。只要他能在公司正式宣布破产前几个小时出海，就根本不关心谁会知道这件事。"

"你很可能是对的。"

"在那之后，"坦纳接着说，"就到了晚饭时间。我饱餐了一顿，找了一家旅馆，心安理得地好好休息了一晚。今天早上，我又接着寻找见过'仙女'号上乘客的人。老天爷，真是累死我了！但我终于找到了。"

"很好。结果怎么样？"

"他们是英吉利海峡救生船队的两名消防员。当天好像去朋友家玩了，很是兴奋，又唱又跳，还喝了几瓶酒。他们是凌晨3:00左右分别的，沿着铁路下方的斯特雷德街回去，绕过了内港。你知道那个地方吗？"

"我很熟悉那个地方。"

"那你肯定知道港口街那边有一面内港的边界墙吧。两名消防员就沿着那面墙走着，刚进入港口街，就看到一辆车从伦敦的方向驶来，停在港口车库旁边。一个高个男子拎着两个行李箱下了车，转身沿着港口走到皇家别墅酒店前，然后停了下来，站着等了一会儿，那辆车则被开进了马路另一侧的车库。"

"这些消防员们好奇心正旺，在墙后停了下来，想看看会发生什么。不久，一个又矮又壮的男人从车库里出来，走到先前那个男人身边。他们人手一个手提箱，沿着梯子爬到下面系着的一艘小艇上，划了几米的距离，登上了'仙女'号。你怎么看？"

"天哪，坦纳。你太厉害了！找到了莫克森和雷蒙德的踪迹，还有足够交给法庭的证据。"

坦纳突然转过身来，一拳打在桌子上。

"但事实并非如此，法兰奇。"坦纳反驳道，"你觉得他们是莫克森和雷蒙德，我也是，但我们没有证据。他们也可能是莫克森和迪平。"

法兰奇有些心烦。

"该死，确实如此！我把迪平给忘了。那些消防员没看到他们的样貌吗？"

"没有，他们离得太远了。"

法兰奇笑了笑。

"等那些消防员意识到那晚他们亲眼看见了'小偷'们带着150万英镑出了国，我真想看看他们的表情。"

"我也是这么想的。如果消防员们事先知道这起事件，凶手就不会跑到英吉利海峡，而会在福克斯顿被我们逮捕了。"

"也难怪你会这么想。"法兰奇答道，"你调查到的信息很有用，坦纳，如果凶手正是我们猜测的雷蒙德，那我们还缺点东西。"

"缺东西？"

"对。迪平抵达现场的证据。他是什么时候上的船？"

坦纳耸了耸肩。

"我难道不知道吗？老蠢货。找到消防员后我并没有停止调查，继续讯问了所有能想到的人。但是'仙女'号就停在岸边几米远的地方，如果迪平来了，只需喊一声，莫克森几秒之内就能让他上船。"

"不管怎样，"法兰奇说，"这个结果很不错了。你接下来要做什么？继续自己调查还是把它交给我？"

"你要是能应付得过来，就交给你。我想继续回去调查圣奥尔本斯那个案子，已经准备好了。"

"好，我明早就接着你的方向继续调查。最后我还有几点想说。第一，我想要一份那艘小艇的描述。"

"我这里有。"坦纳从笔记本里抽出一张纸，递了过去。"这艘船似乎有些大材小用了，赫尔利说它甚至经受得住海浪的颠簸。"

"发了雷蒙德的寻人启事了吗？"

"发了，这是我做的第一件事。"

"那就够了，坦纳。你应该还不知道威利斯那边的情况吧？"

"我只知道他去法国追踪那个会计了。"

"他肯定也在尽全力调查。好了，老伙计，我要回去睡觉了。每到晚上的这个时候，我都会觉得枕头和被子更有助于我的工作。"

"懒虫。那就再见了。"

第二天早上，法兰奇来到苏格兰场找他的朋友巴恩斯督察。巴恩斯是航海专家，负责船舶类的案件，也会对和海有关的问题提供一般的建议。巴恩斯是个聪明人，由于他为人友善，也受到大家的喜爱。

当法兰奇拦住他时，他说，"是英吉利海峡上的那起谋杀案吗？"

"我早就觉得有人会为了这起案子过来了。情况怎么样？很棘手吗？还是已经解开了？"

"有一部分已经弄得很清楚了。"法兰奇告诉他，"但是离结案还有一定的距离。你知道细节情况吗？"

"我只知道报告里的信息，我之前在南安普顿调查一起邮件袋失窃案，发生在联合城堡航线的一艘邮轮上。"

"抱歉，我不知道你还在忙。"

巴恩斯耸了耸肩，"挺简单的案子。犯人是负责的三个邮差，我们在他们家里找到了一部分赃物。你的案子看上去更有趣。"

"我把重要的信息告诉你。"然后法兰奇简要总结了一下事实。

"正适合登报的案子。"巴恩斯评价道，"金额大，有数千人直接受到影响，又在海上发生了戏剧性的故事。太精彩了！报社的人经常来烦你吧？"

"还好啦。巴恩斯，我想找出那艘小艇，如果你的聪明才智无处发挥，就用在这上面吧。"

"我亲爱的伙计，我能怎么帮你呢？你和我知道的一样多。"

"没错，"法兰奇淡淡地说，"但我们能一起讨论讨论。"他摊开图表，解释他都做了什么。"巴恩斯，我的想法是这样，那天凶手在中午12:30左右离开了M点，即凶案发生的地点，乘坐的是'仙女'号的小艇，那艘船比我们想象的更大，也挺沉。我想从你这里知道的是：当时可能有什么轮船或其他船只会经过那里呢？要是知道了这些，我就能和他们取得联系。其中可能有人见过那艘小艇。"

巴恩斯若有所思，一声口哨从他的齿间流出。

"老天爷，法兰奇，"他最后说，"在不列颠附近的海域里，那里的船流量是最少的。恐怕我也帮不了你。你看这儿，我们画一些航线上去。首先，所有往来英吉利海峡的航线都分布在英格兰一侧，因为法国的加来到瑟堡这段海岸形成了一个巨大的海湾，船只都是直线经过海湾口。M点在海湾里面，因此不会有船去那里。你懂了吗？"

法兰奇明白了，这个调查方向似乎也没多大希望。

"唯一符合的固定轮船班次是从格里内角北开往勒阿弗尔的港口。但是就我目前所知，它并不是客运班线。当然了，还有货运船，我建议你最好去勒阿弗尔问问当天的运行状况。"

"好的。"法兰奇说。

"除此之外，"巴恩斯继续道，"沿海航船、渔船和游艇也有可能，一些小船会去勒特雷波尔、迪耶普、圣瓦莱里和费康这些地方。如果你想确认，就得亲自过去。老实说，如果你想查出'奇切斯特'号船员看到的那艘小帆船，不论如何都要去一趟。"

"劳埃德船级社①不会帮忙吗？"

"也许会，但我觉得可能性极小，要是我的话就会亲自去一趟。"

"好，巴恩斯，我会去的，这花不了多长时间。"

巴恩斯沉默了一会儿，没有回答。

"你具体是怎么考虑的？"巴恩斯问道，"你是假设凶手乘坐小艇离开了'仙女'号，然后上了途经的某艘船吗？"

"如果不是这样，他就是自己划船去了岸上。"

巴恩斯摇了摇头。

---

① 劳埃德船级社（Lloyd's Register of Shipping）：保障船舶和海上生命财产安全的公益性机构。

"我不这么认为。"巴恩斯建议道，"首先，拿划船去岸边来说，"他转身来到图表前，开始等比测算，"M点距离法国24海里，这还是最近的陆地，比从多佛到加来还远。一路都是英吉利海峡上强劲起伏的海浪，实际距离将增加好几海里。当然了，现在我们这里还不错，但是海峡上就是另一回事儿了。你也记得，击退绝大多数游泳健将的不是距离，而是海浪——就连你们做试验时，海浪都是个大问题。一个人无法划船前进那么长的距离，更不要说办公室的白领了。你说的那艘有点重量的小船还差点火候，恐怕你得在脑中删掉这个可能性了，法兰奇。凶手几乎不可能靠自己划船逃走。"

"好吧，至少我现在知道了。"

"然后就是他上了其他船的可能性。"巴恩斯接着说，"如果有不定线货船或渔船的船长让小艇上的人上了船，他们会对此只字不提吗？我反正是很怀疑的。就算船长当时收了好处，答应闭口不提，但在得知这是谋杀案后恐怕就会重新斟酌。你瞧，保持沉默也许会让他成为事后从犯①，他就会想戴罪立功，让陪审团从轻处理。此外，这还涉及了其他船员，所以难度就增加了四五倍。"

法兰奇叹了口气，"你说的很多都有道理，巴恩斯。

① 事后从犯：指明知主犯实施了犯罪，但为了使该主犯避免或逃脱逮捕和审判定罪的惩罚，而在犯罪实施后藏匿、隐瞒或帮助主犯的人。

这就涉及我下面要说的这点了。我要利用媒体的力量，内容就和这艘船有关，你觉得可以吗？"

法兰奇递过一张纸条，上面是他抄写的坦纳的笔记。

莫克森综合证券公司案
凶手曾出现在英吉利海峡

失踪小艇，英格兰造，长约3.7米，宽约1.3米，船体十分结实。小艇能乘载四人，方尾，配有三爪小锚和9米长绳，另有两爪缆绳，约1.6米长的轻质船桨。小艇材质为美国榆木，非新造而成，但最近上过清漆，性能良好。有证据显示，该船在6月26日（周四）中午12:30左右的位置是北纬50°15′，西经0°41′，船上有一人和两个手提箱（详见下文）。

失踪者，诺尔曼·布赖斯·雷蒙德，莫克森综合证券公司的合伙人之一。32岁，身高约1.8米，方脸，看上去偏瘦，但实际很健壮。红色短发，双眼呈浅蓝色，肤色为深褐色，鼻梁挺直，小嘴，下巴有力。很可能身着游艇服装，白色裤子，白色或蓝色短上衣和帽子。

该人很可能携带两个手提箱，均为高质量的皮箱：一个为棕色手提箱，银色拉链，印有5厘米大的P.A.M.①黑色

---

① P.A.M.：即保罗·亚瑟·莫克森的首字母缩略。

字样；另一个为黄色手提箱，黄铜拉链，印有6厘米大的N.B.R.①棕色字样。

该男子和两个手提箱应在上述小艇上。

巴恩斯说，就船的描述而言，这份文件编写得还不错。因此法兰奇找到莫蒂默爵士，报告了案件进展，并将这份启事发给法国警方。

"这些都不错，法兰奇。"莫蒂默爵士在商讨时说道，"但我想让你过去一趟。不如你现在就去，并向法国警方介绍一下案情？"

"我本来也想提出来的，长官。"

"好。随便一提，你在升降梯扶手上发现的那些指纹结果怎样？"

"长官，基本都是莫克森的指纹，少数是迪平的，一两个是管理员的，还有一两个没查出来。"

"指纹的情况也很有趣。"

"确实如此，长官。不过，我和诺兰有一天晚上一起吃饭，我从杯子上提取到了他的指纹，但是并没有出现在扶手上。"

"这至少也是一点发现。很好，法兰奇，赶快去法国看看能找到些什么吧。"

① N.B.R.：诺尔曼·布赖斯·雷蒙德的首字母缩略。

第十一章

迪耶普的菲凯先生

在前往法国之前，法兰奇来到证券公司找霍尼福德。

"霍尼福德先生，"他说，"我来看看你有没有找出那些冠字号码。"

作为回答，霍尼福德拿来几张大纸，上面列出了无穷无尽的数字：成千上万个冠字号码。法兰奇倒吸了一口气。

"天哪！"他无力地说道，仔细思考着这些数据。"我究竟要拿它们做什么呢？印刷成册吗？"

霍尼福德哼了一声。

"呵，我累得汗流浃背就是为了帮你找它们，真是'谢谢你'了！督察，你爱拿不拿吧。"

法兰奇咧嘴一笑，坐下拿起这些单子。正如他之前想的那样，大部分都是5镑和10镑纸币的冠字号码。虽然其中肯定有数百张20镑的纸币，但是只占一小部分。这些数字按不同的发行银行被分成小组。

"霍尼福德先生，你肯定费了很大的劲儿吧。你是怎么找到的呢？"

"很简单。我给过去三四个月里和公司有财务往来的银行写了信，一共有27家，问他们最近给公司提供过多少现金，再汇总各个回复。由于加起来的总额和消失的150万英镑差得不多，我觉得目前为止还挺成功。"

法兰奇点了点头。

"接下来要做什么就很明确了。我给银行写了回信，让他们提供上述纸币的冠字号码，结果就在你的手上。"

"这份材料太有用了。这样我们就能进行关键的一步了——等它们再次出现。犯人肯定很快就会用掉一些钱，逃跑这种'消遣'可不便宜。"

"他们还拿走了几千张1镑的纸币。"

"噢？是吗？这可不妙。那么他们就有几千英镑的钱能随便花，不用担心被追踪咯？"

"我认为是这样。"

法兰奇站了起来。

"我会把陌生人用大量1镑纸币支付的情况加到通知里，但我觉得用处不会很大，因为他们在付款时会用来自不同银行的钱，但我们也只能做到这些了。那我就去一趟局里，把这本'书'给'出版'了。"

法兰奇的"稿件"准备好印制了，他坐在自己的办公桌前，考虑去法国后要做些什么。

法兰奇目前有三个不同的任务，如果幸运，完成其中一项任务的同时也能解决另外两项任务。三项任务分别是：找到雷蒙德、消失的钱以及那艘小帆船。

其中，法兰奇觉得最简单、也可能是当务之急的是找出小帆船。

在听了巴恩斯的一番话后，法兰奇基本放弃了雷蒙德自己划船上岸的假设。因此，如果雷蒙德真的到了法国的某个海滩，那么肯定有某艘船载了他一程——至今已知的工具就只有"奇切斯特"号船员看到的那艘小帆船。如果不是它，那艘船上的人也可能看到过其他的可疑船只。所以，要找到这艘小帆船进行确认。法兰奇决定于当晚8:20从维多利亚车站出发。

法兰奇带上护照、一些钱和给法国警方的介绍信——莫蒂默·埃里森爵士直接和他们沟通过了——便出发了。刚过第二天的凌晨2:00，法兰奇就抵达了迪耶普，走进海滩边的一家旅馆，尽量弥补了前半夜丢失的睡眠时间。之后，他吃过早饭，带着文件来到了警察局。

警局主任早已收到巴黎警局发来的电报指令，彬彬有礼地接待了法兰奇。

"天哪，是的，先生！这起案件确实很重要！很荣幸能为你提供协助。法兰奇先生，请说说你的要求，"警局主任说道，"只要在法国警方的能力范围之内，我们会竭尽全力为你办好。"

法兰奇受宠若惊，称他并不想给那名警官带来不便，强调说他只想追踪一艘特定的法国小帆船，它也许无意间帮一名涉嫌谋杀的英格兰无赖逃走了。为了达到目标，法兰奇又婉转地恳请警官给点建议。

那名警官再次强调，自己和手下的所有人都会听从这位优秀同事——法兰奇——的调遣。法兰奇意识到，显然这个人不会让任何可疑的英格兰人在他的领地上游荡。事实确实如此：朱尔斯·菲凯先生，当地警方最杰出的人士会倾尽全力地"协助"法兰奇先生——这正合他的意，由于语言上的障碍，法兰奇根本无法一个人进行调查。

菲凯先生长得一点也不像法国人。他身材高挑，皮肤白皙，有一双蓝色的眼睛，很明显是北方人，有着英格兰人的特质——至少法兰奇是这么认为的。

菲凯先生看起来很平静，考虑周全，话不多但切中要害——这些都是法兰奇心中的上等英伦美德。不过，除此之外，他还有合理的猜想能力，这无疑是法国人的特质之一。总的来说，菲凯先生正是法兰奇会挑选的那种同伴，他英语说得很好，很适合这份工作。

　　法兰奇和警局主任道了别，又向他的新朋友建议去附近的小餐馆喝几杯啤酒，以加深友谊，并制定计划。菲凯读过所有和本案相关的新闻，迫不及待地想听听内部的信息。他迅速意识到了那艘小帆船的重要性，同意找到它是刻不容缓的。

　　"没错，有必要对海岸进行搜索，"法兰奇说完后菲凯同意道，"但不只是我们来调查！我们只负责迪耶普这部分，其余地区由相应的地方警局负责。只要把必要的注意事项写下来发给他们，我们就能根据情况灵活行动。你不这样觉得吗？"

　　在赌场前的U形区域里，法兰奇和菲凯坐在米色小铁桌前的米色铁椅上，开始起草通知。这日天气晴朗，阳光温暖，空气清新。尽管还没有到旺季，已经有很多人来到了迪耶普，海滩上这么早已飘荡着人们的欢声笑语。小镇上人们的喧闹，轮胎滚过路面的闷响，引擎发动的"呼噜"声，港口轮船的汽笛，声声入耳。

　　拟好通知后，他们回到警局，把通知发给从布伦①到勒阿弗尔海岸沿线的所有警局。随后，他们来到港口，经过迪凯纳码头，最后在捕鱼港湾前停了下来。这里是阿万特港的一个船坞，纽黑文的救生船就是从这里出发。里面停放着几艘捕鱼用的小帆船，一两艘小型蒸汽拖网渔船，

────────────

① 布伦：法国北部港市。

有几群码头工人聚集在码头边。菲凯漫不经心地跟着法兰奇，向其中一群人走去。

这是一个三人的小群体，周围飘着一股蒜味儿，就像他们住在大蒜堆里一样。菲凯显然认识他们，打了声招呼，就像老朋友见面一样，然后聊了起来。"这是我的朋友法兰奇先生，从伦敦来迪耶普度假。我们想找一艘好船出海钓鱼，你们有谁能介绍一艘吗？"

菲凯不慌不忙地说道。他似乎想说，这名游客很难伺候，他不想在码头上聊得太久，耽误游玩的时间。三人一脸怀疑，没有积极地回应，但还是很给警官面子，所以谈话并不是非常尴尬。

菲凯靠在铁护栏上继续聊天，又挨个给他们发了烟。最初聊的是租渔船出海玩——菲凯很清楚，他们谁都提供不了渔船——后来话题转向了捕鱼业：他们似乎"不经意间"谈到了海上航行的风险、生活的艰辛，以及在夜间工作的性质——菲凯说他最讨厌这点了。然后，话题又慢慢被带向长时间工作的案例上，比如说渔船要到早上才能返回。菲凯也想举几个类似的长时间工作的例子，说他自己最近就亲眼见到一艘船接近下午5:00才回到岸边，那群船员太可怜了，但这应该不常见吧……

但是这些枯燥的聊天内容没有给菲凯带来任何收获。当他说出那艘船是几号晚归后，没有人想接他的话。三名码头工人都没见过这么一艘船，也没听说过那天有船晚回来了。

"你觉得他们说的都是实话吗？"法兰奇一边问，一边和菲凯走向下一个人群。

菲凯甩了甩手。

"嗯，这儿的人是不会对警察撒谎的，"他大声说道，"这是能肯定的，除非有所隐情。"他又甩了甩手，"不然他们为什么要撒谎呢？"

"理论上是这样的。"

菲凯坚定地摇了摇头。

"不，不，我的朋友，不是这样的。他们喜欢——用英语怎么说呢——和警察搞好关系。他们有时会撒谎，没错！但仅仅是在他们认为有必要的时候。他们在这儿和我们聊天时为什么要撒谎？"

随后，菲凯又扩大了讯问对象的范围，任何当时有机会或在工作中去过那附近的人都接受了"讯问"：防波堤上灯塔里的人、港务长及其手下、在哈布勒码头施工的工人们、港口里所有本地船只的船长，甚至还有滨海火车站的出租车司机和员工。但是一无所获。

这么做是为了全面收集信息，和法兰奇的想法不谋而合。讯问工作持续了一整天，最后菲凯"认输"了，此时已经是下午6点多了。

"我们还不敢下定论,"菲凯在最后讨论时说道,"但是你说的那艘船来这里的概率只有百分之一。如果我们在其他地方还找不到它,就挨个去找沿岸小帆船的船长,让他们证明自己那天的回港时间。但是我敢肯定我们会在别的地方找到它。啊!我们已经做得够多了。等会儿晚餐时再见,好吗?"

法兰奇当然愿意和他一起吃晚饭,他必须请菲凯吃一顿。

不!他才是客人,等菲凯去伦敦时……这件事后来自然而然地解决了。

晚餐结束,终于到了互道晚安的时候。"我觉得应该很快就能知道那艘船的下落。"菲凯说道,"如果船被找到了,我们肯定很快就会知道,希望明早会有相关的新闻。但是,如果没被找到,还有很多调查能在迪耶普开展,你应该会度过充实的一天。"

法兰奇对他表示了感谢,便分别了。两人的友谊逐渐变得深厚。

事实证明,菲凯真的是预言家。第二天早上,他们收到了从费康发来的消息:那艘船找到了。

"你瞧,"菲凯说,"我有车,我们出发吧。"

一路上，法兰奇都很享受。法国乡村的景色很迷人，树木茂盛，连绵起伏，法兰奇心想，这和萨里郡很不同。这趟旅程有点长，一个半小时后，他们来到一座陡峭的小山前，沿着蜿蜒的山脉，最终抵达位于山谷底部的费康。

第十二章

小帆船"F711"

费康这座城镇实际上比法兰奇预想的更大也更好。其实法兰奇从未听说过这个地方，所以在得知费康竟然如此重要时，他有点惊讶。费康位于两座高山间的河流与大海的交界处。

和其他地方一样，这里的海滩也由混凝土浇筑而成，连绵在丘陵之间，有800多米长，海滩后方建有一排旅馆。河口处建有一座港口，在防波堤内侧，水面平静，浮着许多渔船，再往里就是码头，有6艘轮船正在下客，到处都是夏天来这里的游客。法兰奇立马把费康加入自己的度假地清单里。

菲凯见法兰奇颇有兴致，主动当起了导游，坚持要开车带他去镇上转一圈，看看这里的美景，然后再开展工作。最后，他们却来到了当地的警察局。

　　警长能提供的信息也不多。他接到菲凯的通知后，想起一艘符合描述的本地小帆船，周四一整天都在海上。那艘船周三那天像往常一样在晚上 8:00 离开，但是直到周五早上快 6:00 才回来，出海时间比平时多了 24 个小时。船长解释说，备用发动机不知怎的坏了，好几个小时都修不好，又没法利用船帆回到港口，因为周四是风平浪静一天。等发动机修好都已经到了晚上，为了不浪费晚上捕鱼的时间，他们决定留在海上。

　　警长不确定这是不是菲凯要找的小帆船，于是他主动核查了事实，且没有寻求那些渔民的帮助，因此他们对这项调查并不知情。不过，警长提醒道，这些人可能和犯人是一丘之貉。

　　菲凯夸赞了警长的谨慎，两人用法语快速交谈了一阵儿，然后菲凯说："好了，让他们进来，我们开始吧。"

　　警长匆匆出了门，在接下来的半个小时里，法兰奇和菲凯一直在这个小小的警察局里坐着抽烟。然后警长回来了，身后还有三个人：船长和两名船员——他们确实"面露凶相"。法兰奇看着这三人，觉得他们为了达到目的，不会被道德伦理所左右。

　　"你们依次进来。"菲凯说。

　　两名船员推搡着出去了，现在只剩船长站在三名警官的面前。他看上去相当紧张。

"名字？"菲凯严肃地问道。

"让·马丁，先生。"

菲凯眼神锐利地盯着他，"马丁，"他突然面露"凶相"，"我必须警告你，这是件很严肃的事儿。你要是敢耍什么花招，那么——"他做了一个比任何语言都更有威胁性的动作，"你唯一的机会就是说实话。懂了吗？"

马丁紧张地表示，他对谎言很反感，不会说任何不符合事实的话，会把他知道的事情全盘托出。菲凯没有理会他，接着说道：

"你不想因为参与谋杀被逮捕，对吧？被判参与谋杀就意味着去魔岛①，我警告你，如果你敢有所隐瞒，就可能会去那里。"

菲凯继续给对方施加了一会儿压力，让他对魔岛充满恐惧和厌恶。马丁显然当真了，而且越来越焦虑，他有一双贼溜溜的眼睛，两眼间距较窄，可怜地冲着菲凯眨呀眨，还发誓说他没做过任何坏事，根本不知道这是怎么一回事儿。

"噢，你不知道，是吗？"菲凯重复道，显然对之前打下的铺垫很满意。"我们待会儿就知道了。"他突然转过身来，目光尖锐地盯着他的"受害者"，"马丁，给我说说，上周五早上你让那个先生从哪里上的岸？"

① 魔岛：法属圭亚那大西洋岸外的一个小岛，曾被用于流放囚犯和隔离麻风病人。

讯问开始以来，法兰奇就愈加觉得这名临时同事的策略有欠妥当，当听到上述提问后，对该方式的评价更是跌到了低谷。他觉得这样太残忍了，且并不公正。不过，马丁猛地一惊，眼中闪过一丝恐惧。法兰奇注意到了这个反应，立刻兴奋了起来。从外表上看，这个问题问到了点子上。

貌似如此，结果则令人失望。马丁什么都没有承认，他说自己知道菲凯想说什么，并且发誓否认那天早上看到过什么"先生"，更不要说让谁上岸了。菲凯又逼了他一下，但是毫无结果。

"上周四中午12:30时你在哪里？"菲凯继续讯问道。

"中午12:30吗，先生？我们那时候在英吉利海峡上，正前往英格兰，走到近一半的位置了。"

他又想了想，"我觉得当时已经经过迪耶普了。"

"你看到从纽黑文出发的那艘轮船了吗？"

"看到了，先生，但不是在那时，而是在那之后，快到2:00的时候。"

"当时那艘轮船在哪里？"

"它当时在我们船后几公里的地方，正在向迪耶普行驶。"

随着菲凯的提问，马丁的神情开始缓和，似乎意味着他所害怕的危险正在逐渐消失。

"你看到那艘轮船停下了吗？"

"没有，先生，它一直在按平常的速度航行。"

"当时你也看到那艘叫'仙女'号的游艇了吗？"

马丁没有看到"仙女"号，他很肯定当时没看到任何游艇或小艇，还郑重地发誓说这些都是事实。由于菲凯迟疑了片刻，马丁似乎更放心了，举止也显得有了一些底气。

"带他出去，先扣留起来。"菲凯愤愤地说道。

马丁被人带走了，取而代之的是另一名船员。他身体结实，看上去有点迟钝，毫无表情，名叫莫兰。

菲凯首先问上周四他们中途搭载的年轻人是红发还是黑发。不过，就算莫兰知道答案，也没有说出来，他只是无视一切。面对每个问题，他只是木讷地望着菲凯，微微摇头，表示自己对此事毫不知情。在令人厌倦地反复讯问后，他肯定了船长的大部分陈述，但是在高压之下，他承认见过"奇切斯特"号，当时它一动不动地浮在他们的前方，同时，他也断然否认见过"仙女"号及其附属的小艇，更不知道什么年轻男人和手提箱。

随后，莫兰被带了出去，第三个人——马洛——进来了，他和莫兰简直在各方面都形成了鲜明的对比。他就是一个小人，不停地打着小算盘。菲凯和之前一样，先问他们搭载的那个年轻人是什么发色。

马洛嘲讽般地眨了眨狡黠的双眼，夸张地用无辜的口吻问警官那个年轻人指的是谁。菲凯步步紧逼，但没有收获。然后，菲凯问他有没有看到停着的"奇切斯特"号，这个问题似乎给马洛造成了困扰，他顿了顿，显然是在思考着什么。随后，他说2:00左右时"奇切斯特"号以平常的速度和他们相遇，但他没有看到"奇切斯特"号停下来。

"那么，"菲凯说，"如果船长和莫兰都说它一动不动的话，他们就都撒了谎咯？"

但是马洛可不会这么轻易地上当。他眼中仍旧闪烁着嘲笑，说这只是他的个人意见，并不能代替船长和莫兰回答。不能因为他一个人没看到"奇切斯特"号停下来就说它从未停下来过。他没有听其他人谈论过这件事，事实上也对此一无所知。

讯问的结果是：法兰奇越发怀疑确实发生了不法之事，所以这三人才一起编了个故事，以防被警察审问。不过，他们忽略了"奇切斯特"号。这艘轮船乍看之下可能没什么，但细究起来却非常重要，因为只要有人知道和这场悲剧相关的信息，警方就有充足的理由去打破砂锅问到底。菲凯显然也是这么想的，他开始问马洛一些毫无关联的小细节。马洛也明白了对方的意图，再也不敢表现出嘲弄之意，变得谨慎且焦虑起来。马洛的记忆直到刚才还十分完美，现在却模糊不清了。菲凯把可疑的陈述记了下来，略带强迫地让他签了字。

他们又分别把刚才那两人叫回来，问了同样的问题，有的答案一致，有的出现了差异。最后，唯一可以确定的似乎是：发动机确实坏了，不过这是意外还是人为还有待考证；三人提供了一致的发动机故障原因、故障发生和修复的时间。但是，当菲凯想列出包括修理在内的确切时间表时，无奈他们的证词又出现了分歧：马洛说打开汽缸盖用了近2个小时，作为助手的莫兰却说只花了15分钟。相似的情况也出现在了其他方面。

菲凯已经使出了全身解数，随后转向法兰奇。

"我们最好去看看这艘小渔船，万一在船上找到嫌疑人抽的昂贵香烟的烟头了呢？"

菲凯和法兰奇向外港走去，船长和船员跟随其后。他们彻底搜查了这艘名为"F711"的小帆船，堪比造船厂的检验。不过"万一"的情况并未发生，没有烟头，也没有雷蒙德上过这艘船的其他证据。

两名警官陷入了困惑，但怀疑也更重了，他们放走了马丁及其船员，在海滩附近找了一家旅馆，一边休息一边讨论。两人都认为这些人可能没有参与"仙女"号上的谋杀，但是他们应该知道些什么。

"我得去见见一个叫巴斯德的人。"法兰奇说，"我觉得是时候了，你要一起来吗？"

法兰奇觉得金融家巴斯德也给不了多少信息，因为当地警方接到了苏格兰场的通知，已经讯问过他。结果正是如此。巴斯德只确认了他和莫克森在进行协商，这一点法兰奇已经知道了，除此之外没有提供别的线索。

两人讨论了接下来该怎么办，但是并无结果。"如果我在英格兰遇到这种情况，"法兰奇说道，"就会把这个'模型'搁置一下。"

菲凯一脸不解，"模型？"他疑惑地重复道，"你是指石膏模型吗？那是什么？我不是很明白。"

法兰奇笑了笑，"不，不是石膏模型，"他解释道，"这个词有一层特殊含义。在一条逻辑链条中跳过一个或多个难点，直接来到更容易处理的联结点上，我把这种做法称为搁置'模型'。比如，在追踪犯人的脚印时，我们来到一片坚硬的地面，上面没有留下痕迹，此时我们先搁置一下'模型'，舍难求易，去寻找下一处松软地面上的痕迹。"

菲凯也笑了，很高兴能学到一个新词语，而且"搁置'模型'"所指的过程他也十分熟悉。

"没错，我的朋友。"菲凯慰藉般地重复道，"那我们就搁置一下吧，好！接下来呢？"

"我们就假设雷蒙德通过某种方式上了岸，来到了法国，这是第一步。第二步是找出他是如何做到的，这点我们还没能找出答案，就先把它放在一边，直接跳到第三步——他在上岸后去了哪里，换句话说，我建议去沿海城镇和村庄搜寻他的下落。他肯定吃过东西，那就肯定和人有过接触。"

"但是我们已经发了通知来找他。"

"我知道，但是让我们强化一下这片区域的搜索吧。"

菲凯觉得再发一份通知也无济于事，但他同意把这份文件拟出来。于是，他给迪耶普警局打了电话，口头告诉他们内容，然后由他们转告该地区的所有警察局。

"趁着我们还在这儿，干脆让警长立刻着手处理吧。"菲凯打完电话后说，"我们回警察局。"

法兰奇和菲凯在费康已经没别的事要做了，于是踏上了返程。等他们抵达迪耶普时，下午的时间已经过去了一大半。菲凯有别的事先走了，留下法兰奇在镇上自娱自乐。他很喜欢这些古老的街道和建筑，一方面和他所在的城镇十分相似，另一方面这里又是那么富有异域风情和不同。迪耶普比法兰奇预计的更有趣，他非常享受这段自我支配的时光。

第二天，法兰奇早早来到了警察局，菲凯高兴地出来迎接。

"啊，我的朋友，"他大叫道，手里晃着两张薄薄的纸。

"你看，我收到了两份回复！我们不是一无所获，对吧？"

法兰奇恰当地对其表示出兴趣和祝贺之情。

"第一份是这个。上周五早上7:00左右，有人在塞内维尔见过一名年轻男性，他完全符合描述。他当时从海滩走来，被在附近工作的工人看到了。我的朋友，"菲凯颇为严肃地说，"他是雷蒙德！"

这在法兰奇看来是个轻率的判断。

"你是怎么知道的？"他怀疑地问道。

"我怎么知道？"菲凯自信地耸了耸肩，"因为那个地方：塞内维尔！那里是走私犯的地盘，没有其他地方能让人掩人耳目地上岸了，你会明白的。不过，这还不是全部。"

他把手中的报告放回桌子上，拿起了第二份，就像魔术师即将施展了不得的法术一样。"看好了，"他有些多余地说道，"这是第二份信息。我们在费康的朋友——那名警长——报告称，也是那个周五的早上，出现了一个很符合描述的年轻男子，在早上8:00左右时来到费康的德斯艾特昂格尔斯酒店，点了一份早餐。听我说，朋友，从塞内维尔到费康只需步行一小时，而塞内维尔的早上7:00和费康的早上8:00恰好相差一个小时！他们是同一个人，对吧？”

法兰奇点了点头，这个推理显然有点道理。

"好！那个年轻男子吃了早餐后就走了。警长告诉我们的就是这些，他还在调查当中。"

"这太棒了，菲凯。多亏了你的训练，手下的人才能做出如此反应。"

菲凯有点难为情，不过，能得到这名英国人的赞扬，他显然很开心。"对了，"他一转之前的态度说道，"我们不能过于确信。刚才的推理听起来没什么问题，但我们也可能会——你们是怎么说的来着——竹'栏'打水一场空。"

法兰奇表示同意，同时委婉地纠正了对方的比喻。

"啊！是篮子的那个'篮'，不是栏杆的'栏'？真奇怪！'竹篮打水一场空'，这下说对了。"

法兰奇突然停住了。

"等等，"他说道，"你没有提到那两个手提箱，它们在哪儿呢？"

菲凯耸耸肩，摊开双手。

"你也听到报告了。"他说道，表示自己知道的和法兰奇一样多。他们得进行调查，把一切查清。法兰奇也是这样想的。"那么，我们又要踏上激动人心的旅途了？"

"没错！我们就像昨天那样，车已经准备好了，走！

我们出发吧。"

"我敢打赌，他就是我们要找的人，"菲凯说道，眼下他们开车来到一座小山的山顶，离开了迪耶普。"我赌他在塞内维尔上了岸，一直藏在那里，直到天亮了才行动。你觉得呢？"

法兰奇也是这样认为的。他对这件事的看法发生了改变，逐渐乐观了起来。在他看来，那个人是雷蒙德的可能性越来越大，凶手也许就是雷蒙德，而他——法兰奇——正寻着他的踪迹赶过去。

第十三章

明显的踪迹

费康的那名警长接到了菲凯的电话，在塞内维尔这座小村庄里和两人碰了头。

"我们先去见见那个工人。"菲凯说道。

他们转入一条狭窄的小路，朝大海的方向走去。开始，他们看到的是精耕细种的乡村光景，不时地点缀着劳动阶级人民的房屋。但是，等他们来到远离人烟的地区时，只能偶尔看到极其破旧的那种房屋。他们在一处房子前停下脚步，警长声音洪亮地大喊："朱尔斯·马凯！"

附近有一个强壮的高个儿年轻男子在劳作，他在听到喊叫后有些不情愿地走了过来。法兰奇觉得他有些迟钝，却是个坚毅可靠的人，也是最佳的目击者。

马凯的叙述很简单。上周五早上7:00左右，他在家后面的那块地里干活儿，看到一个年轻男子从海那边走到了小路上，那人身材高挑，红发，穿着白色法兰绒上衣和蓝色夹克。

马凯已经习惯了门前有陌生人经过，在塞内维尔，这条通往大海的路已经成了某种"走秀场"，不过这么早就有人出现，他还是吃了一惊。马凯称，那名年轻人当时沿着小路往上走，身边没有带手提箱或其他东西，并没有看到他。马凯称如果再见到那个人，能够把他指认出来。

菲凯和法兰奇回到车上。"啊，"菲凯高兴地说，"我就说嘛，他毫无疑问就是雷蒙德！"

他们继续顺着小路开车向前，随后上了一条小径，一直沿着狭窄的山谷蜿蜒而下。随着一个急转弯，峡谷间V形的大海映入了他们的眼帘。

小路在距海滩20米的地方戛然而止，一条窄窄的之字形乡间小道将这个高地和海滩连了起来。越往下，小道就越陡，也越窄，直到消失在距底部海滩约两三米的地方。坡底牢牢地固定着一截树枝，填补了剩下的这几米距离，它扮演着绳子的角色，探险者们能用它来上下移动。三人吃力地爬了下去，站在海滩上环顾四周。

这里果然是世界上最适合人们偷偷上岸的地方。海岸沿线矗立着巨大的白垩断崖，极其陡峭，浑然一体，散发着压倒性的气势，这面"墙"几乎呈一条直线向两边延伸，通往海滩肉眼可见的途径只有这条和塞内维尔相连的蜿蜒小路。这里荒无人烟，令人生畏，与世隔绝，不为人知。法兰奇很肯定，这里以前是走私犯的天堂。

"你是怎么想的？"菲凯就像使出拿手好戏的表演家一样，"请看！"他沿着海滩向西指去，"不出5公里就是费康。那些渔民把他们的小渔船开过去，让雷蒙德在这里上了岸，完全没人看到，然后他们又去了费康。一切都在计划之中。"

"这个可能性是有的，"法兰奇承认道，"但是只有在海面平静时才能上岸。"

"周四晚上正巧风平浪静。来吧，我的朋友，你已经看到这里的情况了。我们接下来去费康，让警长带我们去第二条信息里提到的酒店。这样行吗？"

这个提议不错。他们从海边爬了上去，再次开车出发了。

"要知道，"菲凯小心地沿窄道上行，同时解释道，"去海边可不止这一种方法。这里有许多山谷，费康就位于其中一个山谷里，迪耶普也是，但是其余的山谷却被人忽视了，那里也有人烟。附近就有格兰德斯峡谷和珀蒂特斯峡谷等，其中都有通向海边的路，都建有房屋。尤其是珀蒂特斯峡谷，都算得上一个小镇了。"

"我们那边也有这种山谷。"法兰奇说，"我们的海岸和这边的一样，但是你们的悬崖更陡。"

沿着这条路往回走，他们先经过了塞内维尔这个小村庄，又走过断崖顶部的开阔牧场，最后来到费康所在山谷的边缘。这个小镇风景秀丽，在山谷底部延展开来，有长长的海滩，尖尖的教堂。河流形成了一系列内港，里面停泊着玩具似的船只。一座小教堂坐落在近海一侧的路边上。

"看，那座教堂，"菲凯一边说一边向上指，"船要是在风暴后平安归来，渔民就会去那里表达感谢。"

这里承载着海岸渔民生活的寄托！法兰奇饶有兴味地看着尖端低矮的小教堂，那些古老的灰色石头肯定像人类一样饱经沧桑了吧，面对着世人的生老病死，伤残孤寡。

但是菲凯没有时间说教，他把车停在一个急转弯处，展现起自以为是的表演才能。

"瞧，先生，"他下车走过一片草地，向大海的方向大声道，"我来给你看看断崖的另一番景色，请看。"

绿草覆盖了前方40米左右的地面，随后微微向前延伸，却戛然而止，景色变化得过于突然：这本是一片沿着地面轮廓均匀向前推进的草地，却突然什么都没了。

"看那儿，"菲凯说。

他谨慎地把双手撑在草地边缘，法兰奇也照做了。

他在草坪上俯身望去，下方五六百米的地方是被拍碎的浪花。这个落差几近垂直，没有任何堆砌的石块，没有突出的峭壁，底部甚至连一点坡度都没有。法兰奇的双眼和海滩上的砂石连成了一条直线，他背后一凉，退了回去。

"他不可能从这里上岸，"菲凯窃笑道。

两人回到车中，又沿着蜿蜒的路下行了很久，经过港口上晃悠悠的桥，终于到达德斯艾特昂格尔斯酒店。

他们只用了几秒的时间，就解决了身份确认的大问题。酒店的女老板见过那个年轻的英国人，法兰奇拿出6张相似的照片，她和给他上过早餐的服务员都从中挑出了雷蒙德的照片。

不过，她们都没能提供更多新的细节信息。那名年轻人是早上8:00左右来的酒店，女老板上前接待了他，他点了一份早餐，上过早餐后，他用法郎结了账。他吃完早饭后，坐着读了读报纸，然后问服务员下一班开往迪耶普的火车或公交什么时候出发，服务员回答说有一班上午10:40出发的公交。他继续在餐厅读了20多分钟的报纸后就出去了，似乎非常焦虑和不安。他没有带任何手提箱或其他行李。

法兰奇非常高兴。他来法国就是因为怀疑雷蒙德来了这里，而仅仅3天后，他就找到了雷蒙德的踪迹，这简直太棒了！这当然也多亏了法国警方的帮助，不过，法兰奇觉得就算是他一个人也能找到，只不过由于语言障碍，会多花一点时间。雷蒙德到了法国！然后又立刻消失了。虽然他肯定知道自己在伦敦的处境，但他还是藏了起来。综合这些情况来看，他会不会是清白的呢？

在一番深思后，法兰奇得出了结论：这完全不可能。如果雷蒙德是无辜的，他无疑会赶回伦敦，告诉大家这段时间他在做什么。他去费康时身边没有手提箱不足以证明他的清白，因为他能轻易地把箱子藏在海滩或者路边的灌木丛里。事实上，法兰奇现在意识到雷蒙德必须这么做，拿着手提箱到处走太危险了。

要是出现了意外，手提箱可能会被打开，那时雷蒙德就彻底完蛋了。如果他把箱子藏在海滩，就能去费康买一辆二手车，第二天晚上再回来取箱子。

无论如何，不管手提箱有没有被藏起来，它们还在附近的可能性极低。法兰奇把这个观点告诉了菲凯，让他意外的是，菲凯觉得应该派人找找手提箱。他觉得应该出了什么意料之外的事，才让雷蒙德无法取回箱子。法兰奇当然不会阻碍任何对找出悲剧真相有利的事情，于是委派警长在整个塞内维尔地区组织一次全面的搜查。

从迪耶普开来的萨托斯公交下午五点半左右才会抵达。在那之前，为了消磨时间，两名侦探喝了很多啤酒。之后公交车抵达了，在车停靠的间隙，他们讯问了司机。

但是他们一无所获。那趟公交车当时坐满了人，司机不记得乘客中有没有长得像雷蒙德的人。

在离开费康之前，菲凯又叫来马丁及其船员，说之前寻找的男人在塞内维尔上了岸，还指出他只能靠他们的小渔船才能到那里去。但这一切都是徒劳，三名渔民坚决地否认了。

法兰奇和菲凯抵达迪耶普时已经很晚了，这是让人劳累的一天，他们把工作放到一边，晚饭后去赌场玩了几个小时。第二天一早，他们又投入了工作。

"我觉得，"菲凯说道，"再去海岸那边也没什么用。要不我们就待在迪耶普吧？"

法兰奇说自己打算去各个车库看看。"我也在想，"他继续说，"雷蒙德也许在这里改变了主意。谁都能看出他是个英国人，而想躲在一个法国城镇的人是不会像他那样'招摇'的。因此，当他，或者假设他那天早上来到了迪耶普，我猜他的当务之急是找一套法国的服装，比如去服装商店看看？"

菲凯觉得这个想法很好。"还有他的红发，"他补充道，"顶着一头红发可不方便，这在法国并不常见，但是这里的人经常染发。我们把理发店也加上。"

调查很顺利。菲凯和法兰奇才开工不到一个小时，就收到一条消息，让他们去一趟位于圣雅克街的勒莫尼耶先生的服饰店。

10分钟后，他们来到了这家大型男装店。门前有一名警员在等他们，然后立刻带他们去了老板的办公室。房间里，勒莫尼耶先生坐在办公桌前，身材魁梧气质不凡，他面前拘谨地坐着一名有些受惊的年轻人。警员开始进行介绍。

"我觉得，"勒莫尼耶先生在大家都坐下后说道，"这里有一些有用的信息。这位是盖拉德先生，是我公司里的一名销售员，他接待过一名来自英国的先生，你们也许会感兴趣。盖拉德，把你告诉我的也告诉他们。"

年轻人紧张地把脚挪来挪去。

"先生们，当时是上周五的中午，"他开口道，"那位先生是1:00左右来的。他说自己的行李不见了，想来买点衣物。他挑了一套衣服、领带、内裤、一顶帽子、鞋子和一件轻便大衣。简而言之，先生们，是一整套衣物。我给他找了一套合适的，他穿上后就付钱走了。"

菲凯鼓励似的点点头。

"他可能就是我们要找的人，盖拉德先生，"他亲切地说道，"这里面有他吗？"法兰奇带来的照片被一股脑地倒在桌子上。

盖拉德毫不迟疑地挑出了雷蒙德的照片。菲凯高兴地笑了。

"太好了，盖拉德先生，你的观察力很强。你能描述一下你卖给他的服装吗？这样我们就能告诉手下要注意些什么。"

盖拉德详细地描述了一番，两名侦探互换了一个眼神。"手提箱。"法兰奇提醒道。

"盖拉德先生，你刚才说那个人也买了内衣，还有他的旧衣服，他是怎么把这些衣物拿走的呢？"

"他有一个手提箱，先生。"

"你能形容一下吗？"

盖拉德害怕自己不能详尽地描述，不过他的形容足以让法兰奇和菲凯确认那不是从英格兰拿走的装有钱的箱子。

"他肯定在迪耶普这儿买了一个二手箱子。"法兰奇猜测道。

这条信息让侦探们得以修正对雷蒙德的描述，他们回到了警局，让手下的人去调查走访码头、车站和旅馆，车库则由他们亲自去。很快，他们开车从一个车库到了另一个车库，展开他们的询问。

不过，幸运女神似乎突然抛弃了他们，哪儿都找不到雷蒙德接下来的踪迹。就算他凭空消失了，留下的线索也该比这多。调查持续了一整天，到了晚上，他们不得不认输。在下班前，他们在警局开了会，总结当前的情况。

只出现了两条新线索。第一条是：一名外貌符合雷蒙德的男人在雨果街的一家小商店里买了一个二手的深棕色皮质手提箱；第二条是：有一个外貌符合描述的男人，似乎穿着从勒莫尼耶先生店里买来的衣物，去了巴尔街的一家理发店，买了一瓶棕色染发剂。

显然，除了这两条线索，他们在迪耶普开展的仔细搜查也毫无结果。

此时，法兰奇接到了费康的警长打来的一通电话，称他们对邻近的塞内维尔乡村进行了非常全面的搜寻，但是没有发现手提箱的任何信息。

"我觉得，"他们谈论了一会儿后菲凯说道，"他去巴黎了。城市越大，就越容易隐藏。记住我的话，法兰奇，他去巴黎了。他会去南边的小街道找个住处，等风头过去，或者等胡子长出来。然后他就会去最终的隐藏地，可能是巴西或者智利。"

法兰奇对此有所质疑。

"我不是很确定，"他缓缓答道，"雷蒙德经常去巴黎，肯定和很多人有来往，他也肯定有经常去巴黎的英国朋友。我觉得他要是去巴黎，肯定会害怕被人认出来。"

"那么你觉得他会怎么做？"

法兰奇耸了耸肩，"这可不是一个简单的问题。我觉得，从整体上看，他会尽快离开法国。在自己的行踪被传开前，他会想从南方的港口离开，或者去西班牙和意大利。我也觉得南美洲是个不错的选择，但是他应该会设法立刻过去。"

最后的安排是：法国警方接手搜查，法兰奇返回伦敦报告进展。

法兰奇十分失望，菲凯也意识到了他的想法。

"这不再是一个警察的工作了，"他安慰道，"只靠你、我或其他任何一人都无法找到这个人。这是警方集体的案子，需要几百名、几千名警力，通过警方的集体力量找出犯人才是唯一的方法。"

虽然这番话没有减少法兰奇的失落，但他还是表示了认同。然而，在深夜从苏格兰场打到警察总部的电话给了他一些安慰。英国方面有了新消息，希望他尽快回来。于是，他与法国同行诚挚作别，连夜前往纽黑文，再返回伦敦。

第十四章

场地变更

第二天早上6:30，法兰奇抵达了维多利亚火车站，他回家吃了早饭，然后就去了苏格兰场，得知他要立刻给莫蒂默爵士报告进展。因此，莫蒂默·埃里森爵士刚来警局，法兰奇就去他的办公室报到了。

"法兰奇，你在法国找到你要找的人了吗？"

法兰奇沮丧地摇了摇头。

"目前还没有，长官，"他答道，"但我们已经准备好在法国境内展开详细的搜查。"

"你觉得他还在那里吗？"

"我们没发现他离开的踪迹。"

"这次调查算不上顺利吧？来说说你发现了些什么。如果我没弄错的话，你在报告中说，雷蒙德于周四晚抵达了费康附近的塞内维尔，接着去到迪耶普，换了套装束，把自己藏了起来，然后就不见了。这就是全部吧？"

"恐怕这些就是全部了，长官。"法兰奇遗憾地承认道，"但是可能会有新的发现。"接着他阐释了自己和菲凯达成一致的观点。

"你在苦恼现在还没找到那些手提箱吗？"

"是的，长官。我认为如果手提箱找不到，我们假设的凶手就没有作案动机。"

"找箱子的工作还在进行中吗？"

"是的，长官。"

莫蒂默爵士耸了耸肩，"就让我们的法国朋友们尽情去找吧，我有更重要的任务要给你。"

法兰奇有点吃惊，在侦破这类案件时，莫蒂默爵士通常可不会这样做，于是期待地等着对方接下来的话。

"昨天下午我们收到了一条挺有希望的消息，我觉得最好从一开始就让你来调查，所以把你叫了回来。"

莫蒂默爵士继续道：伦敦及北方银行①在法院巷②的分行昨晚打来电话，称他们发现了一些纸币，和苏格兰场6月30号发来通知中的相吻合，编号为"F174D"，建议派人过去取详细的资料。

法兰奇很是高兴。

---

① 伦敦及北方银行：银行名。
② 法院巷：街道名。

"终于等到它了，"他说道，"从这个调查方向中获得线索的可能性最大。"

"那么你就去银行一趟取线索吧。"

这家银行位于法院巷与佛里特街相交的一端，在一座维多利亚风格的大楼里，气派、华丽又古典。

一名工作人员把法兰奇带到休息室，把他的名字报给远离大厅的神秘区域，最后将他领进贵宾室。

等待法兰奇的是银行经理克雷文先生，他在举手投足间显示出业界精英气质，谦逊地请法兰奇就座。法兰奇认为如此高傲之人并不会亲自处理这类财政丑闻，但是在这件事上，他很快就打消了这个念头。

"督察，请坐。"克雷文开口道，"你也知道我让你过来的原因吧？警方正在寻找的纸币出现了，昨晚我们的一名出纳员发现自己收到了三张。"

"先生，这对我们来说真的是好消息，"法兰奇答道，"我猜你知道这和莫克森综合证券公司一案有关吧？"

"我并不是很确定，但是涉及的巨大金额让我起了疑心。那的确很可怕，督察！我认识的三个人都受到了影响，他们小有积蓄，住处也不错，儿子都读大学了，但现在一切都毁了，他们的积蓄一分不剩。有的老人得重新谋生，鬼知道他们去哪儿才找得到工作。光是想想就很恐怖。"

法兰奇十分赞同。

"这还只是我认识的人，"克雷文先生又说道，"除了他们，肯定还有好几千人受到了影响。而且，不仅伦敦发生了这种事，"他继续道，逐渐转入正题，"国外也正在发生同样的事。就在今天早上，我得知柏林的施耐德—胡梅尔公司倒闭了，它绝对不会是倒闭的第一家德国公司；你也知道，米兰的博利尼公司在事发后的第三天破产了；部分法国公司受到重创，能不能重振都是个问题。我告诉你，督察，你们必须找到这伙人。他们逍遥法外，携款逃跑，我可不是对他们怀恨在心，只是这种针对高级融资的投机买卖已经毁了太多人，绝不能再让更多人付出惨痛的代价。我能问问你目前有什么进展吗？"

法兰奇迟疑了一下，不过告诉他一点信息也没什么坏处。

"我说的这些你就别外传了。"法兰奇说，"我们发现雷蒙德去了法国。我们正在追踪他的踪迹，但还没有找到他。当然了，现在还没有证据证明他就是犯人。"

克雷文先生一脸神秘地说："你知道吗？在得知雷蒙德和这件事有关时，我还是很惊讶的。我本以为他是那群人中的佼佼者，但是世事难料。好了，督察，我不会把你说的这些泄露出去。你肯定想知道我们这边的线索吧，我们把布莱克先生叫进来，他就是发现那些纸币的出纳员。"

克雷文按了按铃。很快，一名年轻男性进入了房间，他一脸严肃，圆脸，戴着一副圆圆的玳瑁眼镜，像一头巨大的猫头鹰。

"布莱克，请坐。这位是苏格兰场的法兰奇督察，请你给他讲讲那些纸币的事。"

这个年轻人朝法兰奇眨了眨眼。

"昨天下午我注意到那些纸币，"他说，"那时已经打烊了，我正在进行扫尾工作。我突然发现一张10镑纸币的编号和苏格兰场通知里的一样，于是找来通知，核查后发现正是如此。"

"很好。"法兰奇积极回应道。

"我又想，"年轻人继续说道，"如果出现了一张，就可能还有别的。于是我检查了一遍手上的纸币，又发现了两张，都是10镑的，所以一共是三张10镑纸币。之后，我立刻把情况报告给了经理。"

"然后我给苏格兰场打了电话。"克雷文先生补充道。

"没错，先生。"法兰奇答道，"你做得很好。"然后转向布莱克说道，"布莱克先生，重要的问题是：你能告诉我这些纸币是哪儿来的吗？"

"能。你也知道，只要是5镑及以上面额的纸币，我们都会留下其出入银行的记录。这几张纸币来自科芬园的塞缪尔·汤普森先生，是亲自支付的。"

法兰奇很高兴。他丝毫没有浪费时间，立刻乘出租车来到科芬园。

塞缪尔·汤普森是个小老头，蓄着山羊胡子，目光锐利。法兰奇向他说明了来意，问他那三张纸币是从哪儿得到的。

汤普森其实记得，但是出于恶趣味，他装出一副生气的样子。

"啊，"他嘲笑道，"你是想说我造假币要逮捕我吗？还是想说这是赃款？"

"赃款。"法兰奇乐呵呵地答道。

"对，赃款。你想逮捕我，对吧？想都别想，我这辈子都离你们警察远远的，现在也不会变。"

对方表情严肃，一脸愤慨，但是眼里闪着一丝狡黠的目光。

"抱歉，"法兰奇说道，"恐怕你得和我去一趟苏格兰场，要是你不答应的话，我也只有去别处碰碰运气了。你能帮帮我吗，汤普森先生？能帮我调查那些纸币吗？"

"好，既然你的目标不是我，我就帮帮你。那些纸币，你知道我是从哪儿拿到的吗？"

"这正是我想知道的。"

"反正你也不想猜，还是我来告诉你吧：我是从银行拿到的。"

"银行？"

"也可以说是'那家银行'，反正是一回事儿。"

"哪家银行？"

"法院巷的那家银行，就是我把钱花出去的银行。"

法兰奇笑了笑。

"你就是这么理财的吗，汤普森先生？把钱取出来，等着'钱生钱'，再把钱存进银行？"

"实际情况就是这样。我有一个女儿在做租房生意，公寓很脏，需要翻修，租客也在变少，而且房东——"汤普森先生没找到合适的词语，于是不屑地吐了口唾沫。"所以我想把这30镑给她，接着就从银行取了钱，但我还没来得及把钱给她，她丈夫的舅舅就突然去世了，给她留了100镑。这种事可不会经常发生，对吧？"

法兰奇同情地表示了"祝贺"。

"对，这就为我省下了30镑。我不想把钱放在身边，所以昨天下午把钱存进了银行，那些就是近两周前我取出的纸币。"

"这点，"法兰奇说，"应该不难确认。银行给出的现金都会被记录在案。"

"如果是这样，"老头子答道，"那就很奇怪了，银行的人居然没告诉你，害你白跑一趟。"

法兰奇虽然没有说出来，但他也十分赞同。这次面谈让法兰奇大失所望，汤普森虽然看上去很坚定，但他绝对搞错了些什么。那些纸币肯定流向了莫克森综合证券公司，并且它们被装进莫克森或雷蒙德的手提箱、随之离开英国的可能性极大。现在这个老伙计却说他在案件发生之前把这些钱从银行取了出来，这里面绝对有问题。

20分钟后，法兰奇又来到法院巷的那家银行，和布莱克坐在他宽敞的办公室里。

"那个叫汤普森的人说，"法兰奇解释道，"那个周三，也就是谋杀发生的前一天，他是从你们手上得到这三张纸币的。你能确认一下日期吗？"

布莱克出去了几分钟。

"是6月25日向汤普森支付的，"布莱克回来后说，"和他的说法一致。"

"把钱给他的人是谁？"法兰奇追问道。

"是我。"

法兰奇犹豫了好一会儿要不要挖苦一下，但他觉得与其谴责这个年轻人粗心大意，不如表扬他的工作效率。再说，这件事也发生在苏格兰场发出通知之前。

不过，这一情况动摇了法兰奇推理的基础。他认为这些纸币是银行支付给莫克森综合证券公司的，又被莫克森和雷蒙德带出了英国，但是从这三张纸币的情况来看，这个假设显然不成立。

因此，立刻产生了这个问题：这三张纸币是特殊的吗？还是其他纸币的情况也和它们一样？

法兰奇首先想到了霍尼福德，想听听他对这个奇特情况的看法。但后来他又意识到，不论是霍尼福德还是其他人的观点都不重要，他只需要事实，他的职责就是要找出事实。所以，下一步就很明确了：法兰奇必须再给银行发一份通知，让他们检查现在保险库里有没有这些"问题纸币"，如果有，要查清是什么时候、从谁手中收到的。

法兰奇回到苏格兰场，写好通知，做好安排，让它尽快被发出。为了节省时间，他又给克雷文先生和附近几家银行的经理打去电话，解释了这个情况，请他们立刻进行清点。

通知工作还未结束，法兰奇就得到了布莱克的答复，他又找到了一些"问题纸币"，建议法兰奇回银行来，获取第一手信息。

于是法兰奇又来到银行，发现这名猫头鹰模样的银行职员正处于极度兴奋的状态。

"保险库里到处都是！"他瞪大双眼大声道，"全塞满了！我还没检查完10镑面值的纸币，就发现有问题的接近4000镑！法兰奇先生，你能在这儿坐一会儿吗？我找了两个人一起检查，用不了多久就能把剩下的弄完。"

一时之间，法兰奇有些不知所措，他不确定是否该觉得高兴。从一方面来说，如果这些纸币来自卷款逃跑的合伙人，不论他们是在法国还是通过某些英国中介把这些钱出手了，这都意味着有更多的线索。从另一个方面来说，如果这笔钱在莫克森综合证券公司倒闭前就被人支出了，那么它们就无法成为有价值的证据。在法兰奇看来，这一切都取决于银行又得到这笔钱的日期。

法兰奇一边焦急地等着结果，一边在脑海里重新梳理这件事。整起案件的调查方向都可能因此改变，他希望布莱克的动作能快一点。

不过，一个多小时后他才重新出现，拿着一本摊开的笔记本，脸上的兴奋丝毫未减少。

"瞧，法兰奇先生，"他一边说，一边把笔记本放在桌上。"你看，20镑面额的有141张，10镑的有153张，5镑的有153张！共计5985镑，要是把最初发现的3张10镑的加上，总额超过了6000镑！这份信息对你有帮助吗？"

法兰奇很困惑。这些信息都是有用的，但他不知道这对他有没有帮助。"是谁在什么时候向银行支付的呢？"他追问道，"我们必须找出来。布莱克先生，你最快什么时候能查出来呢？"

布莱克笑了笑——他现在已经习惯了法兰奇身为督察的"威严"。

"恐怕得花好些时间才能找出来。如果我是你的话，就不会坐在这儿等。"之后他又解释了这份工作有多么繁杂，突然一名职员朝房间里探了探头。

"打扰了，先生。请问法兰奇先生在吗？有人打来电话找他，先生。"

"法兰奇，是你吗？"声音从话筒里传来，"我是埃里森。你那边的调查快结束了吗？"

"是的，长官，告一段落了，刚刚才结束。"

"好，那你去一趟西郡银行牛津街支行，那里也有类似的发现。"

"苏格兰场打来电话，"法兰奇挂掉电话后说，"要派我去别的地方。布莱克先生，很感激你做的一切，希望你能一鼓作气地找出那份信息。"

在位于牛津街的西郡银行里，历史有条不紊地重演着。法兰奇到那里时已经是好几个小时后的事儿了，经过一番确认和等待，他最后进了经理的办公室。法兰奇说明了案情，经理叫来一名出纳员，他陈述了细节情况，似乎和先前的情况一模一样。

这名出纳员和布莱克一样，接到苏格兰场的电话后，他就被派去查验纸币。没过多久，他就在保险库里发现了大量问题纸币，他报告了情况，找来了帮手，计算了总额。

这里的总额也相当大，20镑、10镑和5镑面值的纸币至少有9025镑。

法兰奇低声咒骂了一句，然后重新打起精神，开始提问。这些纸币是什么时候收到的？从谁手中收到的？法兰奇想查清这些钱怎么又回到了银行。对方冷静地听着，答应会尽快找出这些信息。

在回苏格兰场的路上，法兰奇一边慢慢地走着，一边想：这些银行都应该不会弄错数额，所以这肯定意味着犯人的手脚很快。现在距案发还不到两周时间，尽管采取了各种预防措施，但是犯人还是脱手了大量被偷走的钱！这几乎是不可能的。法兰奇将有嫌疑的人都列了出来。

这些人的描述被发给了全国的每一名警察，几乎整个西欧的警察都人手一份，然而犯人还是来到了银行、商店或货币兑换处，把几千镑的赃款处理掉！就在警方的眼皮底下，银行职员还被特意提醒过！法兰奇无法让自己相信这个可能性。

相反，如果事实并非如此，那就意味着这起案件出现了根本上的问题。的确，那就只能说明苏格兰场的理论错误，其实根本没发生过盗窃。真相是这样的吗？这些钱是以合理的方式在证券交易所里"消失"的吗？霍尼福德当时坚定地认为发生了盗窃，他错了吗？

在另一个方面，如果没有发生盗窃，凶手的动机又是什么呢？雷蒙德和艾斯代尔在哪儿？他们的手提箱在哪儿？

　　晚饭后法兰奇喝了一杯浓咖啡。当晚，虽然他绞尽了脑汁，但还是毫无头绪。第二天早上，法兰奇重新开始推理，这次有了新的发现。

第十五章

清理纸币

他们其实有了大量的发现。一些仅是已知事件的详情，但一些则是全新的信息。对前者来说，又有四家银行打电话称他们在保险库中发现了问题纸币，它们的金额各异。一家银行有3000多镑，另一家只有几百镑。把六家银行的金额加起来，问题纸币的总额达2万镑。

新的两则信息则跟前者不同。第一则是后来出现的四家银行都提到，在苏格兰场清单上"榜上有名"的纸币都在普通百姓间流通，而且每家银行当天都收到了一两张，幸运的是，这些银行的出纳员都注意到了支付者。

法兰奇满意地哼了哼，至少他有调查的目标了。如果他没能查出这些纸币来自莫克森综合证券公司，那就真的走霉运了。

另一条信息的提供者是他的朋友布莱克。这个好小伙列出了向他所在银行支付过问题纸币的所有人。

半个小时后，法兰奇又来到了位于法院巷的银行，拿到那张名单后，他马上被吓了一跳。

他看到的第一个条目——547镑10先令——支付日期是6月5日！

那是悲剧发生的三周之前！法兰奇心想，这根本不可能。

视线随之下移，他也感到愈加诧异。没错，这些纸币出现的日期不同，但是，这些日期都是在案发之前，大部分甚至是在案件发生的好几周之前！

法兰奇震惊了。这样看来，似乎不可能发生任何盗窃。真该死！

没过一会儿，法兰奇就明白了。这些是纸币上一次进入银行的日期，它们肯定是在那之后才被支付给了莫克森综合证券公司。

这似乎是显而易见的事，但是法兰奇觉得最好确认一下。他立刻派布莱克去调查此事。

结果法兰奇想错了。每一张纸币都是在那些日期之前被送到了莫克森公司，不仅如此，它们被银行接收后就一直放在保险库里。

法兰奇的大脑飞速运转，但他没有坐下仔细思考的时间。接下来的两天，他一直忙于走访最初收到问题纸币的六家银行，以及后来出现的其他七家银行，并收集相关的资料。至少大量的信息让事实变得清晰了起来。

现在终于能证明，在之前的一段相当长的时间中，莫克森综合证券公司把支票和汇票变现成了小面额纸币。从四月起，经过五月，直到六月初，他们用这种方式积攒了超过100万英镑纸币，又在不久之后把钱用了出去，因此这些汇款没有被公司记录在案。

法兰奇在这个问题上纠结了很久，一点思路都没有，最后把它放到了一边，转而研究起名单来，想从把钱"还"给银行的人身上入手。

第一个是摄政街的保罗·马利特珠宝公司。

这意味着可能存在女性涉案人员，法兰奇打起了精神来。如果这些男人买了礼物，这条信息就肯定能帮法兰奇延伸调查的依据。

第二个也是一家珠宝店，这么看的话，本案和女性有关的可能性就更大了，法兰奇很是满意。

但当法兰奇发现第三个还是珠宝店时，他猛地停下了，死死盯着面前的名单，齿间传出轻轻的口哨声。

最后，他脑中闪过一个想法，然后迅速且随机地检查起名字来。

好，他的猜想不错！这些基本都是珠宝商！

法兰奇一边咒骂一边从椅子上站起来，开始在房间里蹀步。老天爷，没错！他现在明白了，至少把这些看似矛盾的事实弄清楚了。他真是太笨了！看清事实后，法兰奇觉得这件事十分明了。他其实早就该猜到了。

莫克森公司的合伙人在买珠宝，还是未经加工的珠宝——法兰奇敢这么说。他一直在想他们到底打算如何处理这笔巨款，还不能在途中使用问题纸币、留下痕迹，因为警方肯定会顺藤摸瓜，追踪到其目的地。这就是解决方法。

当然，不能说珠宝——推测为未切割的钻石——就没法被追踪。正如银行出纳员能轻易识别出问题纸币一样，专家也能轻松识别出钻石。不过，法兰奇也知道，如果赃款被转换成了钻石，追踪它们要比追踪纸币难得多。这些"小偷"多半会尽快把钻石切割成小块，若是这样，就不能对它们进行直接认定了，一切将取决于钻石的切割者。就算世上的切割者都有一定的良知，也无疑难以取得充足的证据。这一招其实十分高明，合伙人们把危险的纸币换成了相对安全的"硬通货"——钻石——至少法兰奇目前是这样猜测的。

随着思考的继续，法兰奇意识到这可能产生更重要的影响。手提箱！此前他一直坚信手提箱是这起事件关键的一部分，要是没有手提箱——或类似的容器——他们无法转移这么多钱。但如果是价值150万英镑的未切割的钻石，就能被轻松地装进一个人的口袋里。他们使用这种手段不光是出于安全性，还考虑到了便携性。

这个想法将调查工作推进了一步。雷蒙德逃走时没有带箱子，所有的赃物可能还在他的手上。法兰奇再次意识到绝对要找出雷蒙德，而且英国和法国警方必须继续合作，竭尽全力进行搜寻。

法兰奇收起思绪，回到了当下。显然，接下来他必须找来这些珠宝商，这绝对是一块"肥肉"！要是从他们的口中找不出有价值的信息，法兰奇就该辞职了。

今天已经很晚了，做不了什么。第二天一早，法兰奇就投入了工作。他从名单上的第一个对象着手，摄政街的保罗·马利特珠宝公司。

法兰奇拿出名片，然后来到马利特先生的私人房间里。

"我希望你不是来找麻烦的，督察。"马利特先生先开口道，"对于身处我这个位置的人来说，你每次来我都像个犯人一样惶惶不安。"

"你不必害怕，先生，"法兰奇答道，"这次我也是来调查盗窃案的，不过被偷的不是珠宝。我只是想了解一些信息。"

马利特似乎想问什么问题。

"5月23日，"法兰奇接着说道，"贵公司在伦敦及北方银行的法院巷支行存入了547镑10先令。我想知道这是一笔什么款项。"

"发生了什么事吗？"马利特好奇地问。

"是莫克森综合证券公司案，你也知道，一笔巨款消失了，目前我们统计的数额是150万英镑左右。你知道这件事吗？"

马利特点了点头。

"最初我们觉得消失的是现金，但现在我们有理由怀疑，在公司破产前现金被转换成了珠宝。"法兰奇接着告诉了他自己从银行得知的信息。

"这和我没关系。"

"我告诉过你，先生，这起案子与你无关，但我还是得从你这里收集一些信息。"

马利特皱着眉头，叫来了经理杜拉普先生，问他是否能找出这些信息。

杜拉普说应该行，便出去了，没过多久又回来了，说的话让法兰奇觉得如获甘霖。

那天来了一个男人，让拿点优质的未加工钻石出来，他说自己想做钻石买卖，打算先少积攒些存货。他仔细地检验了拿给他的钻石，最后挑了4颗，总价为547镑10先令。让销售员感到惊讶的是，他是用面额相对较小的钞票支付的，主要是5镑和10镑的纸币。销售员并不认识他，他说自己叫塞普蒂默斯·比勒尔，来自萨里郡法纳姆镇杜恩斯区的邓杰内斯①。

这条线索十分令人鼓舞，但还不够深入。法兰奇请他们叫来销售员。

"你来看看，"法兰奇一边说，一边在桌子上摊开照片。"那个人在这里面吗？"

这堆照片的数量可不少。里面不仅包括莫克森公司的所有合伙人和高管，还有法兰奇辛苦找来的样貌相似的24个人。

随着销售员慢慢地翻看照片，空气中多了一丝紧张气息。就算没能从中找出那个买家，这也不意味着该调查方向失败了；不过若能找出来，调查就将向前迈出一大步。因此，法兰奇目不转睛地看着销售员，几乎停止了呼吸。

销售员翻到最后一张照片，然后又往回翻。他拿着两张照片对比了一会儿，最后放下了其中一张。他把另一张拿起来，又放回去，最后又拿了起来。

"他长得像这个人，"销售员说道，"但我不是很确定，不敢打包票就是他，你懂我的意思吧。"

法兰奇夺过那张照片。艾斯代尔！是艾斯代尔，那个失踪的会计！他在案发前一天去了巴黎，从此再无他的消息。这个发现太棒了。如果法兰奇能让这个该死的销售员

---

① 邓杰内斯：住宅名。

确定就是这个人，这无疑能推进调查的进展。

但是销售员并不确信。让他感到迟疑的是，那位客人戴着玳瑁粗框眼镜，但是照片里的人没戴眼镜。法兰奇试着遮住照片里那人的眼睛，但还是没用。

在问了几个近乎引导性的问题后，法兰奇终于如愿以偿。销售员注意到，那个人左手的小拇指是勾起来的，一直缩在掌心。威利斯督察查明这是艾斯代尔的怪癖。这么看来，买家肯定就是艾斯代尔，不仅如此，他还进行了伪装。

法兰奇十分确信那个人就是艾斯代尔，很高兴能取得此进展。不过，保险起见，他借来马利特的电话，给法纳姆警察局打去电话。面对法兰奇的问题，警长不假思索地给出了答复：杜恩斯没有叫邓杰内斯的房产，当地也没有叫塞普蒂默斯·比勒尔的人。

情况就是这样。艾斯代尔肯定用了化名。法兰奇转向马利特。

"我还想麻烦你一件事，"他说道，"这非常重要。我们必须找回这些钻石，你能描述一下它们吗？以便我通知其他商贩。"

"我能给你描述它们出售时是什么样。"马利特答道，"不过如果他们是聪明人，就不会把钻石原样卖出去，而会先把它们切小，到那时，谁都认不出这些钻石了。"

"我们也会寻找钻石的切割者。"

马利特耸了耸肩。

"他们可能是亲自动的手。"

法兰奇好好想了想。

"那么,"他最后说道,"我们只有尽力而为了。请你告诉我它们的样子吧。"

法兰奇决心全力推进调查。他回到苏格兰场,找了几个帮手。在这天接下来的时间里,他们走访了26名珠宝商,把法兰奇问马利特的问题又问了一遍。结果,法兰奇的信息储量得到了显著增加。

目前法兰奇能弄清楚的是,莫克森、迪平、雷蒙德和艾斯代尔都参与了钻石的购买。几个售货员都从那堆照片里挑出了四人中的一人,但他们都不太肯定。唯一能确定的是,一名顾客有一根手指是弯的,疑似艾斯代尔。这些都验证了法兰奇的想法:这些人去买钻石时都做过变装。

这些公司都保存着钻石的完整记录,这让法兰奇很是惊奇。他拿到的钻石描述十分全面,要是这些钻石流入市场,他敢肯定它们会立刻被认出来。现在重要的是不能暴露警方对市场的监视,因此,法兰奇让所有证人发誓要严守秘密。

虽然目前进展不错,但法兰奇一刻也没有忘记:问题资金一共150万英镑,而现在只找出了价值约5万英镑的钻石。这就意味着，只有三十分之一的钻石处于监控之下。不过，法兰奇抵达苏格兰场后，得知其他银行也发来了回复，结果他花了好几天的时间忙着处理这些信息。法兰奇发现，莫克森公司的运作范围比他最初预计的更广。目前为止，大部分交易都发生在阿姆斯特丹，和大多数商贩对接的人是莫克森和迪平。法兰奇把这些信息处理完后，交易总额接近50万英镑。

这次的调查带来了有价值的信息。法兰奇分析了来自银行的线索后，认为这是一场有预谋的案件，至少在3个月前就策划了，而且极其细致。更重要的是，法兰奇已经展开了一系列调查，就算抓不到犯人，也能切断他们的经济来源。

的确，一切都很顺利，但还是不够。必须尽快找到雷蒙德和艾斯代尔，这无疑是本案的当务之急。

周六，法兰奇完成了对所有珠宝商的造访。这个周末他终于能在家里度过，但他还是时不时地想起这个案件。法兰奇决定周一回到苏格兰场后，就集中精力寻找雷蒙德和艾斯代尔，尽快和追踪艾斯代尔的威利斯督察聊聊。如果这样还毫无结果，他就去法国，接着搜寻雷蒙德。

当法兰奇周一来到苏格兰场后，命运女神打消了他的计划。一名警员敲响了他的门，告诉法兰奇莫蒂默爵士已经等不及要见他了。

第十六章

"金翅雀"号的烧火工

"法兰奇，你知道纸币那件事吗？"

法兰奇很了解他的上司，他叹了口气。莫蒂默爵士发出轻笑。

"'不雨则已，雨则倾盆'？北爱尔兰人就是这么形容大麻烦的，对吧？"

法兰奇不是很确定，他记不起那个谚语。

"你调查约翰·马吉尔爵士花了好几年的时间，连这个都不知道，这就是你的'收获'吗？你最近在忙什么？"

"长官，我在考虑下一步该做什么。基于目前的情况，我已经对问题纸币和钻石进行了充分的调查。我们做好了这些方面的调查准备，也提醒了珠宝商等。接下来我想追踪艾斯代尔或者雷蒙德。"

"要追踪他们俩都是说起来容易做起来难。威利斯和法国警方都没什么进展。"

"我不知道目前还能做什么了。"

莫蒂默爵士笑了笑。

"也许我能帮帮你。我看看啊,你追踪雷蒙德去了迪耶普,他在那里买了服装和染发剂,对吧?"

"是的,长官。"

"那是周五的事儿,对吗?就是伦敦那家公司倒闭的那个周五?"

"没错,长官。"

"你把他跟丢时大概是几点?"

法兰奇想了想,答道:"他离开服装店时是下午1:00,然后径直去了理发店,就在一两条街外。我们一直追踪到下午1:10左右,长官。"

莫蒂默爵士哼了一声。

"那就说得通了,"他说道,"法兰奇,其实我在见你之前还得到了点消息。"他拿起一张电报,"你看,这是我周六下午收到的,不过,你也知道上面的信息现在才能起作用。如果奎尔船长说得不错,这就解释了你为什么在迪耶普把雷蒙德跟丢了。"

法兰奇一下子来了兴致,他接过这张无线电报,上面写着:

致苏格兰场：失踪的布赖斯·雷蒙德为我船烧火工，现在在船上，周二早上船将在斯旺西海港靠岸，到时见。奎尔船长，S.S.金翅雀号。

电报是周六下午2:55从北海发出的。

"天哪，长官！这和克里平案一模一样！你问了'金翅雀'号是从哪儿出发的吗？"

"问了，我们马上联系了劳埃德船级社，'金翅雀'号是沃克曼和纽恩斯公司的船，是一艘1000吨级货船，不定期地受雇于欧洲沿海贸易商。这艘船周六载着压舱物驶离了迪耶普，前往奥斯陆，在那里装载了坑木，向纽卡斯尔开去。船在纽卡斯尔卸下了坑木，装上了煤炭，又回到了奥斯陆。到了奥斯陆，他们卸下煤炭，装了另一批坑木，于上周四清晨早早离开了奥斯陆，前往斯旺西。是这样的吗？"

"肯定是的，长官。如果'金翅雀'号在那个周六早上离开了迪耶普，那么周五船就停在那里，雷蒙德可能在下午开始行动。如果是这样，如果他偷偷混上了船，就能解释我们为什么找不到他了。"

"这个雷蒙德好像还挺聪明，"莫蒂默爵士继续说道，"我反正找不出更好的办法来离开法国。我没想通他是怎么说服船长带上他的，但是对此我们不必担心。你去斯旺西见到那个船长后就知道了。你见过豪威尔斯了，对吧？"

"长官，你是说斯旺西那边的警司吗？是的，我之前在柏立港调查派克案时见过他。"

"我想也是。我会告诉他你要过去。你最好今晚就去见他，以防'金翅雀'号下半夜就到了。"

当天下午4:00刚过，法兰奇来到了斯旺西警局，走进豪威尔斯警司的办公室，警司热情地上前欢迎。

"你好啊，法兰奇！我就知道我们很快会再见面。只要呼吸过南威尔士的空气，隔不了多久就会再来。又有海上的谜案吗？"

"不管怎么说，情况比上次要好些。"法兰奇向对方保证道，"我来是想完成工作的。你能派你的手下帮我做好，你上次就帮了我，这次我也想请你帮个忙。"

"我知道，苏格兰场有时确实需要一点场外援助。这次是什么麻烦事儿？莫蒂默爵士什么都没讲，只是说你会详细地告诉我。你抽烟吧？"

"谢谢，"法兰奇谢过警司，从他递过的烟盒里抽出了一支烟。"是那起英吉利海峡上发生的案子，莫克森综合证券公司，你知道吧。"

"老天爷！那起案子怎么会和我们斯旺西有关联？"

"就是说啊，"法兰奇答道，"其实也可能毫无关系，我只是来这里碰碰运气。这份资料应该能解开你的疑惑。"
他拿出奎尔船长的电报。

"奎尔？我认识他，他是个好人，而且靠得住。如果
奎尔说雷蒙德在他的船上，法兰奇，你最好相信他说的是
真的。"

"这样啊？好吧，警司，我想让你帮我把他带到岸上
来。我带了两个人，一个是莫克森公司的主任诺尔斯，由
他来指认，另一个是卡特警长。他们会和我们一起行动，
但到了抓捕时，我想向你借几个人手，我要控制住船的所
有出口。"

"你说得对。当船继续前进，你们待在船长室里时，
他就可能从船尾溜到救生艇上了。"

"我就是这个意思。你能安排一下吗？"

豪威尔斯拿起听筒，打了几通电话。

"真是不走运啊，"他笑道，"港务长说那艘船预计早
上5:00抵达，也可能更早，但应该不会在凌晨3:00之前。
所以从凌晨3:00起，你估计就要待在码头了。"他又打了
一个电话，"把琼斯和劳埃德叫来。"

"到时我就派他们和你一起去，督察，"随着两名警员
进入房间，豪威尔斯解释道，"你们俩快看看，还记得法
兰奇督察吧？"

两人敬了个礼。他们很快就商定了细节，法兰奇发现

还剩不少时间。

"来我家吃个晚饭吧,"豪威尔斯热情地邀请道,"我们可以坐在花园里聊聊;如果你愿意的话,也可以开车去兜一圈。"

法兰奇十分享受这个夜晚,等他想到该睡觉时已经凌晨1点多了。反正也没剩下多长的时间,于是豪威尔斯把他舒适地安顿在客厅的沙发上,在旁边的桌子上放了一个大闹钟。

闹钟完美地完成了任务。快到凌晨3:00时,又冷又困的法兰奇出现在了"金翅雀"号即将抵达的码头。他的身边还有一小群人——诺尔斯、卡特、琼斯和劳埃德——他们看起来极其不高兴。

"这是件苦差事,诺尔斯先生,"法兰奇说道,觉得应该适当地表达一些同情。"我反正是不喜欢的,我讨厌把人抓起来。你和雷蒙德先生还是好朋友,你的厌恶程度肯定是我的10倍。"

经过一番疏导,诺尔斯的态度缓和了起来。他承认自己很厌恶这次行动,他和雷蒙德是好朋友,他觉得自己这么做就像个叛徒。

"你必须牢记,如果雷蒙德先生是清白的,这次行动不会对他造成任何伤害。当然,他肯定不会高兴,但也不会造成实际的损害。相反,如果他有罪,你不能因为友情而包庇他。"

诺尔斯也觉得这有道理，但他还是希望执行这项任务的是别人、而不是自己。

他们踱来踱去，用抽烟和聊天来打发时间。法兰奇发现诺尔斯主任是个博览群书之人，知道各种出人意料的知识。他的兴趣似乎主要是历史，对现代社会演变的洞见更是让法兰奇大吃一惊。虽然他从事的是财务工作，但他对理论的研究超出了法兰奇的预料。

诺尔斯似乎把现代天文、物理和辐射的著作读了个遍，他对相对论和量子理论的论述也让法兰奇咋舌。

法兰奇后来发现，幸好诺尔斯很博学，他们在蹲守时才没有太无聊。五个人沉闷地在岗位上守了四个半小时。直到早上 7:30，"金翅雀"号才缓缓现身。随后他们立刻躲到工棚和吊车后面，等船靠岸。

一架舷梯降了下来，法兰奇、诺尔斯和卡特直接上了船，剩下的两名威尔士警察在船的附近负责警戒。法兰奇到船桥上后，奎尔船长也下来了。"我是刑事调查局的法兰奇督察。"法兰奇低声说道。船长点了点头，接着朝海图室走去。进屋后，他们坐了下来。

"我让他忙着做清洁，轮机长正看着他。"船长开口道，"他没有机会逃走，你们可以安心一点。唯一的问题是他是不是你们要找的人。"

法兰奇拿出一沓照片。

"里面有他吗？"

船长迅速但镇定地翻看着照片。是个高效的男人，法兰奇心想。然后船长挑出了雷蒙德的照片，仔细地看了看。

"是他。"他确信地说。

"确定吗？"

"确定。"

法兰奇的兴奋之情难以抑制。雷蒙德！找到雷蒙德是结束这一切的希望，也几乎是结案的希望。胜利了，虽然这对法兰奇个人来说可能算不上成功，但也是一次胜利！不管怎样，他是这起案件的主要负责人。好样的，奎尔船长！

"他在船上没惹出什么事吧？"

"反正没人投诉过。"

"你是从奥斯陆来的，对吧？"

"是的，出发时是周四凌晨3:00左右。"

"他没有在那儿尝试离开吗？"

"没有，之前在纽卡斯尔停靠时也是，当时我还没有怀疑他，也没有特别留意他。他完全可以离开。"

"你怎么就对他起了疑心呢？"法兰奇问道。

"我最好从头给你说说。"奎尔答道，"当时我们在迪

耶普卸一批威尔士产的煤，我们是那周周三晚上抵达的，
计划载着压舱物于当周周六早上出发前往奥斯陆。周五晚
上我在岸上吃完饭后，在码头上遇到了这个人。他客气地
问我是不是船长，我说是，然后他说自己遇到了点麻烦，
请求我帮帮忙。我觉得他看上去不错，所以我没有让他滚
开——一般人都会这么做——而是问他遇到了什么麻烦。
他说自己太蠢了，他是来度假的，去赌场玩时着了迷，结
果输得一分不剩。他只身一人，在这儿谁都不认识，他身
无分文，还把返程的票给卖了。简言之，他听人说我的船
上还有一个空缺，如果真是这样，就想让我雇用他，他会
把这当成一个大人情。他会在船上工作，直到抵销船费，
或者让我定一个合理的期限。我也说了，我看他顺眼，也
相信他说的话。他没有怨天尤人，而是直截了当地说明了
来意。他看起来挺结实的，正适合当烧火工。我前段时间
也帮忙烧过火，轮机长一直在抱怨这件事，所以我就想让
这个可怜鬼试试。"

　　奎尔顿了顿，打开柜子，拿出一瓶酒。"这是最好的
法国白兰地，"他解释道，"要来一杯吗，督察？"

　　"那我就恭敬不如从命了，"法兰奇坦言道，"但是只
喝一点点。在抓到这个人之前，可不能有任何闪失。"

　　"别担心，他很安全。对了，我接着说吧，我让他一
起走，雇他为烧火工，上船后马上开始工作。他跟我们一

起去了奥斯陆、再去纽卡斯尔、然后回到奥斯陆，轮机长报告说他干得不错。之后，在我们第二次前往奥斯陆时，我经过一个老邮局，得知警方正在通缉雷蒙德，他和莫克森综合证券公司案有关，而且应该在法国南部的迪耶普附近。通告上有他的照片，就是新来的烧火工。我把轮机长叫来，一起研究了一会儿照片。后来，轮机长在船上给他安排了很多工作，快到英吉利海峡时，我用无线电联系了苏格兰场。然后你就来了。"

"我只能说，"法兰奇说道，"如果真的是他，你就会成为世界上最出名的船长。你还记得克里平被捕那次吗？和这次一模一样。好了，船长，我想先让证人看看他。这要怎么做呢？"

奎尔船长走到船桥上，通过话筒给轮机长说："让他穿好衣服，就说让他上岸去买点东西什么的。等他准备好后，叫他来见我。"船长转向法兰奇，"让你的证人待在我的船舱里，"他建议道，"把门打开一点，好让他给你发信号，剩下的抓捕就交给你了。"

人员很快就到位了。诺尔斯在船长的船舱里，这样就能看到海图室的情况。法兰奇和卡特在外面的甲板上就位，能通过舷窗看到诺尔斯的信号。如果他认出了雷蒙德，法兰奇和卡特就会前去逮捕他。两名当地警察在岸上，分别守着"金翅雀"号的船头和船尾，防止雷蒙德在不经意间逃走。

10分钟的时间缓缓流逝，突然，一个又高又壮的年轻男人出现了，轻巧地跳上船桥的阶梯，敲响了船长所在房间的门。

法兰奇俯身朝舷窗探去，听到一声"请进"。

片刻间，什么都没发生。诺尔斯屈身向前，费力地透过门缝往里望。然后他轻手轻脚地退了回来，坚定地点了点头。法兰奇给卡特示意，随后两人迅速绕过甲板室，冲进海图室。一时间，雷蒙德愤怒地转过身来，如同陷入了绝境。

"布赖斯·雷蒙德，"法兰奇立刻说道，"我是苏格兰场的警官，你因涉嫌在6月26日在英吉利海峡谋杀保罗·亚瑟·莫克森和西德尼·劳伦斯·迪平而被捕，你有权保持沉默，但你所说的一切将成为呈堂证供。"

这个年轻人脸色发白，但还是很镇定。法兰奇心想，他显然预测到了这个局面。"雷蒙德先生，如果你乖乖跟我们走，"法兰奇继续道，"就不会发生不必要且不愉快的事。"

雷蒙德立刻点了头。

"我只是想马上告诉你们，"他诚恳地说道，"我知道这情况看起来很糟，但我绝对是清白的。"

"我们会听你慢慢道来的，"法兰奇向他保证，"不过，我们必须立刻回到伦敦。卡特，让当地警方叫一辆出租车来，我们坐今早8:55的火车回去。"

在火车里，雷蒙德对法兰奇说道：

"督察，我决定要说出真相。我一直在想这件事，不是因为自己被抓了，我在那之前就在考虑了，当然，我知道伦敦警方在追捕我。说出真相也许并不明智，但我心意已决，能早点说出来，我也能早点解脱。"

法兰奇迟疑地看着雷蒙德。他以前也听过类似的话，但是事实总会证明说出这番话的人是有罪的。尽管这类开场白很受欢迎。

"雷蒙德先生，如果你想提供陈述，我肯定会听你讲。我已经正式提醒过你，你所说的一切都将成为呈堂证供。现在我私下提醒你，你最好先咨询一下你的律师。不过，你想怎么做就怎么做吧。"

"谢谢你，督察。我相信你这么说是出于善意。但我还是倾向于现在就说，对我来说，在这里单独告诉你要容易一点。而且，无论如何我会说出真相，有没有律师不重要。"

"好吧，我反正又提醒过你一次，就照你的想法来吧。"

"我会告诉你的。从哪里开始呢？你想知道什么？"

"就从，"法兰奇说道，"案发前一天，也就是那个周三晚宴结束时开始吧。如果你漏掉了什么，我会再问你的。卡特，坐近一点，把陈述记录下来。开始吧，雷蒙德先生。"

这名年轻人犹豫了一下，然后，他仿佛将一切顾虑甩到了脑后，开始了陈述：

"我应该从那之前一点开始说，"雷蒙德说道，"这样才能解释我在周三的行为。在前一天下午，也就是周二，莫克森叫我去他的办公室。他说自己周四、可能还有周五得见一位重要的客户，是一名有钱的法国金融家。这个人待在费康附近，莫克森想和他做一笔大买卖。'他喜欢开游艇，'莫克森后来说，'我觉得最好的制胜方法是开着*仙女号*带他出海，'那是莫克森的游艇，你们肯定已经知道了。'我想让你一起来，'莫克森又说，'这样的话，如果这事儿成了，你能帮忙记录必要的信息。我不想找一个速记员，那样看起来像是我们操之过急，逼着他做决定。'莫克森解释说我们周四晚上要和那个法国人吃饭，到时他会提议周五乘船出去游玩。"

"我说周三要参加晚宴，第二天应该很难及时乘'仙女'号出发。莫克森回答说他也知道这个问题，所以打算当晚去'仙女'号停泊的地方——福克斯顿，在船上睡一晚，第二天一早就出发去费康。他建议我也这么安排，我同意了。然后他说到时自己要开车过去，叫我和他一起。

这我也答应了。"

"第二天早上，也就是周三，我打包好了几天要用的行李，里面有晚宴和游艇上要用的物品。严格来说，是我的用人准备的，你知道我是什么意思。"

"雷蒙德先生，既然你是在陈述，描述就应该尽量准确。"

"我明白，我会注意的。晚饭后，我们坐上莫克森的车，是他开的车。它——"

"你们是在哪里换的晚宴的服装？"

"在公司的一个房间里，那里有时被用作更衣室。"

"你们为什么不在自己的办公室里换呢？"

"莫克森那天工作到很晚，想让我去帮帮他。有很多工作，因为时间比较尴尬，由于周五的安排，我们周四和周五都不在。但是莫克森觉得，从潜在的商业利益来说，配合那个法国人的时间是值得的。我也说了，我们去福克斯顿时开的是莫克森的车。抵达后，莫克森停好车，我们登上了'仙女'号。我们——"

"请你说得慢一点，尽量多给一些细节。比如，当你们抵达福克斯顿的时候是从哪里出来的？"

"从内港的一个角落出去的，如果你知道港口车库的话，就在车库对面。"

"我知道了。你们带了任何行李吗？"

"带了，我还以为之前提到了呢。我有一个手提箱，里面装着一套晚礼服，游艇上用的衣物，当然还有睡衣和洗漱用品。莫克森也带了一个手提箱。"

"你们是怎么处理手提箱的呢？"

"我把它们从车里拿了出来，放到一会儿要爬的梯子边。同时莫克森把车停进了车库。"

"他离开的时间长吗？"

"不长，我觉得就三四分钟。小艇被绳子系在梯子上，莫克森回来后把小艇拉了过来，然后我们上了船。那时大概是凌晨3:00。"

雷蒙德停了下来，表情变得奇怪起来。他似乎在对自己说："这些都没问题，接下来才是棘手的问题。"法兰奇好奇他是否决定了要说谎。至今为止，他说的都是真话，因为法兰奇已经验证过这部分陈述。那么接下来又发生了什么呢？

"我其实在犹豫要不要把后面发生的事告诉你，"雷蒙德最后说道，"因为这听起来并不真实，我只能向你保证这绝对是事实。我自己也无法解释，但它确实像我即将告诉你的那样发生了。"

他又顿了顿。法兰奇点了点头。

"我们登上'仙女'号后，莫克森说他开车开累了，想喝点酒，让我也喝点。我当然答应了。喝完后，我们就上床睡觉了。至少我是这么做的。"

"接下来就是我犹豫要不要告诉你的那部分。我做了一个奇怪的梦，或者那是真实发生的事，而我错以为是梦。当时我以为是梦，但现在觉得是真事。"

"有人把我弄醒了，又给我喝了一杯威士忌苏打——反正我觉得是这样。我不知道那个人是谁，但是感觉是莫克森。督察，我不知道这件事到底有没有真实发生，但我觉得是发生了。我也说过，我的记忆也很混乱。"

这名年轻人满怀期待地顿了顿。法兰奇说："你继续。"

"然后，"雷蒙德继续道，"发生了一件奇怪的事：我醒来时并没有在我的床上。当时很黑，我简直被冻僵了，头又很痛，宿醉的那种头痛，还很口渴，嘴里一股味儿。在很长的一段时间里，我都动弹不得，之后应该又睡着了。等我最后坐起身来，却发现自己躺在一条斜坡上，下面就是海滩。那片海岸很可怕，白色的悬崖拔地而起，有上百米高。我所在的那条小路向上连着山脊或是山谷，我猜那里是福克斯顿南部的某个地方，但认不出具体是哪儿。"

"我在那里躺了很久，一点都动不了。后来逐渐恢复了，终于想办法站了起来。由于去海边也没什么用，我就艰难地沿着小径朝山脊走去。很快，这条乡间小道变成了小路，还能看到汽车车轮的痕迹。我的手表坏了，所以不知道时间，但是从周边的景象看来应该是大清早。"

雷蒙德再次停了下来，但法兰奇没做任何评论，于是他又接着说：

"我继续向前走，路况越来越好了，最后成了柏油路。我路过了几户人家，从房屋的外貌来看，我开始觉得这里肯定是法国。但我没有遇到任何人可以询问，也不想去敲门，因为我怕时间还很早。"

"我拖着缓慢的步伐穿过了一个小镇，来到悬崖的上方。我马上就看到了一块里程碑，就是法国常见的那种石头，下面是白色的正方形，上面是红色或棕色的半圆形。我这才知道自己在哪儿，靠近我这一侧的石头上写着'距费康4公里'，另一侧写的是'距迪耶普61公里'。"

毫无疑问，这部分内容是真的。法兰奇确实记得自己来到塞内维尔时见过这样的里程碑。

"我知道费康是个不错的小镇，所以决定走过去。在那个时候，我已经觉得好很多了，但还是很渴，想喝杯咖啡。随后我抵达了费康，去了一家旅馆，吃了份早餐。"

"你怎么有法郎呢？"

"莫克森给我说了这趟旅程后，我就兑换了5英镑的法郎。"他顿了顿，又接着道："我简直无法形容整件事让我有多惊愕了。我肯定被人下了药，但是原因却无疑是个谜。我猜肯定是莫克森干的，我们上船后，他给我喝的威士忌里肯定下了药。但他为什么要这么做呢？我一点头绪都没有。"

"我喝了咖啡，大脑清醒了一点，然后开始考虑自己应该做什么。我随便拿了一张报纸，差点被吓死了。那是周五的报纸，最初我以为是上周五的消息，结果并不是。我根本不敢相信自己的眼睛。在船上，我入睡的时候还是周三的晚上、或者说是周四的凌晨，这么看来，我好像睡了24个小时。这时我才意识到那个'梦'并不是梦，而是现实。后来我肯定被人叫醒过，又喝了点酒。"

法兰奇既恼怒又失望，这种感觉他在以前类似的情境下也感到过。雷蒙德的陈述前后一致，如果照这样继续下去，很可能找不出漏洞——这甚至可能就是事实。如果这是真的，整起案件中最有可能破案的调查方向就会打了水漂。法兰奇并不是希望这个年轻人就是凶手，但是他最有希望的两条线索就这么没了，这个现实还是很难让人平静地接受。随后，法兰奇又记起雷蒙德进行过变装，又打起精神来。变装这事儿可得好好解释一下。

"这点也会让整件事更加费解，"雷蒙德继续说道，"当时我随意翻看了一下报纸，结果又吃了一惊，情况比之前那次还要糟。报纸上提到找到了'仙女'号，以及遭到谋杀的莫克森和迪平的尸体！"

"我就不必形容当时的恐惧了。我越想，这件事似乎就越可怕，也越扑朔迷离。迪平怎么在'仙女'号上？我怎么下了船？杀人凶手是谁？凶手又是怎么逃跑的？我根本想不通。"

"让我纠结的一个问题是时间。我肯定不是在白天被人挪到那个海边的，因为那样的话肯定会被人看到。因此，我是在周四晚上才被人带到了那里。这么说的话，周四那天我在哪儿呢？我是不在'仙女'号上的，因为当时'奇切斯特'号的船员控制着'仙女'号。我想不出别的可能性。"

"督察，虽然你可能会觉得这很奇怪，但我确实是在那之后才突然意识到自己的处境有多恐怖。当然，我也考虑过尽快坐船返回伦敦，也问了旅馆的人要怎么去迪耶普，他们建议我搭乘公交车。我在坐着等车时才意识到自己的处境，谁会相信我说的话呢？我又把事情捋了一遍，结果陷入了恐慌：没人会相信我。再说，我也没有任何证据证明我说的就是事实。我乘坐'仙女'号出了海——这肯定能被证实；我逃到了法国——但谁会相信在那之前我没有杀人呢？没人会信，这是肯定的。所以我变得绝望起来。"

"督察，我就是在那时犯了错。我觉得自己肯定会被当作杀人犯，肯定没有辩解的机会。我失去了理智，不敢回伦敦。"

法兰奇气极了。另一个关键点也得到了解释，雷蒙德的嫌疑似乎在不断降低。"请继续。"法兰奇简短说了一句。

"我乘公交车去了迪耶普，到了之后，我觉得最好要躲起来。"

"我买了一点法国服饰和染发剂，然后在滨海火车站附近徘徊，在一间厕所里换了衣服，染了头发。在打发时间时，我偶然听到一名船夫说停在港口的'金翅雀'号还差一个人手，于是走了过去，看到船长上岸后，给他编了一个故事，说我在赌场输光了钱。他是一个好人，让我上船找轮机长报到，然后我就开始干活儿了。我觉得差不多就这些。"

"最后你到底打算怎么办呢？"

"我也不知道。在奥斯陆，我得知警方以为是我和艾斯代尔盗用了公款，正在通缉我们，我这才意识到自己犯了个大错。但我也意识到，如果我当时立刻回去的话，可能还有机会得到人们的信任，不过现在一点机会都没了。当然，还有一个难题是这段时间我得挣点钱养活自己，我原本打算能在'金翅雀'号上工作多久就多久。我无时无刻不在希望这起案子的真相能水落石出，这样我就能回家了。"

法兰奇轻吹了一声口哨，又问了一个问题。"雷蒙德先生，你以公司的名义买过任何钻石吗？"

"买过很多，"这名年轻人立刻回答道，"我们都买过。我们欠一个阿根廷百万富翁很多钱，是他让我们用钻石抵债的。我们的确不该这么做，但鉴于他和公司有大量业务，莫克森便同意按照他的意思来。"

"这你是怎么知道的？"

"莫克森告诉过我，我记得迪平也说过。"

"你就没怀疑过这种异常协议背后有别的意图吗？"

"没有，反正莫克森告诉我时，我没有怀疑。这不是我该管的事儿。如果莫克森想这么做，我就这么做，仅此而已。"

法兰奇点了点头，告诉雷蒙德他的陈述会被送到相应的部门。随后，法兰奇又陷入了沉默。他得好好分析一下刚刚听到的内容，而旅途剩下的时间是他能得到的、再好不过的机会了。

第十七章

威利斯督察的奇遇

法兰奇先采取了一般的方式，从另一个角度分析雷蒙德的陈述是真还是假。首先，假设它是真的。

这个故事显然是可能成立的，一切也许正如雷蒙德所描述的那样。我们有理由相信莫克森、迪平或者真正的凶手虽然不想杀害雷蒙德，但也不希望他来搅局。虽然雷蒙德没有进入几个死去合伙人的"小圈子"里，但他对他们来说可能是潜在的威胁。因为假如雷蒙德听说过那些传言，他也许就能根据事实进行推理，得出真相了。如果他真像人们所认为的那般诚实，就不会保持沉默，这么一来，他们还来不及作案就会受到人们的强烈抗议。所以犯人有充分的动机让雷蒙德暂时"闭嘴"。

然后，法兰奇注意到陈述的大部分内容已经得到了验证，确实是事实。警方已经证明雷蒙德在周四凌晨3:00登上"仙女"号之前的行动正如他所描述的那样,周五早上7:00到现在的行动也是。陈述中唯一没有独立证据的是周四的白天和晚上,即雷蒙德称自己被人下了药的那段时间。这的确是一个关键的时间段,不过,能证明它属实的证据也不容易找到。事实上,凶手自然会极其谨慎,防止留下这样的证据。

这个故事的另一个支撑论点是:雷蒙德的态度和行为确实能得到解释。他感到恐惧,决定躲起来,这都极其愚蠢,但也是人之常情,因为恐慌会蒙蔽理智。只考虑可能性的话,法兰奇没有理由质疑这部分陈述。

不过,法兰奇认为对雷蒙德最有利的一点是:他在陈述时留下了明显的"空白"。他明明读过新闻,知道迪平出现在了"仙女"号上,却没有解释原因;他也不明白自己为什么离开了"仙女"号,说这是一个谜。

更让人惊讶的是他竟无法解释自己在周四那天的行踪,以及如何抵达了法国的海岸。

如果雷蒙德编造了这一切,法兰奇不相信他会留下这些空白。就算雷蒙德当时受到药物影响,不知道发生了什么,他在解释时也可以有所引导,反正他肯定不会把最关键的部分描述得如此"荒谬"。

相反,整个陈述也可能是一系列巧妙的谎言,或者说中间最关键的那部分是假的。在案发的周四,雷蒙德可能谋杀了他的朋友莫克森和迪平，拿走钻石，用某种方式上了岸，比如借助了小帆船。他有充足的机会把钻石藏在法国，等案件的风头过去再把钻石取走。

随着法兰奇对这些可能性的斟酌，他逐渐倾向于认为这个故事是真的。他回想起了马丁船长和"F711"小帆船，马丁和雷蒙德的陈述在一定程度上是相似的：他们都说不清自己在那个周四的行踪。这难道只是巧合吗？

如果莫克森一伙人想甩掉雷蒙德，他们会利用马丁吗？如果雷蒙德确实被人下了药，把他弄到马丁的小渔船上、再由马丁带他去岸上难道不是轻而易举的事吗？

这显然是可能的。如果事实的确如此，如果法兰奇能让马丁招供，那就能证实雷蒙德的陈述。

法兰奇把这些想法写了下来，然后和莫蒂默爵士商讨了一下，最后他们决定必须立刻进行验证。于是法兰奇给迪耶普的菲凯打了通电话，连夜赶到了法国。

法兰奇受到了热烈的欢迎。他们交换了烟，喝了酒，报告了最新发现。没错，必须立刻对马丁船长及其船员展开进一步调查。法兰奇要是愿意的话，菲凯现在就能和他一起去费康。太好了！他们立刻就动身。

不久之后，他们来到了费康警局，见到了那三名水手。法兰奇发现，这次他们都一脸惊恐，比之前那次要害怕得多。他很快就明白了原因。

再次讯问后发现，他们显然和本案有牵连。面对这个情况，法兰奇觉得很乐观。

"好了，马丁，"菲凯和平常一样恶狠狠地盯着他的"受害者"，"情况比你们想象的要严峻得多，你们可千万别犯糊涂。其一，有两个人在位于英吉利海峡的'仙女'号游艇上被人杀害了；其二，有约合1.8亿法郎的钱被盗了。这你们知道吧？"

马丁承认在报纸上读到过这些信息。

"有一个人和这些罪行有关，他在周四晚上或周五早上在塞内维尔上了岸，他是一个男人，"菲凯给马丁形容了雷蒙德的样貌，"马丁，那个年轻人是被某人搬上岸的。"随后菲凯猛地向前用手指着船长的脸责问道，"他是谁？"

马丁吓了一大跳，支支吾吾地说他不知道。

菲凯怀疑地摇摇头。

"你给我听仔细了，马丁，"菲凯眼神凶恶地盯着愁眉苦脸的船长，"你难道就这么蠢吗？"他停了一下，摆了摆手又缓缓说道，"如果有人把雷蒙德带到岸上，却否认自己这么做过，等后来查明他们确实有罪，他们就会以事后从犯的罪名受审。要记住，这可是谋杀案，你知道这意味着什么吗？"菲凯又停了一会儿，好让对方充分理解这番话的意思。"相反，如果这些人自首，协助警方的调查，他们就会被从轻处置。马丁，"菲凯又变得友善起来，悄悄对他说："其实我们不是想抓你，而是想要你知道的信息。我们想要证据，证明雷蒙德是怎么上的岸。你的过失只是用船载了一个被下了药的人，让他周四一整天都待在船上，等晚上才把他搬到岸上。如果这是绑架，我们会对你睁一只眼闭一只眼；如果是无证搭载乘客，我们管都不会管你。但是，如果你坚持否认，那就意味着你和这件事还有更深的关系，比如确实参与了谋杀或盗窃。好了，别傻了，好好回答我的问题。你第一次遇到'仙女'号是什么时候？看吧，我们什么都知道了。"

可怜的马丁六神无主，举棋不定。马丁的所作所为显然被菲凯猜中了，但他又怀疑警方是否会对他们网开一面。

"我已经给了你机会，"菲凯郑重地说道，"趁现在坦白吧。"他又等了一会儿，突然补充道，"你应该还不知道我们找到了证人吧？那个周四的晚上他就在塞内维尔海滩。"

法兰奇觉得他这么做有点不道德，但这招的确很奏效。马丁身体一震，额头上渗出豆大的汗珠。

"先生，不是那样的，"马丁真诚地答道，"我发誓当时船上没有别人。"随后他意识到自己说了什么，闭上了嘴，脸上清楚地写着"惊恐"二字。他叹了一口气，浑身散发出绝望的气息——这比法兰奇听过的任何话语都有说服力。马丁无力地坐着，用手捂住了脑袋。

但这也就持续了一会儿。突然，马丁焦急地站了起来，连珠炮似的对两名警官说道：

"先生，你能向我保证吗？"他失控了般大声道，"如果我把一切告诉你，你就不会逮捕我吧？"

菲凯做了个手势。

"当然不是！"他答道，"我只是说我们不会追究你绑架或无证载客的行为——但现在你其实已经承认了。你接着把整件事告诉我们吧，反正你自己也憋得慌。"

马丁也意识到了这点。他害怕警方已经掌握了对他不利的信息，认为还是谨慎为好，便决定说出真相。在分别讯问了他的手下后，这番话的真实性得到了充分的证实。

他们捕了一夜的鱼，时间来到周四早上。当他们觉得该启程前往费康时，发动机的确出了故障，海上又没有风，他们只好顺流而行。一名船员对发动机略知一二，在另一名船员的帮助下，他们拆解了发动机，找出了问题，再把机器组装了起来，效果还不错。但是，这个过程花了5个小时左右，所以中午11:00时他们还在英吉利海峡上。就在他们准备好出发时，"仙女"号出现了。它原本会直接从小帆船边经过，但当游艇上的人看到他们时却向左转舵，靠了上来。

有两个人划着小艇来了。

马丁立刻从法兰奇的一堆照片中认出了莫克森和迪平，没有丝毫的犹豫，因此也证明了这番话的真实性。那两个人靠过来后问船长在哪儿，然后马丁走了出来，莫克森上了船，迪平则留在小艇里。

莫克森问这些渔夫想不想挣点外快。马丁爽快地答应了，随后莫克森解释说，他愿意出一笔钱让船长把游艇上的一个男人带到岸上，还说那个人是私家侦探，正在调查一起离婚案。莫克森是和他的朋友们一起乘游艇出海的，是一男一女，但他们很快发现这个侦探也悄悄上了游艇，想偷听他们的谈话以搜集证据。他们很是苦恼，既想封住侦探的嘴巴并甩掉他，但又不想伤害他。所以，他们用一种对人无害的药物把他迷倒，至少能让他在今天之内都老老实实的。他们想让船长把侦探送上岸，如果船长同意，他们就给船长10镑、每个船员5镑的好处。

他们拍着胸脯向马丁保证药物是安全的，等那个侦探清醒后什么事都不会有。于是马丁叫来其他船员，把这件事告诉了他们，大家都同意了。随后莫克森和迪平划船回到了游艇上，不久之后带来一个年轻人，马丁现在才知道他叫雷蒙德。雷蒙德睡得很沉。马丁见过很多被下了药的人，当看到他的样子后，马丁放心了：他只是在睡觉，并没有中毒。因此，马丁把雷蒙德搬到自己的船上，拿走20

镑，然后驶离了"仙女"号。

这个交易还有一个要求是要偷偷地把雷蒙德带到岸上，这么做对马丁也有好处。所以，他们没能在周四回到港湾。他们慌慌张张地又把发动机拆开，白天就漫无目的地漂着，想怎么编造出这么做的理由。虽然应该没人会问他们什么问题，但是马丁船长是个行事谨慎的人。到了晚上，他们把发动机装好，又捕了点鱼，等到凌晨3:00左右时，把雷蒙德带到了塞内维尔的海岸上。

马丁一行人对私家侦探找离婚证据这套说辞深信不疑，但当他们在报纸上读到谋杀和盗窃的报道时，和雷蒙德一样慌了神。他们立刻意识到自己被卷入了谋杀案，被吓得心惊肉跳。要不是因为这个，当菲凯第一次找到他们时，他们本会马上说出真相。三人都肯定雷蒙德在船上的期间一直处于昏睡状态，根本不知道发生了什么。

法兰奇打电话告知苏格兰场，雷蒙德不是凶手，然后失落地踏上了返程。又一个看似有价值的调查方向泡汤了。刚开始调查案子时，原本有三个方向，分别指向诺兰、雷蒙德和艾斯代尔。诺兰那条早就被排除了，现在雷蒙德这条也是。因此，他们要找的犯人肯定是艾斯代尔。如果不是他，那么法兰奇对这起案子的看法就从头错到了底，他再也想不出还有谁可能参与了谋杀。

深陷绝望的法兰奇抵达了伦敦。这两个晚上他都在路上奔波，白天也累得要死，现在他精疲力竭，更不要说他还受到了希望落空的重创。

法兰奇尽情地泡了个澡，此时窗外的乌云边缘开始显现出微光。等他吃完丰盛的早饭后，太阳已经升起。他恢复了平常心，来到苏格兰场。

莫蒂默爵士的问好进一步让他恢复了往日的乐观。莫蒂默·埃里森爵士听完法兰奇的报告后，并不像他那样失望。"法兰奇，这个结果我很满意。"他说道，"你做得很好。我们已经对雷蒙德得出了结论，这正是我们想要的。"

"长官，谢谢你。"法兰奇答道，"能让案件的疑点得到确认当然是件好事，但是，这次的发现恐怕对我们没什么帮助。在我看来，唯一可能和谋杀有关的人就是艾斯代尔，而他似乎完全消失了。"

莫蒂默爵士笑了笑。

"法兰奇，你这就想错了，"他愉快地说道，"威利斯督察终于打听到艾斯代尔的消息了，我现在才告诉你是因为必须先确定雷蒙德的嫌疑。"

法兰奇立刻来了兴趣。

"长官，具体是什么呢？"他急切地问。

"你去找威利斯吧，他会详细地告诉你。我昨天给他说过，你今天会去接手调查。听听他是怎么说的，回来给我报告，再采取下一步行动。"

　　法兰奇的疲惫感一扫而空，他恢复了活力，冲下楼梯——这个想法还影响了动作的敏捷度——来到威利斯的办公室，威利斯正在伏案写着什么。他们俩是好朋友，互相戏谑了几句，说怎么这么久不联系。随后他们转入了正题。

　　"午饭后我得去林肯市和内政部的埃默里商量赫尔伯特投毒案，"威利斯解释道，"所以为了避免我走时你还没来的情况，就想把情况写在纸上。我还没写完，你安静地坐着等5分钟。"

　　法兰奇安静地等了20分钟，然后威利斯放下钢笔，伸了伸懒腰，把纸张整理好。

　　"给你，"他说道，"上面记录了全部的情况。不过我会给你讲一遍，你不用读。"

　　"首先，我必须承认，经过这几天的调查，我并没有找出多少信息。我确实尽力了，没有任何船长的帮助，凡事都得亲力亲为，只是结果有点不理想。"

　　"你不必道歉，"法兰奇贴心地说，"我也没有抱太大的希望。"

　　"噢，你没有，是吗？你个大骗子！总之，你也知道，莫蒂默爵士让我追踪这个叫艾斯代尔的人。诺兰由你去调查，雷蒙德由坦纳去调查，这个艾斯代尔就是第三个人。一开始，调查还算顺利，我先去了莫克森公司，在那里得知艾斯代尔在周三下午2:00去了巴黎，就在公司破产之前。我还得知，他是去取被保管在一家巴黎公司的证券，用于周五的清算。"

"在调查的过程中，我发现一名职员被派到库克公司帮艾斯代尔买票。于是我带着这个小伙子去了那家公司，见了售票员。由于没有预订座位，没法找出更多的信息。但是，经过一番努力，售票员将车票编号锁定在了一个较小的区间里。他拿出一本票据簿，里面是6月25日售出的编号66342到66349的一等座往返票。"

"然后我问英国南部铁路公司和法国北部铁路公司是否回收了这些联运票①，发现除了一张票以外，其余的均显示已出站。没有被回收的是布伦—巴黎这段的66345号联运票。手持这张票的乘客似乎从维多利亚站到了布伦，但没有继续旅程。此外，所有返程票还未被回收。"

"我又沿着整条路线进行了调查。在维多利亚站，我没有发现任何线索，于是又到福克斯顿碰碰运气。在那里，我找来了护照检查人员和当地警方，但还是一无所获，我还找到了那条联运线路的轮船，询问了船员和服务员等人，没有线索。到了布伦，莫蒂默爵士找了一名法国警官来帮我，但是结果也一样，在巴黎时也是。我能告诉

---

① 联运票：即联运列车的票，联运列车在不同路段可能会使用不同的交通工具，如火车和轮船。

你，那条线路的调查很全面了，但是一点线索也没有。"

"太糟了。"法兰奇很是同情。

"就是说呀，时间在不断地流逝，却没有任何发现。当然了，我也去了巴黎那家公司，就是艾斯代尔计划去取证券的那个地方。但是比起我刚接手调查时得到的回复来说，他们这次并没能提供新信息。证券一事是真的，他们在等艾斯代尔去取走证券，但是他没有出现，他们也没得到任何消息。"

"我也展开了广泛的调查，把艾斯代尔的描述发送给法国各地的警局，我也绕道去了巴黎的另一个车站碰碰运气。到处都没消息。之后我联系到了法国其他港口、比利时和德国港口的警方，也没用。"

"最后我回到布伦，车票这个证据并不能判定什么，但艾斯代尔有可能从那里原路返回了，所以我决定再去那里看看。"

"我使出浑身解数调查了滨海火车站，突然间，我想到在调查布伦镇站时应该更仔细和全面一点。这类联运列车一般会在布伦镇站停靠，至少这班经过了那里。当然了，如果有人要去布伦镇站，一般是不会从布伦海港站上车，再在布伦镇站下车的，因为直接走过去要快得多。但是我现在追踪的人并不是普通的乘客，于是我决定再去布伦镇站看看。到了那里，我大吃了一惊，居然发现了有价值的信息。"

"很好。"法兰奇插嘴道。

"当时我也有点走运。到了车站，我看到了列车停靠那天值班的检票员，车站和平时一样，来了一些乘客——这也是火车停靠的原因。我之前询问检票员时，他说那天没有人下火车，但是这次他却告诉我，在仔细回忆之后，他想起当时有一名乘客下了车。他记起这点后，又想起了很多别的细节。那名乘客是英国人，拿着一张从伦敦到巴黎的返程票，解释说自己要先去镇上办点事，晚点再坐火车去巴黎。售票员还说这个人的长相符合艾斯代尔的描述。于是我给他看了艾斯代尔的照片，他说好像是同一个人。我又问他怎么现在把这些细节记得这么清楚，他回答说当时他好奇过那名旅客为什么要在滨海火车站上车，还等了很长的时间——明明直接从码头走去镇上要快得多。"

"他当时把行李放在镇上的火车站了吗？这样他就能坐之后的火车把它取走。"法兰奇问道。

"没有，他身边只有一个公文包，没多大，就拿在他的手上，没有其他行李。镇上和码头上的车站寄存室都没有当天存放过这类行李的记录。"

"总之，这应该是一条线索。如果艾斯代尔在布伦下了车，他又去哪儿了呢？于是我坐下来思考这个问题。"

"你没找个树荫一边喝酒一边思考这个问题吗？"法

兰奇问。

"我觉得如果是你就会这么做。你去欧洲的次数更多，我该跟你学学。我在布伦也发现了一些很不错的地方，于是我一边喝酒，一边想艾斯代尔可能从布伦去了哪里。在思考了一阵儿后，我突然灵光一闪——真是气死我了，其实早就该想到。你猜是哪儿？"

"英格兰？"

"还不准确，老家伙，再想想。"

法兰奇猛拍大腿。

"天哪，威利斯，是'仙女'号！"

"我也是这么想的。不过别太激动，我还没有找到证据。先接着听我说。"

法兰奇对这个猜测刮目相看。

"我敢打包票，这就是真相。"他大声道，"我们不就是想要这个吗？谁是杀人凶手？谁乘坐小艇逃跑了？谁拿走了赃物？是在'仙女'号上的人，那么谁有作案条件呢？只有艾斯代尔。如果我们能证明艾斯代尔回了英格兰，他会去的地方也八九不离十了。"

"这些都没错，但是陪审团不吃这一套。好在我们还没见到陪审团，而且按照我的猜想，距离开庭还有一段时间。先让我把故事讲完吧。"

"下午2:00从维多利亚站出发的联运列车在下午5:00

左右抵达了布伦，从巴黎返回伦敦的联运列车会在晚上
7:10从布伦出发，然后在晚上8:30左右到达福克斯顿。艾
斯代尔能轻松地乘坐这班返程联运列车，在福克斯顿站下
车，悄悄地待六七个小时，再登上'仙女'号。"

"我立刻开始了调查。不到1个小时，我就发现当晚
那班返程列车出售了一张前往福克斯顿的轮船一等座单程
票，会买这段车票的旅客较少，因为他们绝大部分买的是
往返票，或者是从联运服务过来的中转乘客。但我找不出
这名乘客上船的踪迹，他很可能混进了人群里，在福克斯
顿也没人见过他。票是在船上回收的，说明这个人的确上
了船，但是似乎没人见过他。所以，法兰奇，这就是我
的推理，我把调查交给你，然后就退出。只有你才能找到
证据。"

"是吗？"法兰奇严肃地答道，"你能这么想我很高
兴。但是，说真的，威利斯，我觉得你做得不错，已经
接近真相了。只有一点让我有些怀疑，但估计也查不出
什么。"

"是什么？"

"他选择了同一条路线返回。护照检查员要是眼尖，
也许能在返程时发现些什么。艾斯代尔还可能被人认出
来，比如他自己的朋友。我觉得他会避免这种风险情况的
发生。"

"不，现实就是这样，他躲也躲不了。福克斯顿的这艘船是唯一的交通方式。"

"那好吧，威利斯，这点就算解决了。还有一个问题，艾斯代尔会不会没有重新买票，而是用了已有的那张呢？他手上有返程的票，而且肯定也不想在售票处露面。"

"他确实有返程票，"威利斯承认道，"但票并没有在巴黎盖章，所以可能会造成一些麻烦。"

"你说得对，我都忘了。那么，这就是目前的情况吗？"

"是的，我昨天才找到这些信息，然后莫蒂默爵士提醒我还要去林肯市，而你会回来接手调查。"

"没错。干得好，威利斯。我现在有信心继续调查了，这个方向肯定是对的。你进行过询问吗？"

"只进行过初步的询问，但我觉得不会有什么发现：旅馆、剧院、电影院和酒吧里的人，以及巡警等，当然还有在港口的人。"

法兰奇点点头，清楚下一步该做什么了。他把想法写在纸上，又去见了莫蒂默爵士，后者干脆地批准了这项任务，还说法兰奇应该连夜赶到福克斯顿，便于第二天一早就开始工作。

案件的最后一轮调查——法兰奇如此深信着——就这么开始了。

第十八章

小艇的秘密

第二天早上，法兰奇进行了最累人、也是最徒劳的一次询问。他尽全力搜寻了艾斯代尔的踪迹，却一无所获。

当他第一百次自问"如果我是艾斯代尔的话会怎么做"时，他突然想到，要是他能先离开布伦镇，等时机成熟时再登上"仙女"号的话，他就会这么做。因此，法兰奇去火车站和公交车站试试运气。结果公交司机没能提供什么线索，但在中央车站，他得知了一些有跟进价值的信息。

信息并不多：那个周三的晚上9:41，在从福克斯顿开往多佛的火车上，工作人员回收了一张一等座单程票。这名乘客在乘坐布伦出发的轮船抵达福克斯顿后，有足够的时间去中央车站。这可能不会带来什么线索，但是多佛也不远，于是法兰奇觉得还是过去调查一下。

法兰奇先去了这趟火车会经过的多佛修道院站，并没有收获。然后他又去车库转了转，询问了一些出租车司机，还是没有结果。

法兰奇想，如果艾斯代尔确实去了多佛，他很可能是走回福克斯顿的。的确，这么做的可能性很大，既不引人注意，时间也能对上。于是，法兰奇使出了最后一招，决定集中调查多佛到福克斯顿的多条道路——公路和老路形成的乡间小道。

法兰奇来到当地警局，提出了自己的猜想。没有巡警报告过任何异常情况，不过他们会进行排查，问法兰奇是否要留下来等结果。

不，法兰奇接下来要去海岸防卫站，但他希望他们能询问所有当晚可能经过那条路的人：医生、护士、去参加舞会的人、参加完桥牌聚会的人……当地警司能想到的所有人。

这位警司保证，一得到消息他就会告诉法兰奇。于是法兰奇出发去找海岸警卫队了。

在那里，他被突如其来的好运"砸"中了。

法兰奇表明来意后，对方便翻出执勤表，找那个周三晚上该区域的负责人。一共有三个人，幸运的是其中两人现在都在防卫站里。

他们被叫了过来。其中，第二个人的报告立刻引起了法兰奇的兴趣。

　　这个人说，6月26日，周四，在凌晨3:00左右的时候，他已经离开了福克斯顿约几公里，正沿路朝多佛的方向走去。在他前方800多米是沃伦·哈尔特火车站，车站靠近多佛那一侧的道路紧邻悬崖，路边筑起了一排土堆，往前约9米的地方都是杂草丛，最后是几十米高的悬崖。在悬崖底部与大海之间有一片平地，火车就在这上面运行。这里对粗心的人来说十分危险。

　　这名警卫队员来到这里时，仿佛看到前面有一个身影越过了土堆。他于是过去查看，发现一个男人蜷伏在土堆后面，谎称想找个避风的地方抽支烟，但是当时根本没风，没必要躲在这里。警卫员用电筒照了照他，提醒他这里很危险，就在悬崖边上，建议他回到大路上去，他也照做了。这个人基本符合艾斯代尔的外貌特征，但是警卫员不敢打包票就是他。他告诉警卫员，他在多佛和一个朋友待到凌晨2:00左右，现在正在走回福克斯顿。

　　这个信息已经够有价值的了，但下一条信息更是让法兰奇喜出望外。当时电筒的光正好照在男子的左手，警卫员注意到他的小拇指是弯曲的！

　　这些正是法兰奇想要的证据。艾斯代尔从法国回来了，他坐火车去了多佛，又在晚上从多佛走回了福克斯顿。一切正如法兰奇的预想：他上了"仙女"号，谋杀了莫克森和迪平，带着赃物坐小艇逃跑，最后上了一艘货船。法兰奇确信这就是真相。这下他只要抓住艾斯代尔，案子就能了结了。

法兰奇回到福克斯顿，一心寻找可能目睹了艾斯代尔登上"仙女"号的人。可惜的是，他的努力并没有回报。

于是，案子又遇到了瓶颈，法兰奇走进了死胡同。警方开始加紧搜捕艾斯代尔，搜索不仅是在法国，而是几乎遍布全球。在劳埃德船级社的帮助下，警方联系到了可能见过这艘小艇的各类船舰。但都没有结果，没有再出现一丝曙光。

法兰奇变得闷闷不乐，脾气也变差了；莫蒂默爵士也无奈地直晃脑袋；上级们也发表了评论——所有相关人员都觉得还是不说为好。仍然没有任何发现。

最后来了一条消息，让法兰奇转变了调查方向，他的忧虑和绝望也变成了兴奋和希望。伦敦及北方银行的梅达谷①支行打来电话，称刚刚收到一张10镑纸币，冠字号码被列入了苏格兰场提供的清单。

鉴于之前的经历，法兰奇觉得这次也不会有什么新发现。但是，只要能打破最近几日的僵局，出现任何动作都是好的。法兰奇坐着出租车以最快的速度赶到了梅达谷。

历史又在这里重演了。法兰奇见到了经理，经理叫来

---

① 梅达谷：伦敦西部威斯敏斯特市的一处富人居住区。

了一名职员，由他介绍了情况。事情很简单：大概半个小时前，这名职员发现了一张问题纸币，根据记录，这是一个刚离开银行的送信人支付的，那个人是普勒迪船用电机驱动公司的杂物工，公司地址是福里斯路24B号。

法兰奇并没有产生多大的兴趣。这些纸币已经重新流通了一段时间，自从它们躺在莫克森综合证券公司的保险库里以来，很可能早就几经易手。不过，法兰奇还是谢过银行，动身前往福里斯路。10分钟后，他和普勒迪船用电机驱动公司的经理坐了下来。

法兰奇说明事情经过后，诺顿先生摇了摇头。这里的钱一直在流通，根本无法搞清楚那张纸币来自谁。诺顿先生表示愿意尽其所能，但法兰奇的要求几乎是不可能被满足的。

诺顿说的恐怕不错，但是法兰奇不会就此放弃。他想了一会儿，然后慢慢地开始提问。

他得到的第一份信息是：那张纸币可能在普勒迪公司放了很长时间。出纳员解释说，很少会有现金出纳机里没钱的情况，因为他们总是会在里面留一点结余，以防不时之需。如果这张纸币恰好是在最底下，那它就可能永远待在那里了；相反，它也可能是在案发当天或之前被放在那里的，若是这样，它就可能是凶手支付的。当然，也很可能不是凶手。

这似乎是一个挺让人绝望的想法，法兰奇觉得其中肯定也没什么线索。但是为了确认，法兰奇还是努力地提问，最后一个问题竟得到了出人意料的收获。

"给我说说，"法兰奇问道，"过去两三个月来，你有没有处理过任何不寻常的交易呢？或者有没有人用小额纸币进行支付呢？比如1镑、5镑、10镑或者20镑？"

法兰奇一直缠着相关人员，问他们这些问题。最初每个人的答复都是"没有"，但最后经理记起了一件事，符合法兰奇说的那两种情况。

"我想想，"经理突然说道，"拿钱来的人叫什么来着？麦卡尔平，你记得吗？"他把目光投向主任。"滑铁卢站的寄存管理员，名字的开头是'哈'，哈尔……哈罗德……哈夫……哈夫洛克！没错，把资料给我。"

诺顿拿出一张纸，扫视了一遍，然后转向法兰奇。

"督察，你应该也猜到了，我们公司一般不会透露客户的信息。在我把这份资料给你看前，请你保证这确实是办案所需。"

对此，法兰奇回答说自己现在不知道这封信的内容，所以无法判断它有多大的价值。但他向诺顿保证，自己绝对会保密，除非这是本案的关键证据。

"好，"诺顿答道，递过一张纸，"事情是这样的，6月20日，周五，我们收到了这封信。"

这是普通文具店里出售的廉价纸张，根本无法追踪是从哪儿买的。这封信，包括签名在内，都是用新打字机打印出来的。法兰奇注意到信纸很旧，应该有人对它有印象，只是看他能不能找到这样的证人了？日期也引起了他的兴趣，就在案发六天前。

这些小细节给法兰奇带来的满意根本比不上信件内容本身。法兰奇还没把信读完，脑中就蹦出这个想法：它可能出自艾斯代尔之手。因为，如果真是这样，就能解释那个棘手的问题——他是如何通过小艇逃走的？

这封信的落款日期是6月19日，没有地址，内容如下：

尊敬的先生，

您好。我想购买一台25马力的A75型号舷外发动机，请配送到滑铁卢火车站的寄存处，我将不胜感激。请将寄存票据装在信封里，当面转交给约翰·马克斯先生，地址是约克路布鲁克街118号，伦敦东南1区。今天下午3:00我将给您打电话确认是否能如此安排，费用是多少。

祝好

休伯特·哈夫洛克

法兰奇对此产生了浓厚的兴趣。他迫切地希望这个

"哈夫洛克"就是艾斯代尔！若真如此，这就能解释像会计主任这样身体纤弱的人为什么能划着沉重的小艇、在风大浪大的海上前行24海里了。为什么？有了舷外发动机，要是船上有食物，天气也不错的话，艾斯代尔也许能抵达西班牙、荷兰甚至挪威呢！通过这个叫马克斯的人，找出真相的概率很高。法兰奇转而对经理说：

"我对这点很感兴趣，诺顿先生。"他表示道，"我觉得这很可能与案件有关，请你继续说吧。"

"我之前也讲过，"诺顿接着说，"这封信是6月20日收到的，哈夫洛克先生在当天下午3:00打来电话，我告诉他可以安排这份订单，也说明了费用，如果需要，我能把数额告诉你。他说会把钱寄过来，想让我们在第二天，也就是周六的下午4:00前把货物放在滑铁卢站，并把寄存票据交给马克斯，这我也同意了。然后，他又说不能亲自来店里挑选发动机，让我保证给他一台质量上好的，我说请放心，他说那就好。"

"第二天，周六，我们一早就收到了他寄来的另一封信件，里面是钱，奇怪的是，都是纸币，但是数额没问题。于是我们打包了发动机，把它送到了寄存处，然后送出了寄存票据。之后我们没有收到这笔单子的任何消息，所以觉得哈夫洛克先生应该拿到了发动机，也比较满意。"

"有意思，"法兰奇说，"你没有怀疑过这个有些奇怪的安排吗？"

"我当然觉得奇怪了，要不然就不会告诉警方了。但是我没有觉得它可疑，我有什么好怀疑的？"

法兰奇笑了笑。

"确实。"他承认道，"来说说那些纸币吧。面额是多少？你还记得吗？"

"大部分是10镑的，但是我不太肯定，好像有7张10镑的，剩下的都是1镑的面额。"

"你说得很全面，诺顿先生，我想知道的内容几乎都谈到了，除了这一点：售出的发动机适合安装在3.7米长的小艇上吗？"

"船尾是方形的吗？"

"是的。"

"造得结实吗？"

"挺沉的，算得上是一艘'巨大'的小艇了。"

诺顿有些迟疑。

"通常来讲，这种发动机对这么小的船来说动力过强。"他说，"不过，如果那艘小艇确实如你形容的那般结实，应该没有问题。"

"还有一点，一个人能把发动机装好并启动吗？"

"完全可以，我们的设计特色就是轻便，就算是马力最强的发动机，一个人也足以应付。你说的那款有40千克左右。"

法兰奇站起身来。

"谢谢你提供的陈述，诺顿先生。它可能会帮上大忙。"

诺顿也起身。

"我是不是最好别打听案子的详情呢？"

"我目前只是有所怀疑，还没证据，所以最好不发表意见。"短暂的犹豫后法兰奇说道，"如果我的怀疑得到了证实，就会请你提供证据，到时你就会知道一切。"

诺顿找来一台25马力的舷外发动机，以便法兰奇进行调查，又递过"哈夫洛克"的两封信，目送法兰奇离开。

下一步要做什么就很明显了。半个小时不到，法兰奇来到约克路布鲁克街，走进一间不大的烟草店，找到约翰·马克斯先生。

法兰奇说明了自己的身份，老板被吓了一跳。随后，法兰奇问道，"马克斯先生，你提供临时通信地址，帮别人收东西吗？"

马克斯承认有时会这样给别人帮个忙。

"没事的，"法兰奇说道，"我不是说不准这样做，只是想请你描述一个人的外貌，这件事完全和你没有关系。"

马克斯这才松了口气，主动交谈起来。显然他想和警方搞好关系。

据他所说，那天来了一个身高中等、皮肤黝黑且体型较瘦的男人，他自称叫休伯特·哈夫洛克，问我是否能帮他收一封信。他支付了一小笔费用，这件事也就安排好了。两三天后，一个人开着货车送来了信件，哈夫洛克先生也很快就把它取走了。这就是他们之间进行的唯一交易。

法兰奇立刻问了一个关键的问题。

"这里面有他吗？"他递过一沓照片。

可惜的是，马克斯没认出来。那已经是6个月之前的事了，而且他只见过那个人两次，每次只有几分钟的时间。这在法兰奇的意料之中。此外，烟草店老板对他的外貌也没什么印象，因为橱窗布置得很满，店里的光线不好。

不过，经过一番娴熟的提问后，一条线索浮出了水面。在两次见面期间，那个男人的左手都是塞在裤兜里的！

法兰奇自问，如果这不是想隐藏弯曲的小指，会是什么呢？如果真是为了藏起小指，那么那个人就是艾斯代尔。

他把手放在口袋里这点其实比弯曲的小指被人看见更能证明他的身份。如果有人想假装艾斯代尔，就会露出弯曲的小指，想方设法地让别人看到。但是这个人把手藏了起来，这就意味着他是艾斯代尔。

法兰奇现在搞清楚了，艾斯代尔用问题纸币买了一台舷外发动机，其中一张纸币从交易那天起就一直待在公司的现金出纳机里，直到被出纳员发现。艾斯代尔买发动机显然是为了在作案后逃到法国或其他国家的海岸。毫无疑问，上岸后他砸坏了小艇，朝着大海的方向启动了发动机。小艇开到水深的地方就会下沉，这样至少就销毁了作案的部分证据。

不过，法兰奇意识到虽然这个结论成立的可能性很大，但并没有证据的支撑。法兰奇一边慢慢地往苏格兰场走，一边绞尽脑汁地想着验证方法。

随后他发现自己手中其实有一条明显的线索：打字机！要是他能找到这台打字机，把它和艾斯代尔联系起来，应该就能结案了。

艾斯代尔用的是什么打字机呢？当然是证券公司里的打字机，而且他有打字机所在房间的钥匙。查清这点至少是件简单的活儿。法兰奇给诺尔斯打了电话，让他把每台打字机打出的样稿都交给苏格兰场。

一个小时后，样稿被送来了。法兰奇迫不及待地拿起放大镜寻找印刷或排版的瑕疵，以证明自己的观点。打印样稿一共有24份，都十分相似。显然公司里的打字机都是同一家公司提供的。幸运的是，在发动机公司收到的信上，有一个部首的印刷有点小瑕疵，这就加速了样稿的筛选过程。

5分钟后法兰奇找到了。一张样稿显示出相似的瑕疵，法兰奇又比较了两者的其他特点，进一步确认了结果。诺尔斯清单上的17号打字机，就是它打印了购买发动机的信件！

半个小时后，法兰奇来到了诺尔斯的办公室。

"诺尔斯先生，我对你的17号打字机比较感兴趣。"他解释道。"你能让我看看它在哪里吗？再给我介绍一下打字员？"

法兰奇仔细地进行了调查，可惜收获并不多。他能确定的是，艾斯代尔作为公司的高级职员，能在下班后使用17号打字机，因此有打印那两封信的可能性；但他无法证明艾斯代尔确实打印了那些信件。当然，法兰奇也知道这类证据不太可能会出现。

法兰奇想换一个思路试试。艾斯代尔在周六下午去马克斯店里拿寄存票据，他可能当时就把发动机取了出来，放到了"仙女"号上。能找到这样的证据吗？

法兰奇有所怀疑，但还是派了卡特警长去滑铁卢站，看看能不能从寄存处或杂物工口中得到点线索。

在把发动机从寄存处移动到小艇上的一系列环节中，最显眼的应该是从陆地到水上这一段，即把发动机从车里拿出来并放到船上。法兰奇想就这点调查一下。

首先，艾斯代尔可能选择什么地方呢？

法兰奇在调查案件时，只要能弄清楚，他一般都会记下所有嫌疑人在案发时——有的甚至是案发前几天——的动向。现在他翻出了有关艾斯代尔的记录。

周六凌晨3:00，这名会计主任开着自己的车离开了家，自称他要和莫克森一起出海；周日晚上，他回来了；从周日晚到下周三下午他出发前往巴黎，这段时间的动向都有记录。因此，如果法兰奇想得不错，艾斯代尔是在周六晚或周日把发动机搬到了船上。

确认这点十分重要，于是法兰奇决定再去福克斯顿调查一番。他立刻乘坐火车过去，又见到了莫克森的船夫约翰·赫尔利。

赫尔利有"仙女"号的全部出海记录。据此，"仙女"号在那个周六并没有离开港口。但是，莫克森当晚10:00左右开着车来了，同行的还有几个人，其中一个是迪平，至于另一个人，赫尔利看了照片后确认他是艾斯代尔。

他们在船上睡了一晚，周日早上8:00左右出去了一趟，下午5:00左右回来，然后坐着莫克森的车离开了。从周日起，"仙女"号一直停靠在那里，直到周四早上出海并发生了命案。赫尔利很肯定没有看起来像舷外发动机的包裹被放到了船上，不过，他承认在周一清洁游艇时并没有打开锁柜，所以里面可能有发动机。他觉得锁柜没有上锁，但也没去开过，所以对此不太确定。

权衡了许多可能性后，法兰奇认为发动机一定是在周六半夜被运上船的。因此，他采用了另一种"冗长"的调查方式，即坦纳在追查莫克森和雷蒙德上船信息时用到的方法。尽管法兰奇的调查十分细致，但也一无所获。

最后，他垂头丧气地坐在马林·帕拉德街边的海滩上，叼着烟斗，任思绪游走。

如果艾斯代尔的假说成立，那么莫克森和迪平就知道舷外发动机的事。这可能吗？

法兰奇思考了近1个小时，脑中突然冒出了个新想法，这是他之前根本没想过的。

假设莫克森、迪平和艾斯代尔三人在计划犯罪。由于公司周五要清算账目，于是他们决定周四逃走。三人用已知的方法摆脱了诺兰和雷蒙德，但又发现如果事情败露，警方仍会发现莫克森、迪平和艾斯代尔是真正的犯人，会全力追踪他们。所以有必要误导警方，有什么办法吗？法兰奇觉得当然有。

假设三人把"仙女"号开到了它后来被发现的位置，即纽黑文至迪耶普的轮船航线上，假设他们本想在"仙女"号上倒汽油，把船点燃，然后带着赃款来到小艇上，在舷外发动机的帮助下逃走，随后计划在晚上抵达法国或其他国家的海岸，上岸后弄坏小艇，让它朝深海开去，经过1海里左右它就会沉没。这样的话，"奇切斯特"号就会发现燃烧的"仙女"号，消失的小艇则说明船上的人离开了。

鉴于小艇永远不会被找到，那么警方会认为三人已经遇难，搜查也自然会停止，三人的罪行也会无人问津。

但是，法兰奇现在假设艾斯代尔决定要背叛同伙，他装作支持原来的计划，等抵达之前提到的地点后，艾斯代尔枪杀了两个朋友，把所有赃物纳入自己囊中。由于他受了伤，耽误了时间，发现已经来不及拿汽油把游艇点燃了，他当时可能已经看到"奇切斯特"号从远处开过来了。不管怎样，他已经没有时间，只能开着小艇离开。因此，发现的不是"仙女"号燃烧后的残骸，而是两具尸体和完好的"仙女"号。

法兰奇越想越觉得这个假设似乎就是真相。目前为止，这个理论包括了法兰奇知道的所有事实，剩下的就是那个无情的质问：他能证明这一切吗？

法兰奇不知道该怎么办，但他还是坚决地继续调查，从各个方面试着击破这个难题，不过鲜有成效。最后得出的结论似乎是：艾斯代尔处理掉了小艇和钻石，这起案子是无解的。苏格兰场被笼罩在阴霾之中。莫蒂默爵士和上级见了面，眉头紧蹙；法兰奇的脾气也暴躁起来。后来，他们得到了一条消息，局势为之一变，法兰奇的疑问显得更加无解了。

第十九章

两处凹陷

在大部分情况下，苏格兰场会收到信息都是因为某个警官之前有所行动。比如在这个英吉利海峡案件中，银行会打电话来报告发现了问题纸币是因为法兰奇之前给他们发过通知。但是这次收到的是另一个类型的信息，不仅出人意料，还和调查此案的警官之前采取的任何行动无关。虽然这也算是案情发展的合理产物，但它的出现还是有一些运气的因素。

提供消息的人也是打来了电话。加来警局的局长来电说他得到了一个大消息，可能对莫克森综合证券公司一案产生影响，建议负责此案的警官立刻去见他。此外，负责警官最好找一个了解这家公司职员的人一起过去。

4个小时后，法兰奇和诺尔斯从"坎特伯雷"号下了船，来到法国加来的码头，受到了一名警员的热情欢迎，然后随他来到了警察局。局长从迪耶普的同事处听说了法兰奇的事，迫不及待地想见见他。这位就是诺尔斯先生吗？局长也很高兴见到他。局长有一些消息要告诉法兰奇，虽然不知道这对他来说有没有用，但是局长觉得值得麻烦这名同事亲自过来看看。要是法兰奇先生愿意的话，就由加斯帕尔中尉讲讲事情的经过，因为局长有别的安排，很遗憾无法参加接下来的讨论。他想客人们应该不介意吧？

客人们觉得这一切都显得有点神秘。局长没有任何说明，现在加斯帕尔似乎也不愿意进行阐释。他说需要走一小段路，然后讨论起法兰奇来时的旅途来——显然说不上是舒服的航行。他们穿过城市的贫困区，来到一座独自立在角落里的、看似荒废了的小型建筑前。

"这里比较简陋，我们走这边。"加斯帕尔一边说，一边停下来按响了门铃。正如法兰奇猜的那样，加斯帕尔又补充说："这是我们市的停尸房。"

一名管理员把门打开，看到加斯帕尔后谄媚似的敬了个礼。加斯帕尔从他身边走过，领着一行人沿着石头走廊向前，两边是白墙，四周回响着悲伤的声音。他在远处的一扇门前停了下来，把它打开，礼貌地示意两位英国人先进去。

"尸体的样子比较糟糕。"他们进去后加斯帕尔再次提醒道。

　　房间不大，中间只有一块凸起的石板，上面放着一个玻璃容器，就像一个巨大的托盘盖儿。地面由石块做成，墙面被刷成白色，屋顶呈玻璃灯罩的形状，一旁开着百叶窗。房间里的气氛很沉重，整体给人以压抑和不祥之感。

　　一行人走到石板前，隔着玻璃朝容器里看。石板上躺着一名男性的尸体，场面十分可怕，诺尔斯吓得叫出了声，连"久经沙场"的法兰奇也为之微微一震。

　　这名男子显然已经死去相当久了，时间对尸体造成了极大的损坏，还能看出尸体之前一直处于水中，西装破破烂烂，还褪了色，又湿又脏。死者脚踝上缠着好几圈铁链，似乎要确保让死者沉下去。这个丑陋、恶心、毫无人形的"东西"曾经是一个人。

　　这幅景象让法兰奇作呕，但更让他疑惑。这是一起骇人的事件，没错，法兰奇一看就明白了，但是这和自己有什么关系呢？当地警方为什么要让他从英格兰过来看这具可怕的尸体呢？

　　加斯帕尔向法兰奇招手，让他去石板的另一面。

　　"你瞧，先生，"他指着尸体面目全非的头说道，"他并不是溺水身亡。你看，先生，这是枪伤的痕迹，颈动脉被切断，他是失血过多而死。"

　　没错，这个人中了枪。尸体的喉咙上，在加斯帕尔指的地方有一个洞。法兰奇百思不得其解，他为什么要来看这个法国人的尸体呢？

突然之间，法兰奇明白了。这些恐怖、肿胀、变形的外貌特征唤起了他的记忆。他没有亲眼见过这个人，但见过他的照片，读过也描述过他的外貌。是这样吗？这里躺着的会不会就是出动苏格兰场全部警力也要抓到的人？这是艾斯代尔的尸体吗？

法兰奇把目光投向诺尔斯，但他早就不见了，只有声音从房外传来，显示出他实在接受不了这个场面。法兰奇转向加斯帕尔。

"艾斯代尔！"他惊叹般地大叫道。

对方快速地点了点头。

"是的，"他迅速答道，"我们觉得他就是艾斯代尔，没错！你能辨认出他的身份吗？"

"我虽然没见过他，"法兰奇沉重地说，"但这个人和照片里的很像。"他又对诺尔斯说道，"抱歉，诺尔斯先生，你恐怕得好好看看他。你能认出他是谁吗？"

诺尔斯脸色惨白，十分不情愿地走到玻璃容器旁边。他点了点头，"是艾斯代尔先生。"他低声说道，随后快步走出了房间。

"你确定吗？"法兰奇跟在他身后追问道。

诺尔斯很确定。虽然尸体损毁严重，但是他无疑就是艾斯代尔。

　　在慢慢走回总部的途中，法兰奇忍住不去想这个发现会对自己的推理产生什么影响。他还拿到了死者衣物口袋里的物品：一只刻着花押字"J.E.①"的金表；一个有明显特征的烟盒；一个皮质笔记本，里面夹着字迹难以辨认的文件；以及一本火车票簿。法兰奇要把这些物件带回伦敦，希望能对其进行鉴定。

　　"能给我说说这具尸体是怎么被发现的吗？"他问道。

　　尸体的发现并不神秘。一艘加来的拖网渔船在英吉利海峡工作，尸体就是被拖网捞起来的。渔船抵达港口后报了警，警方把尸体带回了停尸房。最初他们并没有怀疑尸体和证券公司那起案件有什么关系，但是随着信息被一层层剥开，两者之间的关联性也越来越大。

　　第一，尸体（包括服装）符合艾斯代尔的描述；第二，在绘制渔船的航线时，发现它经过了"奇切斯特"号发现"仙女"号的位置；第三，验尸官认为死者的死亡时间在6周前左右，正巧是命案发生的那段时间；最后，死者受的伤能解释"仙女"号上发现的血迹：假设死者中枪时站在升降梯附近，就会留下那滩血迹；若死者的脚踝上缠了铁链，随着他被拽到护栏的空隙处，并被甩进大海，甲板上也会留下那条血迹。

①　J.E.：艾斯代尔的姓名首字母。

从这些事实中得出的推断足以让法兰奇向苏格兰场报告。当地警局的局长也很高兴自己的发现能帮到这名优秀的同事，当初毕竟是他坚持让法兰奇过来的。他也委婉地表示希望他们把尸体带回英格兰。

法兰奇的精神有些恍惚，他做好了必要的安排，发电报通知苏格兰场联系死者的家属。在法国警方验尸完毕后，法兰奇也一同前往了遗体的安息地，即死者生前住所附近的墓地。艾斯代尔再也不是一名谋杀犯罪嫌疑人，他的死给他带来了应有的尊重。要是他也参与了诈骗呢？没有证据来证明。况且，他已经死了，抛下了家庭：丧亲之痛，痛心疾首。

法兰奇心里已经有些惊慌失措了，最后他开始正视当前的情况。他对案件的推理该怎么办呢？他在内心刻画的"艾斯代尔枪杀两名同伴后乘小艇逃走"的画面呢？这个理论看起来很完美，很清楚，很完整地包含了全部事实。可是现在！法兰奇并不介意承认自己想错了，人无完人，人不会因为犯了错而低人一等。他担心的不是这个，而是他枯竭的灵感。法兰奇拿不出别的解释，不知道到哪儿再去找一个理论。他已经精疲力竭了。

本该扮演着复仇女神①的莫蒂默·埃里森爵士也为法

---

① 复仇女神：希腊神话人物，负责追捕并惩罚那些犯下重罪的人，会跟着他们，使其良心受到煎熬。

兰奇感到遗憾。"没关系的，法兰奇，"莫蒂默亲切道，"世事难料。你去休几天假，别想这件事，等你回来后再试试。你知道的，我们不能放弃。"

法兰奇很是感激。他没有休假，而是从头把所有事实又梳理了一遍，斟酌考量，重新检验推理，已经数不清是第多少次地把全部信息在脑中整理成条理清晰的画面，抱着一丝希望想找出之前漏掉的东西。可是他叫天天不应，叫地地不灵。

法兰奇一点点地推敲他的理论：凶手是受害者信任的人，当时也在"仙女"号上；他阴险地杀害了他们；他乘坐小艇逃离了现场。法兰奇越想越觉得这个理论是正确的。凶手当时显然在游艇上，要不然他是从哪儿来的？同样的，他肯定是坐小艇逃走的，要不然他要怎么离开？

如果凶手不是那样逃走的，小艇怎么会不见了？法兰奇觉得这个理论陷入了死胡同。

当然，他错将艾斯代尔认作凶手。艾斯代尔和莫克森、迪平一样是受害者，所以当时游艇上还有一个人。是谁呢？

突然之间，诺尔斯阴郁的面孔浮现在法兰奇的脑海中。法兰奇一动不动地坐着，思考他是不是犯了一个愚蠢的错误，把诺尔斯给忽略了。

一直以来诺尔斯都给人以神秘之感，也存在许多未知点。诺尔斯会是法兰奇的答案吗？

这也不是他第一次怀疑诺尔斯的嫌疑了，法兰奇已经怀疑过一次又一次。不过，当时的法兰奇并非毫无偏见，他总是觉得凶手另有其人，因而没有深究诺尔斯的不在场证明。

幸运的是，如果法兰奇犯了错，还有纠正的机会。不知是因为诺尔斯确实是清白的、还是他太自信了，这段时间他都没有尝试过逃跑，法兰奇随时都可以逮捕他。

法兰奇一秒都没有浪费，他急切地拿出一张白纸，开始了新的推理。

首先，法兰奇的直觉告诉他诺尔斯是一匹"黑马"。从他的外貌、言行举止和性格来看，他都有可能是凶手。法兰奇写下"性格"作为进一步的调查方向。

诺尔斯有动机，或者说也许有动机。能得到一笔巨款对任何人来说都是潜在的作案动机，因此动机暂且存在。

其次，他有作案机会吗？必须先解决这个问题，再来谈性格和动机。

必须立刻检验诺尔斯的不在场证明。他说自己得了流感，病倒了，医生给他看过病。事实果真如此吗？

平时法兰奇就对不在场证明尤其挑剔。在研究这一份不在场证明时，他发现了一件有趣的事。该证明的可信度取决于且仅取决于诺尔斯夫人的证词。法兰奇又把细节回忆了一遍。

诺尔斯请了约一周的假，表面上称得了流感，案发当天他却恢复了健康，因为第二天，即周五，他又回到了公司。法兰奇问自己，诺尔斯在周四有没有生病呢？如果他确实病了，那么在周四他的病好了吗？还是他根本就没生病？

目前为止，法兰奇发现，在诺尔斯去公司的这段时间里，即从医生周三离开诺尔斯家到周五早上，家里的用人请假了，只有诺尔斯的夫人见过他。如果诺尔斯确实是凶手，他的夫人很可能也是共犯。

当然，还有斯韦恩医生，他诊断出诺尔斯得了流感。但是，法兰奇知道诺尔斯能轻松地假装自己有流感。他能人为地升高体温，再装出其他症状。为了不刺激病人的眼睛，当时房里的光线会很暗，因此医生不可能很仔细地观察诺尔斯。如果没有什么事让医生起疑心，他也不会产生任何疑问。

如果诺尔斯确实周三晚上从家里开车前往了福克斯顿，和其余三人一起登上了"仙女"号，在M点杀害了他们，乘小艇逃回了英格兰，弄沉了小艇，在周四晚上回到家里，法兰奇自问，他会遇到什么困难呢？

没有困难，这是法兰奇目前的判断。但是，这个计划包括乘小艇在海上前行数海里的距离，法兰奇突然想到，去购买舷外发动机的不是艾斯代尔，肯定是诺尔斯。他们两人虽然样貌不同，但是体格、肤色、发色和眼睛的颜色都很相似，诺尔斯能轻松地把小指头弯起来或把手放在口袋里，以混淆视听。

随着法兰奇继续思考，又有一件事变得清晰起来。为什么"仙女"号上只有两具尸体？显然这是为了引导警方得出错误的判断。如果艾斯代尔也在游艇上的事实被发现，那么他和小艇都不见了这点就会让他成为嫌犯。法兰奇开始想象：诺尔斯枪杀了三名同事，留下了莫克森和迪平的尸体，以便"奇切斯特"号的船员发现，同时给艾斯代尔的尸体系上重物，沉入海中，让人们误以为他带着赃物乘小艇逃走了。

法兰奇十分自责，后悔当初没仔细考虑这些可能性。这项工作必须现在进行，经不起一丝耽搁。他开始思考这些猜测的可能性。

可以的话，法兰奇想先不惊动诺尔斯。最好先询问了其他人后，再找诺尔斯夫人和他家的用人。法兰奇坐着思考了一会儿，然后去诺尔斯住的地方看了看。

光是看到房屋的位置就给法兰奇省了不少事儿。它位于一条新修的路边，虽然旁边也有很多房屋，但是听力所及范围内的房子都无人居住。房子设有车库，诺尔斯能在半夜开车出去又回来，同时不会被其他人发现。如果当时房里只有诺尔斯夫妻，就根本不会有人知道事情的真相，而且实际情况似乎也确实是这样。用人也许能提供一些间接证据，但是可能性很低。

当然，还有当地的警察。诺尔斯在出发或回来时可能被巡警看到，可惜的是，法兰奇找到那些巡警，却没能得到任何信息。

法兰奇继续思考这个问题，有几个调查方向，他都记了下来，便于之后的调查。其中最有希望的是诺尔斯的车。那天晚上有人在路上见过这辆车吗？车在周四那天被开出去过吗？要得到这些信息，可以去问问巡警，再去南部海岸沿岸的停车场和车库看看。还有汽油，肯定能弄清诺尔斯实际的用油量是否比自己声称的行程多了五六加仑汽油。

然后就是那艘小艇。小艇从M点到法国经过的是一片几近无人的海域，但是从M点到英格兰则完全不同，它必须经过世界上最繁忙的海上交通要道之一。除非诺尔斯是在晚上关着船灯航行，要想在不被人发现的状态下抵达英格兰海岸几乎是不可能的。法兰奇能从劳埃德船级社处拿到当时在附近航行的各类船舰清单，只要发一份问卷就能找出答案。

最后是“仙女”号。法兰奇在考虑要不要重新对它进行检查，因为他很清楚观点的重要性。

如果他抱着诺尔斯是犯人的想法重新检查的话，也许会发现之前由于先入之见而错过的线索。于是法兰奇来到莫蒂默·埃里森爵士的办公室，把这个想法告诉了他。

莫蒂默爵士立刻同意了调查诺尔斯的汽车和汽油，以及小艇的请求。"你也建议再去看看'仙女'号吗？"他继续道，"真是巧了，我也正想给你说这件事，只不过原因不同。"莫蒂默爵士顿了顿，有些奇怪地看着他，"法兰奇，我觉得这个想法一点都靠不住，但是这件事太重要了，我们必须竭尽全力，不放过任何希望。"

法兰奇表示同意，迫切地想听听到底是什么原因。

"我觉得有一件事很奇怪，至今为止，这群人拿走的钻石一个都没出现在市场上。法兰奇，你觉得这是为什么呢？"

"风险太大，长官。案发后不久就拿出钻石的话风险太大。"

"是吗？但是他们很可能根本不知道我们看穿了钻石的小把戏，还以为自己绝对是安全的。"

法兰奇的看法却不同。

"当然，我也认同你的想法。"莫蒂默爵士答道，"但是，难道没有凶手根本没拿到钻石的可能性吗？有一次你说凶手打算放火烧掉'仙女'号，但是没来得及。假设确实出现了这种情况，凶手只好留下钻石先逃跑。要是他算错了时间的话就必须这么做，因为他不敢被人发现自己在'仙女'号上。不论钻石有多么价值连城，还是保命更重要。好了，法兰奇，你上次搜查'仙女'号时不知道有钻石这回事儿，所以也没注意找，它们可能还被藏在游艇上。所以我想让你再去看看，如果你没找到也没关系。"

"我会仔细搜查的，长官。我会时刻集中注意力，同时寻找指向诺尔斯的线索。"

法兰奇本来对这次调查没抱什么希望，但是幸运女神降临了，结果这成了整个破案过程中最重要的一次搜查。

法兰奇"征用"了卡特警长，两人再次前往了纽黑文。

这绝对是苏格兰场警官有史以来进行的最细致的调查。这可不是搜索目光所及之处那么简单。钻石的尺寸很小，不像黄金或钞票。因此要检查所有的木板是不是中空，所有的金属是否有密封腔。他们彻底拆解了发动机，寻找铸件、露出和被塞住的孔里有没有空隙。他们腾空了各种油桶，把桶切开来看。他们单独检查过每条铁链上的每个铁环，倒空了每个油杯，搜查了每件家具。如果钻石确实被藏在游艇上，肯定会在搜查过程中被发现。

直到半夜，他们还没完成搜查，于是停下来等明天再继续。第二天，他们又一心扑到调查上，系统仔细地寻找到了最后。在这个过程中，法兰奇一直都觉得有些失望，这个情绪在他的心中愈加强烈，现在终于变得一发不可收。游艇上不仅没有钻石，也没有任何线索能把诺尔斯或其他人和谋杀联系起来。这次搜查简直是一无所获。

法兰奇坐了下来，擦了擦额头。他又热又累，在过去的两个小时中，烈日当头，他们俯身搜查了每一寸甲板，确保甲板和上面的摆设中没有藏着任何东西。

"该死，"法兰奇抱怨道，"气得我真想喝点啤酒。"

卡特的表情有所好转。在他看来，法兰奇说到了点子上，于是试探性地建议去岸上的一间酒吧。

法兰奇给了一个含糊的回答，同时盯着一旁诺兰的汽艇，联想到之前在北海峡调查的一起棘手案件，想起自己是怎么苦笑着把那起案件告诉维克多·马吉尔。马吉尔是他的朋友，人很聪明，也有一艘汽艇，当时邀请法兰奇和马拉塞、蒂尔以及乔斯一起前往苏格兰的西海岸。马吉尔和他的朋友们都听他讲了那个案子。

法兰奇觉得这种旅行十分惬意，异想天开地考虑起诺兰会不会低价出售这艘汽艇，会的话他就要攒钱买下它，以后度假时就能派上用场了。法兰奇一边沉迷于自己的幻想，一边不经心地朝楼梯井下望去。

这时快到下午4:00，太阳从西南方照射出强烈的光芒。两艘船靠着舷梯尽头停泊着，船头朝着北偏西的方向。由于阳光的照射，舷梯的阴影覆盖了"仙女"号的中部和船头，以及汽艇的部分船身；两艘船的船尾朝南，均受到了太阳的直射。因此，光线几乎平行于游艇方形船尾的左舷。

法兰奇一边朝汽艇的楼梯井下望去，一边漫不经心地想：左舷上那两个微小到几乎看不出的痕迹是什么？木板上有两个圆形的小凹陷，很浅，法兰奇觉得不到0.5毫米深，但是它们的影子被稍稍拉长了，才正好能看出来。两个凹陷的中央都有一个奇怪的星形小缺口，缺口中央辐射出八条线，就像是一个直径5厘米的车轮去掉了轴心和外缘。痕迹位于左舷，大约在船舵和船舷中间，两个痕迹间距为二十多厘米，均位于木板顶部下方5～8厘米处。

法兰奇好奇这些会是什么，于是慵懒又好奇地盯着它们。他其实并没有很在意，只是当时太累了，懒得站起来做别的事。

诺兰汽艇的左舷木板上有"小星星"。

说时迟那时快，怠惰感像披风一样从法兰奇身上滑落，他呆住了，心跳开始加快。那些痕迹是什么？到底是什么？这可能吗？兴奋感瞬间扩散到法兰奇的全身，他在甲板上踱起步来。没错，肯定是！不可能有别的解释！法兰奇得到解决方法了吗？

第二十章

星形痕迹之谜

法兰奇就像身处梦境一样，随后卡特的声音打断了他的冥想。卡特说，如果法兰奇先生同意的话，他们可以去岸上喝点……

"卡特！"法兰奇大吼一声，仿佛有子弹打穿了他的鼻子，让他吓了一大跳。"卡特，看那儿！"

卡特紧张地瞪着法兰奇。

"看那些痕迹！伙计，看它们，别看我！你不知道它们是什么吗？"

卡特还是不明所以地凝视着前方。

"老天爷，你好好看看！"法兰奇又吼道，急得都快跳起来了。"用你的脑子想想。你知道它们意味着什么吗？它们会告诉你这起案子的解决方法，会给它画上句号，抓住犯人，给你需要的所有证据。怎么，你还不明白吗？哈！我是不会告诉你的，你自己好好想想吧。"

有下属在场，法兰奇更兴奋了。卡特非常困惑，缓缓地揉了揉眉头。

"你想知道，对吧？"法兰奇说道，"那你估计得花点工夫了！好了，我们上岸吧。需要得到的东西都有了，我们回伦敦。"

在回苏格兰场的路上，卡特一直在想法兰奇到底是什么意思，绞尽了脑汁，但还是没有结果。有两三次他试探性地建议法兰奇该提醒他一下，但法兰奇一点都不肯透露。

"你自己去想，"法兰奇说道，"我知道的你也知道，我看到的你也看到了。动动你的脑子，你会想出来的。"

他们抵达苏格兰场后，法兰奇和巴恩斯督察简短地谈了谈，然后他来到莫蒂默·埃里森爵士的办公室。此时已经不早了，莫蒂默爵士已经回家了。但是法兰奇实在是忍不到明天，于是大胆地给莫蒂默爵士的家里打去电话，说要来告诉对方这个好消息。莫蒂默爵士很理解法兰奇现在的心情，加上他自己也很感兴趣，就让法兰奇过来报告进展。法兰奇没在路上耽误多少时间，很快就到了。

法兰奇和他的长官一起坐在书房里。"长官，"他开口道，"你知道我想去纽黑文找什么，我没找到那些线索，但是找到了别的东西。"法兰奇的声音中透着难以按捺的狂喜，"我找到了答案。"

"你在电话里也是这么说的，"莫蒂默爵士淡定地答道，"法兰奇，接着说吧，你找到了什么？"

"长官，我在汽艇的船尾找到了两个痕迹。不是'仙女'号，而是汽艇，诺兰的汽艇。它们……"随后法兰奇描述了两个痕迹的位置和形状。

莫蒂默爵士一动不动地坐着，凝视着他的下属。法兰奇得意扬扬地咧嘴一笑，静静等待着。莫蒂默爵士轻轻吹起不成调的口哨，同时思考着这条消息。

"我的天哪，法兰奇，"他最后说道，举止中透出一丝激动，"是舷外发动机的扣钩！"

"就是舷外发动机的扣钩，长官。而且，挂的就是那台舷外发动机！普勒迪公司出售的25马力舷外发动机。至少我是这么认为的。"

"在诺兰的汽艇上？"

"就在诺兰的汽艇上，长官。"

莫蒂默爵士继续凝视着法兰奇。

"天哪！"他又叫道，"法兰奇，这是为什么？你要是能证明这点的话，就可以得出……"

法兰奇露出了幸福至极的笑容。

"这点应该能被轻松证明，长官。"

莫蒂默爵士站了起来，开始在房里踱步。

"诺兰！"莫蒂默继续道，"诺兰！简直不敢相信！我们还觉得诺兰肯定不是犯人。"莫蒂默顿了顿，眉头紧蹙地来回走着。

"等等，我们别急，"他最后说，"先看看我是否真正理解了你的意思。你找到了这些痕迹并认为：第一，它们是安装舷外发动机时留下的；第二，那台发动机就是涉案的舷外发动机；第三，由于痕迹出现在诺兰的汽艇上，所以购买并使用该发动机的人肯定是诺兰；第四，你的第四个观点是什么？"

"长官，第四点是诺兰用它把汽艇的速度从10节提高到了13节。"

"好，所以，第五点就是诺兰伪造了不在场证明，因此就是我们要找的凶手，对吗？"

"是的，长官。"法兰奇自信地说道，相信莫蒂默爵士很快就能理解。

但是他看起来并不满意。

"这五个结论都十分有趣，我希望它们也是很可靠的。"莫蒂默承认道，"但是，"他看向一旁的法兰奇，"每个结论都纯粹是猜测，没有丝毫的证据。"

法兰奇脸上的笑容消失了，就像黑板上的粉笔字被擦掉了一样。

"长官，虽然没被完全证明，"法兰奇同意道，"但是可能性很大，最终可能还是会得出这些结论。"

"你觉得是这样的吗？你怎么知道那些痕迹不是6个月之前留下的呢？"

法兰奇觉得这场对话没按照应该的方向进行。这些问题很蠢，不像是莫蒂默爵士会问出来的。法兰奇嘟囔了几句什么"巧合"和"可能性"，但最终还是得承认他也不知道。

"我想也是。"莫蒂默爵士继续道，"还有一点。就算你想的不错，你也抓到了犯人，但你还是没有找到钱。"

法兰奇哑口无言。情况总会变成这样，每当他有所期待的时候，结果得到的总是失望。这次他还希望莫蒂默爵士会高兴地对他刮目相看呢！

"长官，恐怕事实的确如此。"法兰奇巧妙地答道，"但是他也许能带我们找到那笔钱。"

"也许吧，我真的希望会是这样。好了，法兰奇，我之前也说过，别太心急，不要一下子就得出经不起推敲的结论。你提出了一个极其有趣、但还未证实的理论，希望你能尽快找到证据。"莫蒂默爵士坐了下来，拿出雪茄盒，给了法兰奇一支雪茄，"先抽支烟，慢慢梳理一遍案情，搞清目前的情况。你有火柴吗？"

法兰奇向他保证，就物质享受而言，他现在像是在天堂。

"很好。那先说说你的第一点，我觉得那些痕迹确实是因安装舷外发动机造成的，有疑问吗？"

"没有，长官。螺钉末端有8个凸起的点，用于夹紧木头。我知道，如果没有这种螺钉，发动机可能会被震到海里。"

"我也刚好知道这点，但是这还不足以说明问题。"

"长官，要测试其实不难。我们可以从普勒迪公司找一台相似的发动机，看看它和那些痕迹是否切合。"

"没错，这确实很简单，但是有一个问题。你要如何把证券公司那台打字机打出的发动机订单和这些痕迹联系起来呢？"

"我会调查一下诺兰的行踪，先生。"

"好，这样就很好了。我想指出的是，你提出的理论是很有希望的，我觉得它很可能是对的，但是你还没找到证据。"

法兰奇毫不迟疑地承认了。莫蒂默爵士静静地坐着，若有所思地抽着烟。

"天哪，法兰奇，"他接着说，"如果你想得不错，我们之前的想法基本全都会被推翻！"

"我们的想法一直都有合理的依据，长官，"法兰奇称，"我是这么想的：最初诺兰被当作嫌犯是因为他是少数知情者之一，而且悲剧发生时也在附近。进一步调查

后，我们把他排除了，原因有三：第一，我们认为凶手受
了伤，但是诺兰身上没有伤；第二，我们认为凶手作案后
一定会拿走钱，而且这点很重要，但是钱不在诺兰手上；
第三，我们发现他的汽艇速度不够快，无法让他在案发时
间抵达案发现场。"

"你的分析也很有道理。"

"是的，长官。但那是因为我们手上的信息不足。现
在我们知道这三个原因都不成立，因为：第一，之前认为
是凶手留下的血迹其实来自第三名受害者，艾斯代尔；第
二，现在我们知道赃款早被换成了钻石，体积其实很小。
这些事实我们也掌握了一段时间，但由于第三点，即汽艇
的速度问题，诺兰仍被排除在嫌犯之外。一方面，我们知
道通过使用舷外发动机，诺兰能提高汽艇的速度。因此再
没有理由相信他是无辜的。在另一个方面，只有在诺兰是
犯人的假设下，舷外发动机的使用才能成立。"

"如果是当时分析的话，确实会受到已知信息的限制。
但是，法兰奇，这并不是坏事。总之，我希望你能找到证
据来支撑现在的理论。比如，你肯定舷外发动机能让那艘
汽艇的速度从10节提高到13节吗？"

法兰奇又有些泄气了。

"我不是很肯定，长官，"他承认道，"我还没来得及
查看那些痕迹，当然，我会进行测试的，这点应该不会存

在问题。你瞧，发动机的动力充足，而我们刚刚谈到的只是少量的增速。"

"增速？你是说他当时使用了两个发动机吗？"

"那是肯定的，长官。我觉得诺兰最初会使用汽艇自带的发动机，以10节的速度航行。等他离开人们的视野后，就会装好并启动舷外发动机。我咨询过巴恩斯，他说这么做是可能的……"

"噢，你见过巴恩斯了，对吗？他是怎么说的？"

"巴恩斯说，如果给一艘有船内侧发动机的船添加舷外发动机，一般来说船速是不会增加的，因为舷外发动机的螺旋桨是在船自身发动机的尾流中运转的，他称之为螺旋桨尾流。也就是说，在第二个螺旋桨所处的水中，水流已经在快速反向旋转了，第二个螺旋桨使不上劲，没什么用。"

"我应该考虑到这点。"

"是的，长官，但是本案的情况不同。这艘船的模型是海军汽艇，这种船内侧发动机的螺旋桨轴没有经过艉柱，而是从旁边通过，诺兰的汽艇就是从右舷通过的。诺兰把舷外发动机安置在左舷，距离内侧发动机的螺旋桨足够远，不受尾流影响。两个螺旋桨是并排的，不是一前一后。它们分别在未扰动的水中运转，产生的尾流虽然是平行的，但是相互独立。换句话说，他把一艘单螺旋桨汽艇变成了双螺旋桨汽艇。长官，你明白了吗？"

莫蒂默爵士不安地挪了挪。

"这样配置的话船不会原地打转吗？"

"不会，长官。可以把舷外发动机调整到补偿角度，从而修正方向。"

"法兰奇，这点可能确实像你说的那样。不过，让船速提高到一定的水平可能很容易，但是在此基础上想再提速，就需要不成比例的巨大动力，对吗？"

"长官，巴恩斯也是这样告诉我的，他说增加的速度和所需的额外动力是不成比例的，但是速度多少会有所提高，他觉得可能在10～13节之间。长官你看，那艘汽艇的发动机只有20马力，现在增加了25马力，动力增加了一倍多。"

"听起来没问题，我希望你是对的，法兰奇。但是我们必须完全证明这点之后才能采取行动，你最好明天早上去见见那家发动机公司的人，找一台25马力的发动机，再让公司派一个人和你一起去纽黑文做实验。我们必须做到万无一失。"

"我本来也打算这么做的，长官。"

"很好。那么我们来讨论一下当时到底发生了什么吧，你简要说说对作案过程的推理。"

法兰奇欣然同意了。

"长官，在我看来，乘坐'仙女'号的莫克森、迪平和艾斯代尔与开着汽艇的诺兰计划好了于中午12:30在凶案现场碰面。当然，由于使用了舷外发动机，诺兰能及时赶到。然后，诺兰找了个借口登上了'仙女'号，冷血地枪杀了另外三人：船舱里的莫克森、甲板升降梯旁的迪平和艾斯代尔。诺兰没有碰莫克森和迪平的尸体，但是给艾斯代尔脚上系上重物，再把他拖到一旁，扔进了海里。我猜后来他弄沉了小艇，好让人觉得是艾斯代尔是杀人犯并乘坐小艇逃走了。长官，其实在艾斯代尔的尸体被发现前，我们确实是这么想的。"

"还有，诺兰在购买舷外发动机时把小指弯了起来，故意假装是艾斯代尔。"

"他可比这狡猾，长官。他演了一出戏中戏，装作是艾斯代尔在伪装。他把手放在口袋里，假装是艾斯代尔在隐藏自己弯曲的手指。我觉得他很聪明。"

莫蒂默爵士点头表示认同。

"然后，"法兰奇接着道，"我猜诺兰拿到钻石后转身朝多佛的方向航行了几海里，把舷外发动机扔进海里，再掉头开向'仙女'号。他算好了时间，确保能在没有舷外发动机的情况下从多佛及时赶到，并且抵达时'仙女'号已被'奇切斯特'号发现。接着，面对这场悲剧他装作十分惊讶，没有引起他人的怀疑，成功回到岸上。他一抵达伦敦，就把钻石放到了安全的地方。"

莫蒂默爵士静静地坐了一会儿，然后开口道：

"我承认你说得有道理，现在的问题是要找出证据。你能尽快完成吗？"

"我明天一早就着手调查，长官。"

莫蒂默爵士站了起来。

"那么今晚就说到这儿，你走之前再拿一支雪茄吧。没别的事儿了吧？"

法兰奇有些犹豫。

"长官，其实还有一件事，但是可以等到明天再说。"

"就现在说吧。"

"我在想，是否能想办法让诺兰露馅儿，来取得需要的证据。"

"你说说看。"

法兰奇阐释了他的想法，莫蒂默爵士听完后考虑了一会儿。

"试试也无妨。"他最后表态道，"你去试吧，有了结果再告诉我。"

第二天，法兰奇早早来到普勒迪船用电机驱动公司，一个小时后，他和一名机械师带着一台同样的25马力舷外发动机出发前往纽黑文。到了纽黑文，他们快速地完成了第一项测试。他们把发动机安装到汽艇的船尾，法兰奇高兴地发现痕迹完全吻合。然后他们开着汽艇出了海，等汽艇原本的发动机达到最大速度后，他们又发动了舷外发动机。测试结果验证了巴恩斯的猜想，船速立刻增加到了13.25节。

目前为止，一切顺利。法兰奇的第二项测试失败了。布鲁克街的烟草店老板马克斯被带到了证券公司，能通过一面屏幕看到诺兰经过，而诺兰看不到他。但马克斯无法辨认出诺兰是不是去店里取信的"哈夫洛克先生"。从某种意义上说，这也是意料之中的事，因为诺兰把自己伪装成了艾斯代尔的样子。法兰奇没有过度失望：既然没有直接证据，就只有试试他的计划，让诺兰自己暴露了。

法兰奇首先要做的事就是和他的"受害者"进行一场意料之外的对话，这可以在霍尼福德的帮助下实现。霍尼福德还没调查完公司的财务，仍然和诺兰一起在公司工作。法兰奇去见了霍尼福德，诺兰似乎不想打扰两人，准备离开，但法兰奇让诺兰也留下来，因为要谈的并不是私事。他和霍尼福德谈了些财务上的问题，霍尼福德按照先前的指示，说要找一个职员拿资料，离开了房间。于是房间里只剩法兰奇和诺兰。

他们谈论了一会儿轻松的话题，然后法兰奇巧妙地把话题转到命案上，聊了一会儿后，诺兰果然上钩了，问是否发现了凶手的线索。

这正是法兰奇想要的，他立刻表现出更大的兴趣。

"我们找到了一条线索，诺兰先生，"法兰奇神秘地说，"这应该能让我们直接抓住凶手。我可以告诉你，但是你要保密。我们得出结论，凶手从'仙女'号上逃走时很可能乘坐了我们尚未发现的小艇，也可能是别的船只，并且使用了舷外发动机。我们认为他不仅靠汽艇或游艇的固有发动机，还借助了舷外发动机，来获得看似不可能的高速度。其实我们还不知道他具体是怎么操作的，但是他绝对这么做了。"

诺兰明显很惊讶。他打起精神，用自然的语气答道："应该不能用那种方式提高船速吧？"

"在一些情况下是不行的，"法兰奇回答，"我刚刚也说了，如果你保证不会给别人说的话，我就告诉你我们为什么这么肯定。"他身体前倾，压低声音，更神秘地说："我们发现有人偷偷在普勒迪公司买了一台25马力的舷外发动机，让普勒迪公司送到滑铁卢站的寄存处，这样购买者的身份就不会暴露了。好了，下面是重点。用于购买发动机的信是用公司的打字机打出来的！你怎么想？这肯定把发动机和这起案件联系起来了，对吧？"

诺兰现在苦恼极了。他果断地掩盖住自己的情绪，从法兰奇的反应看，他也成功了。经过一番显而易见的努力，诺兰平静地说："督察，你说的这些很有趣，确实很可疑。但我还是不明白这对你来说有什么帮助呢？"

"不明白吗？"法兰奇说道，"我还觉得这很明显了呢：我们只需要找到那台舷外发动机被安装到了哪艘船上。你瞧，用了这么大一台发动机不可能没留下任何痕迹，用于固定的螺钉会让艉板出现凹陷。如果能找到那艘船，船上肯定有那些凹陷痕迹。"

现在诺兰变得焦虑难耐，但"幸运"的是，法兰奇正好开始清理他的烟斗，并没有注意到诺兰的异样。

"当然了，要找到这艘船也是一项大工程，"法兰奇继续道，语气更加神秘，"诺兰先生，其实还有一条线索我没有提到，我其实不该告诉你，但你很可能已经猜到了，"法兰奇用别有深意的表情停顿了一下，"流感是可以假装的，你明白了吗？"

诺兰倒吸了一口气。

"流感！"他不可思议地重复道，"天啊！"

"我们已经监控他一段时间了，"法兰奇继续道，"但我们想拿到证据后再采取行动。"

诺兰的精神似乎有些恍惚。法兰奇当然"没有"注意到他的尴尬，而是在继续讨论这个问题，继而转向案件的一般层面。等到了预定的时间，霍尼福德回来了，法兰奇觉得已经达成预期效果，现在只需等待结果是否会出现。

法兰奇立刻把监控诺兰的警力增加了一倍，他们个个训练有素，如影随形地跟着这名"受害者"：有时是戴着头盔、穿着制服的巡警，有时是从服务台溜达到俱乐部的老人，有时是正在购物的中产阶级年轻女性，还有的时候是正在匆匆吃午饭的商人。他们装扮各异，注意力只集中在两件事上：第一，在工作时间内像寄生虫一样贴在"受害者"周围；第二，在诺兰产生怀疑之前交接任务，以防他发现这个圈套。

法兰奇无法预测诺兰是否会对他的刺激做出反应，但是有一点他能肯定：如果这个人会有所行动，就会马上行动。现在是周六，对他来说周六晚上是一周中最合适的时间。法兰奇坚信，在未来的12个小时中，犯人和钻石都会出现。

因此，法兰奇一点儿都不着急，安心地做着准备。

第二十一章

最后一步

　　法兰奇先给暗中监视诺兰的人员下达了指示。如果诺兰还在伦敦，就要对他进行最严密的监视；但如果他开车前往纽黑文，就可以暂停监视。不论如何都不能让他察觉到自己受到了监视，同时要随时向纽黑文警方报告进展。

　　随后法兰奇、卡特警长和两名警员乘坐下午6:40的火车从维多利亚站前往纽黑文，四人都配备了左轮手枪。他们抵达时刚到晚上8:00，然后立刻去了当地警局。

　　"我们又来麻烦你了，"法兰奇向希斯警长问好，"苏格兰场等会儿会来消息，我们想在这里等那边的电话。"

　　希斯警长很高兴见到他们，让局里的人都听从他们的指示，并迫切地想知道还有没有他能帮上忙的地方。

　　法兰奇说暂时没有了，但他看出希斯很好奇，于是把当晚的预期结果告诉了他。

"有一件事想请你帮忙，"法兰奇继续说道，"能让你的人离通往伦敦那条路和连接港口的小路远一点吗？如果诺兰出现了，别让警察吓到他。还有一件事，警长，能派个人买点啤酒、面包和芝士回来吗？我们还没吃晚饭，也不想出去，以防诺兰听到风声。"

希斯警长立刻安排好了第一件事，但是果断拒绝了第二个请求。希斯的家就在旁边，他的妻子能为他们准备晚餐的话一定会很荣幸。法兰奇推辞也没用，于是他们在希斯的小客厅里一边抽烟一边聊天。

随着时间的推移，法兰奇变得越来越焦虑。陷阱的设置没问题吗？诺兰发现了危险吗？他决定要避开它吗？法兰奇心中的担忧愈加强烈。要是诺兰表面上虽然离开了纽黑文，但其实是要逃到其他安全的地方呢？法兰奇觉得他去不了欧洲其他国家，因为这些路线处于严密监视之中。但是出现差错的可能性太多了，这让法兰奇心神不宁。

假设一切顺利，他认为诺兰可能采取的行动有两种。第一，他会抓紧时间，比如刚下班就出发，在纽黑文"办完事"，返回伦敦，抵达的时间比他通常的就寝时间晚一点；第二，他会像平常那样就寝，但是第二天一大早就偷偷溜出家门，前往纽黑文，然后在家人醒来之前回到伦敦。法兰奇认为第二种的可能性最大。

若是这样，诺兰绝不会在凌晨1:00前离开伦敦。现在是晚上 11:00，还剩 2 个小时！

法兰奇不想让希斯跟着熬夜，虽然希斯表示了反对，但在法兰奇的坚持下，他和卡特还是回到了一旁的警察局，坐着静静等待。

这是一个雨夜。西南风一阵阵地拍打着屋檐，大雨如注，倾泻在窗户上。这个夜晚正合法兰奇的心意。天上挂着一轮圆月，但被厚厚的阴云遮去了部分光线。法兰奇能在隐藏好自己的同时看清周围的情况，而且风声也不会让别人听到他们的交谈声。对他和他的"猎物"来说，这的确是一个不可多得的夜晚。

时间仿佛在这间小办公室里无止境地流逝。到了晚上 12:00，仍然没有任何情况。法兰奇意识到，如果在接下来的 1 个小时内诺兰还没有动作，自己就失败了。想到所有这些准备工作，失败对法兰奇来说确实是一件严重的事情。

终于，电话响了，而且是个好消息！诺兰在零点 45 分时开车离开了车库，飞快地行驶在去珀利的路上。

法兰奇认为伦敦和纽黑文之间的距离是 90 公里左右，路上大概会花 2 个小时。因此，他们暂时还不需要就位。

凌晨 2:00，法兰奇决定开始行动。他和卡特离开了警察局，沿着空无一人的河流西岸向前走，途经一个煤仓和一架架装卸用舷梯，最后抵达了"仙女"号和汽艇的所在地。尽管有乌云，视线还是比较清晰，物体呈阴影状，能看到所处的位置，但看不清细节。天地交接的地方是一条颜色更深的河流，河对岸的灯光在漆黑的水面上拉长了倒影，闪闪发光。一艘亮着左舷灯的货船刚刚进港，就像拖着一条邪恶的血迹。

现在是8月的第二周，天气异常寒冷。海面上吹来一阵强风，激起阵阵小波浪，溅到船身和舷梯柱上，汩汩作响。"仙女"号和汽艇之间的护舷不时发出嘎吱的呻吟。

泊船对面的河岸上有一个小棚屋，法兰奇一行人就蜷缩在棚屋的背风处，又一次体验到时间能过得多慢。无情的暴雨让法兰奇想起上一次在雨中蹲守犯罪嫌疑人的情景。

在那个风雨交加的可怕夜晚，他和雷尼警司在贝尔法斯特的凯弗山上跟踪并抓捕了一名臭名昭著的犯人。如果法兰奇这次埋下的"种子"也结出了"果实"，他希望这次的"采摘"别像那次那么危险和刺激。

一个小时慢慢过去了。法兰奇突然惊讶地发现，自己负责的许多案件都和海有关。哈顿花园案，最后的抓捕就是在"布斯"客轮上，只不过客轮不是开往里约，而是里斯本；麦克斯韦·切恩案始于海上，也终于海上；那起多名女演员被杀的可怕案件也是如此；柏立港案始于海上；在法兰奇刚刚想到的、终于凯弗山的案件中，一艘汽艇起到了决定性的作用。法兰奇心想，照这样下去，他可能很快就会接管巴恩斯在苏格兰场的工作了。

幸好这个小棚屋给他们提供了一个栖身之所，否则他们此时已经湿透了。现在已经到了凌晨3:00，法兰奇开始担心这次行动可能会失败。他很想抽一斗烟，但这时肯定不能这么做。他们继续等待着。

卡特会不时地说几句话，以确保风声和水声能淹没自己的声音，让附近任何人都听不见。但是法兰奇怕他们聊得高兴了会把诺兰给错过。

然后法兰奇脑中冒出了一个令人不安的想法。他太过肯定地认为诺兰就是犯人，却忽略了一种可能性：共犯的存在。如果作案的是两个人呢？诺兰和诺尔斯会不会是共犯，而法兰奇现在必须同时对付两个人？没带几个希斯的手下来帮忙真是一个严重的错误。当然，他和卡特即便没了出其不意的优势，但他们不管何时都应该能应付那两人。不过嫌犯都是亡命之徒，在他们看来，扭转局面就是一瞬间的事儿。然而，事已至此……

等等！那是什么？

远处的黑暗中有一个颜色更暗的影子在河岸上移动。法兰奇顿时打消了疑惑，警觉起来，目不转睛地盯着。毫无疑问，有人正从镇上走过来。

法兰奇紧紧抓住卡特的手腕，两人一动不动地靠墙蹲着。人影转向左边，穿过舷梯，来到岸边，慢慢消失了。

法兰奇一行人踮着脚尖跟在后面，到达岸边后，他们蹲下身来仔细观察。

法兰奇太感激今晚被乌云笼罩的月亮及其带来的有限能见度了！那人就像一个深色的污点，慢慢朝下方的"仙女"号爬去，他到达了甲板，来到另一端，进入了汽艇的楼梯井。他在船舱门口摸索了一会儿，然后消失在里面。

法兰奇和卡特悄悄地跟着他爬下梯子，通过"仙女"号来到汽艇上，爬进楼梯井，来到船舱门口，朝里看了看。社交厅里一片漆黑，但是通往机炉舱的门是开着的，里面还闪着微弱的光。

法兰奇慢慢地朝前走。他并不怕对方听见声音，因为船上充斥着海面传来的各种噪声。但是，如果诺兰此时返回社交厅，他就会被看见，也没机会当场揭穿诺兰的真面目了，所以必须抓住眼下的机会。法兰奇蹑手蹑脚地穿过社交厅，向里面那扇门内窥探。

眼前的景象让法兰奇兴奋得全身为之一震，然后给卡特腾出了空间，也让他看看：在给照明设备供电的小型备用发电机下面，诺兰弯着腰，背对着他们。他手里拿着一把扳手，正在把将发动机底座固定到甲板上的螺丝拧下来。

法兰奇急切地看着这一切，兴奋得快喘不过气来。他原以为这次纽黑文之行会找到一些有助于说服陪审团的证据，但现在看来，他会找到比预期好百倍甚至千倍的证据！诺兰为什么要碰那个发动机？

很快法兰奇就知道了答案，他欣喜若狂，做梦都没想到眼前发生的一切。诺兰拆掉了螺丝，费了很大劲儿才把整个发动机抬到一边，甲板上出现了一个洞，诺兰把手伸了进去，拿出一个小包！

法兰奇看到这幕忍不住要欢呼了。那个包里装的是什么已经毫无疑问：钻石就在离他不到3米的地方，价值150万英镑的钻石！

诺兰小心翼翼地把包放在胸前的口袋里，然后抬起发电机，艰难地把它挪回原位，放上螺丝并拧紧。等这一切完成后，关键时刻便会到来，法兰奇做好了迎接的准备。但是诺兰没有离开汽艇的迹象，他把扳手放回架子上，然后转向发动机组，这次的目标是推动汽艇前进的那台大发动机，又捣鼓了一阵儿。法兰奇根本不知道他在做什么……突然，他明白了。从发动机处传来了液体流动的声音，同时伴有强烈的汽油味儿。

法兰奇立刻意识到了危险。要是有一根火柴或者一支左轮手枪，他们都必死无疑。如果汽油被点燃了，就会像火药一样爆炸，没人能活着从这间船舱逃走。

但是诺兰的目的是什么呢？啊，没错！诺兰从口袋里拿出一个一端固定有时钟的罐子——定时燃烧弹，很可能会在几个小时后爆炸。这样的话诺兰就绝对有不在场证明了。

法兰奇悄悄地向卡特做了个手势。"手电筒！"他低声说道，同时也掏出了自己的手电筒。他们做好冲刺的准备，继续等待着。

过了一会儿，诺兰设置好了燃烧弹，拿起自己的手电筒在机炉舱里四处照，似乎想确认一切正常。他左手拿着手电筒，法兰奇注意到他把右手放进了夹克侧边的口袋里。突然，手电筒的光穿过了门，直射向法兰奇的眼睛。

法兰奇立刻跳了起来，同时诺兰迅速后退，把右手从口袋里抽出来，举到空中：手中拿着一把自动手枪，直指法兰奇的头！

霎时间，两人一动也不动，凝视着对方。然后诺兰开口道：

"一切都在我的计划之中，督察，"他平静地说道，但是紧绷的声音显示出他在克制自己的情绪。"请你保持安静，如果我的枪走火了，我们俩都会去天国。当然，你肯定也意识到了，对吗？"

法兰奇仍然一言不发，也一动不动。他在职业生涯中曾多次面对死亡，总是有所希望，至少有奋力一搏的机会。不过这次不同。当法兰奇意识到自己的处境时，身体也慢慢变凉了，似乎有一块沉重的巨石压在心头。现在他明白自己犯了一个错误，也是他最后的错误。结束了，他们都再也见不到明天的阳光了。

法兰奇迅速回想以前遇到的危急时刻，脑中闪过一个个逃跑方案，但都没希望成功。如果他采取了行动，或者他身后的卡特采取了行动，诺兰就会扣动扳机。如果他开了枪，整个船舱的空气会立刻被点燃。就算法兰奇能夺过诺兰的左轮手枪并打中他，结果也一样。已经没有出路了。

这时法兰奇脑中闪过一个疯狂的想法，诱惑他背叛自己的信仰，站到一旁，让诺兰拿着钱逃走，只要能保全自己的性命，他能放诺兰一马。说到底，他为什么要为了一个猜想而丢掉性命呢？拖延得到更多时间不是更好吗？法兰奇的生命对国家来说是很有价值的，再说了，诺兰没办法真正逃走，他们会再抓到他的……

随后法兰奇发现，就算他真的这么做了，也救不了自己，只会让诺兰逃走。诺兰会骗他，他什么也做不了，他……

突然间，诺兰开口了。

"你应该知道，这都在我的预料之中，"诺兰继续用那种僵硬、绝望的声音静静说道，"我忽视了这些该死的痕迹，必须付出代价。不过我真的吃了一惊，你居然觉得舷外发动机会让我上当。我不是自夸，但是从调查案件的整个过程来看，警方的智商也就如此。你编那个故事就是想告诉我游戏结束了，但我觉得机会难得，就配合你玩一玩，毕竟你确实像自己假装的那么傻。不过我从没想过会逃脱惩罚。"他从胸前的口袋里拿出一个小袋子，放在发动机上。"你应该知道了吧，这就是你朝思暮想的价值150万英镑的钻石。可是你得不到它们，当然，我也得不到。等汽艇烧焦的残骸沉入海底时，它们会散落在方圆100米的淤泥里。在这种情况下，没有人会愿意找它们，就算有，也找不到。法兰奇，这太遗憾了，不是吗？我甚至为你感到遗憾。你只是在完成自己的工作，但如果让你活下去，我就会被处以绞刑，这可不行。我会让你早点解脱的，我会在这里用枪打死我们俩，我的枪法很准的。我们都不必害怕之后的爆炸。"

诺兰停顿了一会儿，然后更精准地用枪瞄准法兰奇的头，继续说道：

"再见了，法兰奇。闭上眼吧，我来……"

"看着我，诺兰，"法兰奇迸发出对生存的强烈渴望，他突然听到自己用一种陌生的声音说道，"别傻了，我们都有自己的人生，这比任何事物都更宝贵。你难道不这么认为吗？一定有出路的，你要冷静。"

法兰奇根本不知道自己在说什么，只是听从本能，不惜一切地争取时间。

诺兰苦涩地笑了笑。

"的确有一条出路，"他回答道，"那也是我们马上要走的路。没用的，法兰奇，我已经想了几百遍了。没用的。闭上眼吧，伙计，我要……"

话还没说完，枪声就响了，还伴随着玻璃的破碎声。法兰奇十分惊愕，呆呆地盯着诺兰。天哪，到底发生了什么？没有起火；法兰奇是清醒的；他能站起来；似乎没有受伤。诺兰！诺兰的枪当啷一声掉在了甲板上，他怔怔地看着自己的右手，鲜血喷涌而出。一瞬间，法兰奇和诺兰都愣了。然后，诺兰愤怒地大吼一声，猛地向法兰奇扑去，疯狂地发起了进攻。

诺兰冲过去时丢下了手电筒，所以并没有碰到法兰奇的身体，但是不幸摔坏了他的手电筒，砰的一声掉在了甲板上，光也灭了。机炉舱里立刻变得漆黑一片，让人窒息。

法兰奇和诺兰扭打作一团，"你的手电筒！"他朝卡特大喊道。

随后他们展开了殊死搏斗。两人在狭小的空间里缠斗，四处乱撞，一会儿撞上发动机，一会儿撞上船的侧面。诺兰就像一头愤怒的野兽，拼命地想挣脱法兰奇的双臂。随后他们扭打着撞上了一个柜子，除了大海的噪音，只能听到自己的喘气声。又纠缠了一会儿后，法兰奇突然被一根管子绊倒，两人砰的一声摔在了地上，法兰奇一时喘不过气来。

"快点，卡特！"他急促地大口吸气，感觉自己快没力气了。

但是卡特没来，这场打斗似乎持续了很长时间。法兰奇因为跌了一跤而元气大伤，力量迅速衰退，但他顽强地硬挺着。法兰奇在撞到发动机时受了伤，要不是对方的手被枪击中，胜负早就见了分晓。法兰奇开始感到眩晕，尽管拼尽了全力，他还是没能阻止诺兰用未受伤的那只手掐住自己的喉咙。法兰奇无力地挣扎着，愈加力不从心，随着耳朵里的嗡嗡声，他逐渐失去了意识。在接下来的一段时间里，他感觉到了疼痛，后来痛感也消失了，直到失去意识。

等法兰奇醒来时，他正躺在汽艇社交厅的储物柜上。一个陌生人正俯身看着他。

"督察，你可给我们开了个大玩笑，"法兰奇听到一个愉快的声音，"你很快就会恢复的。你干得不错，三根肋骨骨折，但并不严重。"

"诺兰呢？"法兰奇吃力地说。

"丢了一根拇指，仅此而已。你什么都不要担心，我们把你挪到床上，你睡一觉就会觉得好多了。"

直到第二天，法兰奇才得知当时发生了什么。多亏了卡特的沉着冷静，法兰奇和诺兰才捡回一条命。

当诺兰的手电筒照到船舱的门口时，卡特立即意识到自己没有被他看见，他当时站在法兰奇的影子里。卡特手上有一把左轮手枪，但他知道不能在那个充斥着汽油蒸气的狭小空间里开枪；他也不能退出那个危险区域再开枪，因为那样就看不见诺兰了。这时一个计划闪过卡特的脑海，他悄悄地退了出去。

卡特一走出船舱就冲到机炉舱的天窗，打算从那里向下方的诺兰开枪。可事与愿违，那是一面压花玻璃，看不清里面的情况。机炉舱也有舷窗，位于汽艇的侧面。一组舷窗被"仙女"号挡住了；另一组距甲板有一定距离，他根本够不到。卡特一时间手足无措，但他很快找出了办法。他迅速翻过护栏，左手抓住栏杆，身体挂在汽艇的一侧，他胸部以下的身体都没入了水中，减轻了左手的承重。这样做之后，他刚好能透过一扇舷窗看到里面的情况。他用膝盖把身体支了起来，尽量远离船身，确保开枪时不会有火星随着子弹进入机舱。然后，他及时扣动了扳机。由于卡特在重新爬回甲板时遇到了困难，所以没能及时去帮法兰奇。

捕获诺兰及其身上的钻石，警方得到了所有想要的证据。当然了，他们还要查清案件的其他细节，但是有了目前掌握的信息，这个过程并没花多长时间。

简而言之，法兰奇向莫蒂默·埃里森爵士提出的理论得到了证实。最初，当莫克森综合证券公司的问题开始变得复杂时，这群合伙人确实想解决问题，也尽力了。但当他们发现破产不可避免时，就决定出卖声誉，保全自己，把能变现的资金都变现，然后就赶紧溜走。莫克森、迪平、艾斯代尔和诺兰都有份儿，他们知道雷蒙德是不会加入的，而其余的合伙人可以忽略不计。

诺兰很早就决定要出卖另外三人，部分原因是为了除掉危险的证人以确保自身的安全，但主要还是出于纯粹的贪婪。诺兰也制定了相应的计划。他在购买钻石时就故意装成艾斯代尔的样子，一直注意把手指弯起来。但是在购买舷外发动机时，诺兰展示了他的智慧。根据他的推断，艾斯代尔在购买时会想隐藏自己的身份，所以诺兰才将手放在口袋里，故意没有露出弯曲的手指。

同时，诺兰积极参与了逃跑方案的设计。法庭没给诺兰缓刑的希望，审判后诺兰告诉法兰奇，四人原本的计划是这样：他们在"奇切斯特"号的航线上约定了一个地点，到时诺兰开着他的汽艇和"仙女"号上的其他人会合，然后弄沉小艇，三人移动到汽艇上，点燃"仙女"号，这样的话"奇切斯特"号就会发现这艘起火的游艇。这么做是为了给人留下逃犯上了小艇的印象。由于小艇沉入了海底，再也不会被人发现，四人相信警方会假定他们已经死亡，这场风波也会过去。然后他们会在法国上岸，用法兰奇想的那个办法抹去汽艇的踪迹，他们再变个装，绕道前往阿根廷，慢慢把钻石变成现金，从此过上幸福的生活。

诺兰其实费了好大的劲儿才说服其他三人采用他的计划。另外三人认为，警方迟早会发现游艇起火时汽艇就在附近，而且汽艇最后也会不见，所以会怀疑四人是否都是乘坐小艇逃走的，不会停止对他们的追踪。对此，诺兰承认了计划的缺陷，但也让他们提出更好的方案来。有人提议让四人都乘坐"仙女"号，最后乘小艇逃走，诺兰把这个方案否决了，因为如果有轮船发现了小艇，他们会被当成船只失事的幸存者，并被人救起。如果乘坐汽艇就不会遇到这种情况。

如何处置雷蒙德是个大问题。四个人都不想杀害他，但是为了他们自己的安全，雷蒙德不能在他们逃跑时碍事。他们最后决定也让雷蒙德登上"仙女"号，用药把他迷倒，再带着他一起坐汽艇上岸，再把他留在海边，药劲儿过后自然会恢复清醒。然而，有人提出这样做也会暴露他们的行踪。因此，当四人看到那艘出故障的小渔船时，立刻就产生了让他们带雷蒙德上岸的想法。他们匆忙讨论了一下，毫不犹豫地修改了原计划。

于是，四人确定的计划是：先会合，再烧掉"仙女"

号，凿沉小艇，最后乘汽艇逃跑。不过实际发生的是另一回事儿。诺兰给自己配备了舷外发动机，也打算去和法国商人谈生意，这样的话，就算警方有所怀疑，怀疑的对象也是艾斯代尔。诺兰亲自在滑铁卢站的寄存处取走了舷外发动机，但觉得把它公然放在汽艇上太危险了，因此他在那个周六的晚上开车把发动机运到黑斯廷斯附近一个人迹罕至的地方，又在周日凌晨4:00左右，即退潮的时候，把发动机拿到海边，用浮标做好标记，等海水没过发动机，然后开车去多佛，开着自己的汽艇回到那里。

此时的海水已经足够深，汽艇漂浮在发动机上方，诺兰轻松地拿起浮标，把发动机拉上船，安装好，进行测试，再把发动机锁进柜子里。

法兰奇对这起谋杀的推理完全正确。诺兰的手枪是在法国买的，案发后他就把枪扔到了海里，舷外发动机的处理方式也一样。诺兰害怕被人怀疑，个人物品遭到搜查，便把钻石藏在备用的小型发动机下面。他本打算尽快去纽黑文取回钻石，但发现有人在监视自己，就一直没有行动。然而，在听到法兰奇关于舷外发动机的一番话后，诺兰觉得不论结果如何，都必须冒这个险。

诺兰跟麦金托什抵达纽黑文后，诺兰扮演了一个粗心大意、过于信任同伴的老实人。由于他和案件主要的谋杀"无关"，他估计自己会被判处短期徒刑。

诺兰遇到的最棘手问题是：如何说服莫克森在有证人在场的情况下派他（诺兰）去见巴斯德。莫克森觉得没必要这么做，他根本就不想去费康。但是诺兰知道，如果自己的故事没有佐证，就会成为一个弱点。因此，诺兰使出了浑身解数，称他们不可能告诉公司的人，莫克森、迪平、雷蒙德和自己在清算的前一天都不在公司里，导致一个负责人都没有，肯定有人会提出质疑。如果这真的发生了，他们的缺席就会立即引起人们的怀疑。所以，他们应该先宣布公司周四的事务由诺兰负责，再制造突发事件，让诺兰脱身。诺兰坚称，如果突然事件直接和他相关，就会显得可疑。所以需要莫克森"临时有事"，间接改变诺兰的行程，这样才更自然。尽管莫克森没被完全说服，但觉得这件事无关痛痒，所以还是接受了这个提议。

警方找回的钻石价值几乎就是失踪的150万英镑。这虽然没能让莫克森综合证券公司幸免于难，但公司得以支付大部分款项，进而大大降低了许多受害者的财产损失。

对法兰奇而言，他只是顺利地完成了工作，并希望自己又朝向往的"警司"迈了一步。然而，莫蒂默爵士对此只说了这么一句话："啊，法兰奇，你最好及时做好扫尾工作，赶上中午11:40开往梅德斯通的火车。我想让你去调查一下艾尔斯福德盗窃案。"

大英图书馆
LIBRARY BRITISH
侦探小说黄金时代经典作品集

《女侦探》

《圣诞老人疑案》

《动物园谜案》

《帕洛玛别墅的秘密》

《维尔沃斯花园案》

《飞行疑案》

《牛津谜案》

《豕背山奇案》

《海峡谜案》

《地铁疑案》

《湖区疑案》

《银色鱼鳞谜案》

《康沃尔海岸疑案》

《切尔滕纳姆广场疑案》

图书在版编目（CIP）数据

海峡谜案 / (爱尔兰) 弗里曼·威尔斯·克罗夫茨著；刘星
妤译. — 北京 : 中国青年出版社, 2020.1

书名原文: Mystery in the Channel

ISBN 978-7-5153-5932-8

Ⅰ. ①海… Ⅱ. ①弗… ②刘… Ⅲ. ①侦探小说—爱尔兰—
现代 Ⅳ. ①I562.45

中国版本图书馆CIP数据核字（2020）第013489号

北京市版权局著作权合同登记号
图字：01-2019-2466
This edition published 2016 by
The British Library
96 Euston Road
London NW1 2DB
© The British Library Board

责任编辑：彭岩　刘晓宇
*
中国青年出版社 出版　发行

社址：北京东四十二条21号　邮政编码：100708
网址：www.cyp.com.cn
编辑部电话：（010）57350407　门市部电话：（010）57350370
北京中科印刷有限公司印刷　新华书店经销
*
889×1194　1/32　9.875印张　140千字
2020年8月北京第1版　2020年8月北京第1次印刷
定价：42.00元
本书如有印装质量问题，请凭购书发票与质检部联系调换
联系电话：（010）57350337